SON AMIE AUX COURBES GÉNÉREUSES

UNE ROMANCE DE PETITE VILLE AVEC UNE
HÉROÏNE AUX COURBES VOLUPTUEUSES

À LA RECHERCHE DU HÉROS LITTÉRAIRE PARFAIT
TOME UN

MARY E THOMPSON

 Formaté avec Vellum

À LA RECHERCHE DU HÉROS LITTÉRAIRE PARFAIT

Bienvenue à L'anse MacKellar, une petite ville somnolente nichée dans une crique tranquille au bord du fleuve Saint-Laurent. Prenez un verre au bar où tous les habitants se retrouvent. Rejoignez les femmes pour parler de la vie et de l'amour à la librairie du coin. Mais attention, c'est une petite ville où tout le monde sait tout sur tout le monde. C'est pourquoi l'application de rencontres la plus populaire n'inclut pas de photos.

Prenez un verre, une part de gâteau, et rencontrez votre petit ami de roman préféré. Nous les voulons tous !

LIVRE 1

Son Amie aux Courbes Généreuses

Ian

Vous savez ce qu'il y a de pire quand on tombe amoureux ? Se retrouver dans la zone d'amis.

J'ai été patient. J'ai attendu cinq ans qu'elle mette fin à sa dernière relation. Qu'elle réalise qu'il n'était pas assez bien pour elle. Qu'elle soit prête à passer à autre chose.

J'en avais assez d'attendre. Je devais lui dire la vérité. Que je n'étais plus le même type qu'autrefois, celui qui ramenait toutes les femmes de notre petite ville chez lui. Que j'étais le gars avec qui elle partageait ses secrets sur l'application de rencontres. Que j'étais célibataire, et prêt à ce qu'elle devienne mienne.

Je devais lui dire que je l'aimais.

Mais si elle ne ressentait pas la même chose ?

Blake

« *Il reculera si je t'embrasse.* »

De quoi bouleverser mon monde. Mon ex m'a quittée parce qu'il pensait que j'étais amoureuse du frère de ma meilleure amie. Maintenant, Ian veut m'embrasser. Devant mon ex.

Je suis terriblement tentée. Toutes les femmes veulent Ian. Je ne suis pas différente.

Mais l'embrasser franchirait une ligne. Une ligne dont je n'étais pas sûre de pouvoir revenir. Pourrais-je m'arrêter à un seul baiser ?

Peu probable.

Mais je ne pouvais pas non plus le tenir à distance comme je le faisais avec tous les autres. Il découvrirait tout.

Et pas seulement à quel point je souhaitais qu'il puisse être mien, mais aussi pourquoi il ne pourrait jamais l'être.

*À toutes les femmes qui ont un jour senti qu'elles ne suffisaient
pas... vous suffisez.*

1

BLAKE

Je fixais déjà le plafond quand mon réveil a retenti. Le soleil n'était pas encore levé, mais moi si. J'étais réveillée depuis plus d'une heure et j'appréhendais cette journée depuis des mois. Je la traverserais, mais ce ne serait pas une bonne journée.

J'ai frappé l'alarme stridente et je suis sortie du lit. J'ai pris une douche rapide pour m'aider à me réveiller, puis je me suis habillée avec mon uniforme habituel : jean et t-shirt noir avec *Cracked* griffonné sur mon sein gauche et une version plus grande du logo dans le dos.

J'ai attaché mes cheveux en queue de cheval et ajouté une touche de mascara et un peu de gloss. Non pas que je cherchais à impressionner qui que ce soit, mais ça m'aidait à me sentir un peu plus prête à affronter la journée. Quand j'ai admis que je ne pouvais plus retarder l'échéance, j'ai pris une grande inspiration et j'ai quitté ma maison.

Le trajet jusqu'au Cracked ne prenait que quelques minutes. Même une fille bien en chair comme moi faisait le trajet rapidement, mais quand la chaleur de l'été s'installerait enfin, il me faudrait un peu plus de temps si je voulais éviter d'être trempée de sueur toute la journée.

Megan, l'une de mes collègues, arrivait de l'autre direction quand j'ai descendu la rue Caroline. Nous nous sommes retrouvées devant le Cracked et nous sommes enlacées. Ce serait une journée difficile pour nous tous.

Les lumières étaient allumées à l'intérieur, et la cuisine bourdonnait déjà d'activité. Il nous restait une heure avant l'ouverture, mais les biscuits étaient déjà au four, la pâte était en train d'être mélangée et le café infusait.

— Salut, nous a dit Jean, une autre collègue, en nous donnant à Megan et moi une accolade. Cette journée est horrible.

Nous avons hoché la tête en accord. De toutes les choses que Georgia nous avait demandé de faire avant de mourir, aucune de nous ne pensait que célébrer son soixantième anniversaire avec une commémoration de sa vie serait difficile, mais maintenant que le jour était arrivé, c'était presque impossible.

Earl, le propriétaire du Cracked et notre patron, nous a appelées depuis la cuisine et nous a fait signe avec sa spatule. Nous lui avons rendu son salut et avons commencé à aider Jean pendant qu'Earl préparait le petit-déjeuner. Nous avions tous convenu de prendre le petit-déjeuner ensemble ce matin. C'était l'occasion de partager le début de la journée avec les personnes qui voyaient Georgia quotidiennement.

Earl est sorti de la cuisine avec une assiette de pancakes, les préférés de Georgia, et beaucoup de bacon et de saucisses. Nous avons pris une cafetière pleine et nous nous sommes assis.

Nous nous sommes tenus la main et avons tous dit une prière privée, une bénédiction ou autre chose. J'ai demandé à Georgia de me donner la force d'être là pour Karissa, sa fille et mon amie, et de tenir bon pour le genre d'amour qu'elle avait avec Eddie.

Nous nous sommes serré les mains et nous nous sommes attaqués à la nourriture. Les clients frapperaient à la porte à six heures précises si nous n'ouvrions pas à l'heure, alors nous avons mangé rapidement, partageant des histoires sur Georgia.

— Avez-vous déjà entendu parler de son premier jour ici ? a demandé Earl.

Je me suis tournée pour le regarder et j'ai secoué la tête.

— Tu étais là ?

Il a acquiescé.

— Je suis là depuis toujours, ma belle. Je n'avais pas encore acheté l'établissement, mais j'étais en cuisine. Mme Georgia était une jeune maman le jour où elle est entrée ici. Elle avait son adorable petite fille attachée sur sa poitrine et elle a marché droit vers cette porte et a exigé de parler au responsable.

— Non, ai-je soufflé. Georgia avait toujours été confiante, mais même moi, j'avais du mal à l'imaginer avoir ce genre d'audace.

Earl a ri doucement, ses dents blanches contrastant avec sa peau brun foncé. Sa tête et son visage rasés le faisaient paraître plus jeune qu'il ne l'était. J'estimais qu'il approchait les soixante-dix ans, mais je n'en avais vraiment aucune idée.

— Oh, si. Elle a dit qu'elle devenait folle à la maison avec un nouveau-né et qu'elle avait besoin de travailler. Kathy était notre gérante à l'époque, et elle a demandé à Georgia si elle avait de l'expérience. Elle a dit non, mais qu'elle apprendrait vite tant qu'on lui donnait sa chance et beaucoup de pauses pour pouvoir allaiter son bébé, a raconté Earl en riant.

— Elle a exigé des pauses et d'amener Rissa avec elle ? ai-je demandé.

Earl a hoché la tête.

— Elle a toujours été un sacré numéro. Je n'aurais jamais pensé qu'elle partirait d'ici avant moi.

Une tristesse accablante m'a giflé le visage. Elle m'a coupé le souffle et m'a fait fermer les yeux.

— Aucun de nous n'aurait jamais pensé être ici sans Georgia, a dit Jean. Ce n'est plus pareil sans elle.

J'ai forcé un sourire et essayé de faire semblant de le ressentir.

— Vous venez tous à la fête samedi soir, n'est-ce pas ?

Ils ont tous acquiescé.

— On ne manquerait ça pour rien au monde, a répondu Jean pour tout le monde.

— Merci. Vous savez que ça signifiera beaucoup pour Rissa d'avoir autant de monde que possible.

— Comment va-t-elle ? a demandé Megan. Megan avait quelques années de plus que moi, mais nous étions devenues amies au cours de l'année écoulée. Elle avait commencé à travailler au Cracked quand Georgia était tombée malade et avait dû réduire ses heures. Quand Georgia a appris qu'elle ne reviendrait pas, Megan a accepté de prendre le poste à temps plein et a appris à connaître la femme qu'elle remplaçait. Ce n'était pas facile de voir quelqu'un d'autre prendre la place de Georgia, mais Megan honorait Georgia dans tout ce qu'elle faisait.

J'ai haussé les épaules.

— Je ne lui ai pas parlé depuis quelques jours. Elle travaille sur une nouvelle application et est très occupée. Je ne sais pas si elle essaie de ne pas penser à aujourd'hui ou si elle a simplement une date limite.

Karissa était une programmeuse brillante et avait le don de développer des applications qui devenaient rapidement virales. Elle avait été secrète au sujet de son dernier projet, mais elle était sur le point de le terminer d'après ce que j'avais entendu.

— Si aujourd'hui est si dur pour nous, je n'imagine pas ce qu'elle ressent, a dit Jean.

J'ai acquiescé.

Nous avons fini notre petit-déjeuner et nettoyé nos places. Earl est retourné à la cuisine pendant que Jean, Megan et moi préparions la salle à manger et remplissions nos propres tasses de café.

Megan a ouvert la porte juste avant six heures pour laisser entrer les clients qui attendaient leur petit-déjeuner. Tous les habitués savaient que c'était l'anniversaire de Georgia et sont entrés avec des visages solennels et peu d'entrain.

J'ai pris les commandes et partagé des histoires sur Georgia. Pendant la première heure, il a été difficile de garder mon calme car tout le monde voulait parler d'elle. Quelques-uns des hommes qui avaient été ses habitués pendant des années en ont eu les larmes aux yeux.

Au moment où le groupe du petit matin s'en allait, j'étais prête à ce que mon service de cinq heures soit terminé pour pouvoir me cacher sous mes couvertures et pleurer au lieu de devoir sourire. J'ai débarrassé les tables et réapprovisionné en crème, sucre et confiture. Quand la porte s'est à nouveau ouverte, je me suis retournée pour dire au nouveau client de s'asseoir où il voulait et j'ai vu Ian Jameson.

La sœur d'Ian avait été ma meilleure amie depuis toujours, et Ian était... Ian. Nous étions aussi amis, mais il était devenu plus que ça durant les mois qui ont suivi la perte de Georgia. Je le connaissais depuis toujours, et il était aussi comme un frère pour moi.

Sauf qu'il tenait le rôle principal dans certains de mes fantasmes ces derniers temps. D'accord, dans tous mes fantasmes.

— Qu'est-ce que tu fais ici si tôt ? lui ai-je demandé avec un sourire taquin.

Ian ne se levait pas avant dix heures la plupart du temps. Quand il le faisait, c'était important. Le voir entrer au Cracked juste après sept heures du matin était un choc.

— Je voulais voir comment tu allais, a-t-il dit doucement une fois à mes côtés. Il m'a embrassée sur la joue et s'est attardé, m'attirant dans une étreinte.

J'ai enroulé mes bras autour de son cou, appréciant l'étreinte presque autant que la force que j'en tirais.

— Ça va, ai-je dit.

Il s'est reculé et m'a étudiée attentivement. J'ai essayé de ne pas penser à ce qu'il voyait. Ma queue de cheval était probablement désordonnée maintenant, peut-être même avec quelque chose dedans. Ma chemise avait été propre il y a deux heures, mais elle avait une trace de beurre à ma taille là où mon ventre avait frôlé une assiette sans que je m'en rende compte et quelque chose de collant sur mon sein droit qui était probablement du sirop. Et j'étais en sueur, parce que les filles potelées étaient des filles qui transpirent.

— Tu es sûre ?

J'ai hoché la tête.

— Oui. Ce n'est pas facile, mais ça va. Pourquoi es-tu vraiment là ?

Il a haussé les épaules.

— J'ai entendu dire que le petit-déjeuner était le repas le plus important de la journée.

J'ai ri et levé les yeux au ciel.

— Tu restes ou tu es en route pour quelque part ?

— Je reste. Si ça te va.

— Bien sûr. Tu peux t'asseoir où tu veux.

— Où est ta section ? a-t-il demandé.

J'ai montré du doigt.

— N'importe laquelle de ces tables et le comptoir sont à moi.

Il m'a serré la main et m'a fait un clin d'œil.

— Je vais prendre une place au comptoir.

J'ai acquiescé et j'ai fini ce que je faisais, puis je suis retournée à l'endroit où il était assis. Je ne voulais pas paraître trop excitée de le voir, mais ce n'était pas tous les jours qu'Ian passait quand je travaillais. Pourtant, je connaissais sa commande sans avoir à demander.

— Comme d'habitude ? lui ai-je demandé quand je me suis approchée. Il avait déjà une tasse de café avec un pot de crème et son menu était fermé à côté de lui.

Il a acquiescé.

— Toujours. Merci, ma belle.

J'ai souri, transmis sa commande à Earl, pris des assiettes à la fenêtre du passe pour une autre table et vérifié que les clients qui avaient fini de manger n'avaient besoin de rien. Quand je suis revenue vers Ian, il me regardait.

— Quoi ?

Il a secoué la tête.

— Je suis juste impressionné par la façon dont tu fais ça.

— Quoi ?

— Parler aux gens toute la journée. Je ne pourrais pas le faire.

— Tu parles aux gens, ai-je argumenté.

Il a secoué la tête.

— Je parle à un client à la fois, puis ils s'en vont et je travaille sur leur bateau pendant quelques semaines. Toi, tu gères plusieurs groupes à la fois et tu as toujours un sourire pour tout le monde.

J'ai haussé les épaules.

— J'y suis habituée, je suppose. Je n'y pense pas vraiment.

La porte s'est ouverte et j'ai levé les yeux avec un sourire automatique. Je me suis figée, mes yeux allant vers Ian avant de revenir vers l'homme à la porte qui s'approchait.

J'ai fréquenté William Hogan pendant près de cinq ans. Cela faisait presque neuf mois qu'il m'avait quittée, tout ça parce qu'il pensait que j'avais couché avec l'homme qui allait s'asseoir à côté de lui.

— Salut, Blake. Je peux avoir un café ? a demandé William, en se glissant sur le tabouret à une place d'Ian.

J'ai hoché la tête, me détournant d'Ian pour prendre le café.

— Willie, a dit Ian, utilisant le surnom qu'il avait donné à William, même s'il savait que William le détestait.

— Ian. Je suppose que j'aurais dû m'attendre à ce que tu sois là, a dit William.

J'ai versé son café et joué au jeu de la poule mouillée, portant la cafetière autour du restaurant en remplissant les tasses de tous ceux que je voyais avec moins d'une tasse pleine.

Au moment où je suis revenue au comptoir, William fronçait les sourcils et Ian avait l'air en colère.

— J'aimerais commander, a dit William.

J'ai hoché la tête et sorti mon carnet de la poche de mon tablier.

— Deux œufs pochés. Pain de seigle grillé sec avec du beurre, pas de margarine, à côté et de la confiture de raisin. Quatre tranches de bacon.

J'ai tout noté et j'ai levé les yeux.

— C'est tout ?

— Oui, a dit William.

J'ai acquiescé et transmis sa commande. Celle d'Ian était prête, alors j'ai pris son assiette et l'ai posée devant lui.

— Ça a l'air super, ma belle. Merci, a dit Ian.

Je n'ai rien pensé du fait qu'il m'appelle « ma belle », mais apparemment William, si. Il a grogné et lâché un rire. Une partie de moi voulait lui expliquer qu'Ian m'appelait comme ça depuis des années, mais je ne devais rien à William. C'est lui qui avait rompu avec moi.

Je me suis occupée d'autres clients jusqu'à ce que la nourriture de William soit prête. J'ai posé l'assiette devant lui et lui ai demandé s'il avait besoin d'autre chose. Il a regardé autour de lui et dit que non, puis s'est attaqué à son petit-déjeuner.

L'assiette d'Ian était vide, alors je l'ai prise et mise dans le bac à vaisselle et lui ai demandé s'il voulait autre chose.

— Une autre tasse de café serait super, a-t-il dit avec un sourire.

J'ai acquiescé et lui ai versé une autre tasse, glissant un pot de crème devant lui pour qu'il l'ajoute. J'ai remis la cafetière à sa place et me suis appuyée contre le comptoir, observant le restaurant presque vide.

Les moments calmes étaient toujours les moments où je parlais à Georgia. Elle partageait constamment sa sagesse et ses conseils. Elle avait un mot encourageant pour tout le monde et un sourire et une blague chaque fois que vous en aviez besoin.

L'émotion m'a submergée un instant, et j'ai eu besoin de m'éloigner. J'ai détaché les additions pour les deux hommes et les ai posées sur le comptoir, puis j'ai quitté la salle. Il n'y avait nulle part où se cacher, mais les toilettes étaient à cabine unique et, Dieu merci, elles étaient vides.

J'ai enfoncé le dos de ma main dans ma bouche pour étouffer le sanglot qui s'enroulait autour de ma gorge et essayait de sortir. J'ai inspiré par le nez et expiré à nouveau, encore et encore, jusqu'à ce que l'envie de pleurer passe.

Je me suis lavé les mains et j'ai pris une profonde inspiration, puis j'ai déverrouillé la porte et commencé à sortir.

Seulement pour être repoussée dans les toilettes, la porte fermée et verrouillée derrière nous.

— Ian, qu'est-ce que tu fais ? ai-je exigé.

— Tu ne vas pas bien, ma belle. Viens là. Il a enroulé ses bras autour de moi et a niché ma tête sous son menton.

Je voulais lui résister, mais il était là et il se souciait de moi. J'ai glissé mes bras autour de sa taille et me suis accrochée fort. Cinq minutes. Je pouvais prendre cinq minutes.

J'ai laissé les émotions me submerger, pleurant à chaudes larmes. Mon nez coulait et mes yeux débordaient. Les sanglots que j'avais réprimés une minute plus tôt remontaient à la surface et éclataient en moi.

Ian se contentait de me tenir, ses mains chaudes glissant de haut en bas sur mon dos en mouvements lisses et réguliers. Je détestais qu'il sente les plis de mon dos potelé sous ses paumes parfaites. Je ne pouvais pas cacher mes courbes, mais je faisais tout pour les masquer.

J'ai écarté toutes les pensées concernant mon excès de courbes et essayé de ralentir mes larmes. Après quelques minutes, je me suis enfin calmée suffisamment pour m'éloigner d'Ian.

Il a essuyé les larmes de mes cils et a pris mon visage en coupe, inclinant ma tête pour me regarder.

— Ça va mieux ?

J'ai souri et hoché la tête.

— Bien, a-t-il dit, en me ramenant contre lui et en embrassant mon front. J'aimerais pouvoir t'enlever cette douleur.

— Moi aussi.

Il a ri doucement.

— Willie est parti.

J'ai ri doucement.

— Tu l'as fait fuir ?

Il a secoué la tête.

— Je n'ai rien fait.

J'ai acquiescé. Ça n'avait pas d'importance de toute

façon. William était un client, rien de plus. Je ne voulais pas qu'il soit plus. C'était fini entre nous, et j'étais d'accord avec ça.

Ian nous a finalement fait sortir des toilettes, et nous avons presque percuté Jean. Ses sourcils foncés se sont levés, mais elle n'a fait aucun commentaire. J'en entendrais certainement parler plus tard, cependant.

Ian a payé son petit-déjeuner et m'a embrassée sur la joue avant de partir, laissant un énorme pourboire avec son addition. J'ai commencé à le poursuivre, mais je pourrais lui rendre la moitié plus tard. Il savait que je détestais quand il me donnait un pourboire massif.

Le reste de la matinée est passé rapidement jusqu'à ce qu'une femme à la peau foncée avec de grands yeux excités entre juste après neuf heures. Le sac à main coûteux sur son épaule et le sweat-shirt L'anse MacKellar indiquaient qu'elle n'était pas du coin, mais elle avait définitivement l'air de savoir où elle était.

— Vous êtes là pour le petit-déjeuner ? lui ai-je demandé en tenant un menu.

Elle a hoché la tête et m'a adressé un sourire aimable.

— Oui. Merci.

— Vous pouvez vous asseoir où vous le souhaitez, ai-je dit avec un sourire.

Elle a immédiatement repéré les tabourets au comptoir et s'est assise sur l'un d'eux. J'ai placé son menu devant elle et lui ai proposé du café.

— Oh, oui, s'il vous plaît. Je suis partie très tôt ce matin pour arriver ici. Puis-je vous poser une question ?

J'ai acquiescé.

— Bien sûr.

Elle a pris une profonde inspiration et souri.

— J'étais ici il y a un an, et il y avait une femme qui travaillait ici. Nous avons parlé un moment de, eh bien, beaucoup de choses. Elle s'appelle Georgia. Est-elle ici par hasard ?

J'ai retenu ma respiration et souri. Ce n'était pas la première fois qu'un client demandait si Georgia était dans les parages. Tout le monde la connaissait. Avec les visiteurs, je racontais rarement toute l'histoire, cependant. Juste qu'elle n'était pas là.

— Je suis désolée, mais elle n'est pas là.

— Oh, a dit la femme, son visage s'affaissant. Elle m'avait promis qu'elle serait là aujourd'hui.

— Elle a fait ça ? ai-je demandé. Cela ne ressemblait pas à Georgia. Elle aimait ses clients, mais elle ne prévoyait généralement pas de temps pour les revoir. Même les habitués savaient que Georgia prenait un jour de congé de temps en temps et ne travaillait pas sept jours sur sept.

La femme a acquiescé, ses boucles serrées rebondissant avec le mouvement.

— C'est peut-être idiot, mais aujourd'hui c'est mon anniversaire. Elle m'a dit que c'était le sien aussi. Quand j'étais ici il y a un an, je lui ai dit que j'aimerais vivre ici. Elle m'a convaincue que je devrais le faire, et j'ai finalement réussi. J'ai tout ce que je possède dans ma voiture dehors, et j'emménage dans mon nouveau condo aujourd'hui. J'avais vraiment hâte de lui dire que je l'avais fait. Et d'avoir un visage familier en ville puisque je ne connais personne.

Eh merde. Je devais lui dire toute la vérité après cette confession... et ça allait faire mal.

J'ai pris une profonde inspiration et souri.

— Je suis Blake, ai-je commencé.

— Bonjour, Blake. Trinity.

— Enchantée de vous rencontrer, Trinity. Je suis l'amie de la fille de Georgia. Elle s'appelle Karissa.

— Oh, saurait-elle où est sa mère ? Je lui ai apporté quelque chose. Peut-être pouvez-vous le donner à Karissa pour qu'elle le remette à sa mère ? Elle a fouillé dans son sac à main. C'est un collier. Je fabrique des bijoux et elle avait fait un commentaire sur la pièce que je portais l'année dernière. Je voulais la remercier de m'avoir poussée à suivre mon cœur et à vivre mes rêves.

Ma respiration s'est coupée quand j'ai inspiré.

— Trinity, je suis désolée, mais Mme Georgia est décédée il y a quelques mois.

— Quoi ? a-t-elle demandé, son sourire s'effondrant. Non.

J'ai acquiescé.

— Elle avait un cancer du sein. Elle ne savait pas à quel point c'était grave jusqu'à ce qu'il soit trop tard.

— Non, a-t-elle répété.

J'ai hoché la tête, retenant mes propres larmes tandis que celles de Trinity coulaient sur ses joues.

J'ai contourné le comptoir et serré l'autre femme dans mes bras. Trinity s'est tournée vers moi et s'est accrochée. Je l'ai enlacée, sachant que je ne pouvais pas offrir le même réconfort que Georgia mais faisant de mon mieux pour consoler la femme en sanglots dans mes bras.

— Ça va ? a doucement demandé Jean, s'arrêtant derrière moi.

— Georgia, ai-je répondu, sachant qu'il n'était pas nécessaire d'en dire plus.

Jean m'a tapotée sur l'épaule et a continué.

Trinity a eu un hoquet et pris une inspiration.

— Je suis vraiment désolée.

J'ai secoué la tête en reculant.

— Croyez-moi, j'ai eu plus que ma part de moments à faire la même chose. Georgia n'a jamais voulu qu'on pleure pour elle, mais c'était une femme extraordinaire. C'est impossible de ne pas la regretter.

Trinity a souri.

— Je ne l'ai connue que quelques heures, mais elle a été si

gentille avec moi. Elle m'a vraiment donné envie de vivre une vie meilleure. D'être plus heureuse.

— Georgia avait le don d'inspirer les gens à faire des choses qu'ils ne savaient même pas qu'ils voulaient faire.

Trinity a ri doucement.

— C'est exactement ce qu'elle a fait avec moi. Maintenant je me sens comme une idiote d'avoir déménagé ici à cause d'une femme que j'ai connue pendant quelques heures et qui n'est plus là. Je détestais la ville parce que je ne connaissais personne, et je suis dans une nouvelle ville et je ne connais toujours personne.

— Eh bien, vous me connaissez. Et à quelques pâtés de maisons d'ici se trouve un bar appelé O'Kelley's. Vous l'avez vu ?

Elle a hoché la tête.

— C'est près de mon nouveau condo, je crois.

— Oh, vous emménagez aux Waterfront Villas ? Sympa. Karissa et notre autre amie Finley vivent dans l'un d'entre eux. Bref, samedi soir, nous organisons une fête pour Mme Georgia au O'Kelley's. Ça commence à dix-neuf heures, mais nous y serons probablement jusqu'à la fermeture. Vous devriez venir.

Trinity a secoué la tête.

— Non, je ne pourrais pas m'imposer.

J'ai souri et posé une main sur son bras.

— Je vous promets que nous serions ravis que vous vous joigniez à nous. S'il vous plaît, venez.

Finalement, Trinity a hoché la tête.

— D'accord, je viendrai. Merci, Blake.

J'ai souri.

— C'est toujours bon d'avoir des amis.

2

À la fin de mon service, je me sentais mieux. J'avais fait une nouvelle amie, je l'avais aidée à se sentir bienvenue à L'anse MacKellar, et j'avais vu Ian.

Si je devais être honnête, voir Ian était toujours le moment fort de ma journée, mais je ne pouvais le dire à personne.

Je suis allée à l'arrière prendre mon sac avant de partir, mais Earl m'a arrêtée.

—Hé, j'aimerais te parler une minute. Viens ici et retourne ces crêpes avec moi, dit-il de son ton bourru mais affectueux. Earl était le genre de type qui détestait montrer ses émotions mais qui était toujours émotif. Il nous aimait tous comme si nous étions ses propres enfants, bien qu'il n'en ait jamais eu. Il ne s'était jamais marié et n'avait jamais eu de rendez-vous amoureux, à ma connaissance.

J'ai pris la spatule qu'il me tendait et j'ai retourné la rangée de crêpes devant moi pendant qu'il en ajoutait d'autres sur la plaque chauffante.

—J'ai une proposition pour toi. Je pense qu'il est temps de

rafraîchir ce grand mur qui donne sur la place. Et je veux que ce soit toi qui t'en occupes, dit-il sans me regarder.

Je ne pouvais pas non plus le regarder. Cracked était le premier bâtiment à l'ouest de la place du village, qui était en réalité un immense parc occupant trois pâtés de maisons complets au centre de L'anse MacKellar. La place était le lieu où tout se passait en ville. Elle était emblématique pour les visiteurs, mais aussi un lieu de rencontre pour les habitants. Des fauteuils Adirondack étaient placés sur une petite colline surplombant l'eau, avec des chemins qui menaient vers la ville. Un large trottoir partant de la place longeait le front de mer derrière les commerces qui bordaient la petite anse nichée dans le fleuve Saint-Laurent. La place était la pièce maîtresse de L'anse MacKellar, et avoir une vue sur la place était énorme pour l'activité de Cracked.

Et Earl me faisait confiance pour créer quelque chose qui aiderait à attirer cette clientèle. Wahou.

—Tu es sérieux ? ai-je lâché, incapable de retenir mes mots.

Il a ri doucement. —Bien sûr. Qui d'autre je pourrais engager ? L'autre muraliste de la ville ?

Mon cœur s'est légèrement brisé à l'idée qu'il m'embauchait parce que j'étais la seule disponible.

Puis il a ajouté : —Tu es mon unique choix, Blake. Parce que tu es la meilleure, et que tu aimes cet endroit autant que moi. Je ne peux pas imaginer confier ce travail à quelqu'un d'autre. Et ce sera un vrai boulot. Je paierai pour les peintures, le matériel et ton temps. À partir d'aujourd'hui. Élabore quelques idées et nous pourrons en discuter quand tu seras prête à me les présenter.

Wow. Je n'arrivais vraiment pas à y croire. J'avais peint quelques petites fresques en ville, mais rien de la taille de Cracked. Ce serait énorme pour moi, pour ma carrière. Et c'était le genre de défi que je cherchais. Quelque chose d'autre que ces scènes aquatiques impersonnelles que je peignais régulièrement pour les vendre dans les boutiques de souvenirs locales. Elles payaient les factures, mais ne m'inspiraient pas toujours.

—Je serais honorée, ai-je finalement dit à Earl. Je... merci.

—Il y a encore une chose, a ajouté Earl. Il a piétiné sur place et retourné des crêpes, évitant encore mon regard.

—Crache le morceau, Earl, ai-je dit avec amusement.

Il a souri et a dit : —Je veux que Mme Georgia figure dans cette peinture.

—Quoi ? ai-je soufflé.

Il a haussé les épaules et a croisé mon regard avec le sien, chaleureux et triste. —Elle a été l'âme de cet endroit pendant plus de trente ans. Je veux que les gens se souviennent d'elle pendant trente ans de plus, voire davantage. Eddie est d'accord. Il a dit que Georgia en aurait été honorée.

—Qu'a dit Rissa ? ai-je demandé, le souffle court.

Earl a évité mon regard à nouveau.

—Tu ne lui as pas demandé ? ai-je presque crié.

Il a haussé les épaules. —J'ai pensé que tu pourrais le faire.

—Oh, bon sang, Earl. Tu sais que tu aurais dû lui en parler.

—Je sais, mais je pensais que ce serait plus facile venant de toi. Tu veux bien lui parler ?

J'ai hoché la tête. Nous devions tous nous retrouver ce soir-là pour notre propre célébration tranquille pour Georgia. Je lui ai dit que je trouverais comment en parler à Rissa, puis je suis partie.

Au lieu de rentrer directement chez moi comme je l'aurais dû, j'ai marché jusqu'à la place pour voir le mur. Je me suis assise au milieu du premier bloc, derrière les fauteuils Adirondack sur l'espace herbeux qui était un paradis pour les jeunes parents, et j'ai contemplé le mur.

Les idées ont immédiatement rempli ma tête, se bousculant les unes après les autres. Mes doigts me démangeaient de commencer à esquisser, mais je n'avais pas de carnet avec moi. Je n'avais même pas un reçu du petit-déjeuner. Je n'avais que mon imagination, et je l'ai laissée vagabonder.

Il n'a pas fallu longtemps avant qu'elle ne s'égare vers Ian. De plus en plus, mes pensées étaient consumées par lui. Depuis notre voyage à Hawaï où Georgia et Eddie s'étaient mariés, je ne pouvais m'empêcher de penser à Ian. La façon dont il me tenait serrée contre lui quand nous dansions. La façon dont ses doigts taquinaient ma peau nue quand il me touchait. La façon dont ses yeux brûlaient de quelque chose dangereusement proche du désir quand je l'avais surpris dans la salle de bain.

Je pouvais encore voir le regard dans ses yeux cette nuit-là. Je ne savais pas qu'il était dans la salle de bain quand je suis revenue dans la chambre que nous partagions. J'étais au bar de l'hôtel avec les autres filles, et je pensais qu'Ian était parti à la recherche de quelqu'un avec qui passer la nuit. La chambre était silencieuse quand je suis entrée, et j'ai supposé que la femme de ménage avait laissé la porte de la salle de bain fermée pour une raison quelconque. Je n'aurais jamais imaginé tomber sur Ian, l'eau de sa douche ruisselant encore en filets sur son torse. Mon regard a suivi ces gouttes jusqu'à ce qu'elles disparaissent dans l'épais tapis de poils entourant son sexe à moitié dressé. Il a tiré sa serviette autour de sa taille, rompant le charme sous lequel j'étais.

Puis mes yeux ont croisé les siens et chaque cellule de mon corps s'est tendue d'un désir indéniable. Ses yeux noisette étaient orageux. Emplis de luxure. Imprégnés d'autant de désir que ma culotte était trempée.

J'ai reculé et fermé la porte, supposant que quelqu'un d'autre était là avec lui. Pourquoi d'autre aurait-il eu ce regard dans les yeux ?

Mais il était seul. Personne d'autre n'est sorti quelques

minutes plus tard quand il l'a fait, enveloppé dans cette serviette, pour prendre des vêtements propres. J'étais déjà au lit, les couvertures remontées jusqu'au cou, souhaitant être seule pour pouvoir glisser ma main dans ma culotte et m'occuper de cette pulsation douloureuse.

C'est à ce moment que j'ai su que je devais rompre avec William. Il ne m'avait jamais regardée comme ça. Et je savais que mes amies avaient raison de dire que ça ne valait pas la peine d'être avec quelqu'un qui n'allumait pas instantanément ce désir en moi.

Le fait que William m'ait devancée dans la rupture signifiait simplement que je n'avais pas eu à être la garce qui le larguait après cinq ans de relation et une demande en mariage ratée.

J'ai essayé à plusieurs reprises de penser à un moment où William m'avait excitée ne serait-ce que moitié autant qu'Ian l'avait fait avec ce seul regard, et je n'ai pu en trouver un seul. Ce n'était vraiment pas juste que le seul homme qui éveillait mes désirs à ce point soit un homme que je ne pouvais pas avoir. Même s'il n'était pas le frère de ma meilleure amie, Ian n'était pas du genre à s'engager.

J'ai soupiré et me suis dit que je devais oublier Ian Jameson. Il était un ami, mais il ne voulait pas être plus que ça, alors je devais arrêter de penser à lui comme à plus. Cela ne me ferait aucun bien, pas plus que fantasmer sur lui en public.

Le soleil était chaud sur mon dos alors que je rentrais chez moi, me faisant savoir que l'été arrivait rapidement. Au moment où j'ai atteint ma porte, mon t-shirt collait à mon dos et mes cuisses étaient irritées et douloureuses. J'ai tout enlevé dans ma chambre et jeté le tout dans le panier à linge dans le coin. J'avais besoin d'une douche froide et de vêtements de peinture pour pouvoir faire un peu de travail.

QUELQUES HEURES PLUS TARD, j'ai sauté à nouveau sous la douche pour me laver de la peinture, puis je me suis habillée d'un haut rose ample et d'un short en jean. Nous avions une soirée entre filles en milieu de semaine chez Petits ami du Livre Illimité, la librairie de Finley. C'était à quelques pâtés de maisons de Cracked sur Riverview Road. Elle avait un emplacement de choix, juste au bord de l'eau où les plaisanciers pouvaient accoster à la jetée voisine ou n'importe qui se promenant le long de l'eau pouvait s'arrêter. Finley était une fan inconditionnelle de romance et ne vendait que des romans d'amour, ce qui nous convenait parfaitement puisque c'était la seule romance que nous avions dans nos vies.

Finley avait déjà retourné le panneau "fermé" quand je suis arrivée à la boutique. Elle a également verrouillé la porte, puisque dans des circonstances normales, elle serait ouverte aux affaires. J'ai frappé et attendu qu'elle me laisse entrer.

—Salut, ma belle, a-t-elle dit, m'enveloppant dans une étreinte. Finley était comme la sœur que je n'ai jamais eue. Nous étions opposées à bien des égards, mais nous nous comprenions toujours. Et peu importe ce qui se passait dans nos vies, nous étions toujours là l'une pour l'autre.

—Comment vas-tu ? lui ai-je demandé. Mme Georgia était comme une mère pour nous toutes, et je n'étais pas la seule à avoir du mal avec cette journée.

Elle a haussé les épaules. —C'est difficile. J'avais un rappel sur mon téléphone que j'avais oublié de supprimer. Et j'ai installé le présentoir pour mettre en avant ses favoris, mais c'était dur de passer devant toute la journée.

J'ai regardé la table au centre. Finley aimait demander aux habitants quels étaient leurs livres préférés et maintenait un présentoir pendant la haute saison avec ces sélections. Cela donnait à tout le monde la chance d'essayer de nouveaux auteurs. Mme Georgia y participait toujours. C'était elle qui nous avait fait découvrir la romance à la plupart d'entre nous. Elle nous disait sagement que les hommes dans les livres n'étaient pas réels, mais que nous devions attendre des hommes comme eux dans nos vies. Des hommes qui diraient des choses douces et feraient tout ce qu'il faut pour nous rendre heureuses.

J'étais enfin prête à l'écouter.

—Comment s'est passée ta journée ? a demandé Finley après une minute.

J'ai haussé les épaules. —Plutôt bien. Earl veut que je peigne une fresque sur le côté de Cracked.

—Quoi ? a crié Finley. —Blake, c'est génial. Ce n'est pas juste "plutôt bien".

J'ai souri et ajouté : —Il veut que Mme Georgia figure dans la fresque.

Les yeux de Finley se sont plissés. —Karissa n'a pas mentionné ça.

—C'est parce qu'elle ne le sait pas encore. Earl a demandé à Eddie, mais il veut que je parle à Rissa.

Finley a laissé échapper un rire. —C'était gentil de sa part, a-t-elle ajouté avec une touche de sarcasme.

J'ai souri. —Ouais, tu m'étonnes.

Un autre coup à la porte a interrompu notre discussion. Laura nous a fait signe de l'autre côté de la vitre. Elle tenait une assiette qui a fait gargouiller mon estomac même si je ne savais pas ce que c'était.

—Salut, a dit Laura une fois que Finley l'a laissée entrer. —C'est un cheesecake aux Oreo. Le préféré de Mme Georgia.

Finley et moi avons serré Laura dans nos bras et nous

nous sommes dirigées vers l'arrière où Finley accueillait les clubs de lecture et notre groupe d'amies chaque semaine.

Laura découvrait son cheesecake juste au moment où il y avait un autre coup à la porte d'entrée. Finley est allée voir qui c'était pendant que Laura et moi parlions.

—Comment vont les choses à la clinique ? ai-je demandé.

Laura m'a adressé un sourire triste. —Aujourd'hui a été difficile. Nous espérions tous que Mme Georgia sonnerait la cloche.

J'ai hoché la tête. —Nous aussi. Comment allait le Dr Allison ?

Laura avait un faible pour son patron, qui était l'oncologue de Mme Georgia. Le Dr Allison était brillant et gentil, mais il était rigide et froid. Il ne plaisantait ni ne riait jamais avec ses patients. C'était tout business, ce qui était correct, sauf que les gens avaient besoin de se sentir encore humains et pas seulement un diagnostic.

—Il était fidèle à lui-même, a dit doucement Laura. Elle le défendait constamment, mais il y avait une limite à ce qu'elle pouvait dire à son sujet quand il agissait comme si rien ne le dérangeait.

—Je suppose qu'il faut être détaché dans son monde. Sinon, il ne pourrait pas faire son travail, ai-je dit, essayant d'être gentille envers l'homme. Il avait essayé de sauver Mme Georgia, et il était bien considéré localement et au sein de la communauté du cancer.

Laura a hoché la tête et a levé les yeux quand Finley est revenue avec Elise et Karissa. Karissa tenait deux bouteilles de vin. —J'ai besoin de célébrer ce soir.

—Qu'est-ce que nous célébrons ? a demandé Laura.

Le sourire de Karissa était large et lumineux, montrant ses dents blanches et celle avec la légère torsion. —J'ai terminé mon application aujourd'hui. Je pense que ma mère m'a inspirée. Il y avait une chose sur laquelle je travaillais, et elle m'a aidée à y voir clair aujourd'hui. Elle sera en ligne dans quelques jours, et je suis tellement excitée à ce sujet.

Les doigts de Karissa ont volé sur son téléphone avant qu'elle ne le tourne vers nous pour que nous puissions toutes voir ce qui ressemblait à la devanture d'une librairie.

—À la Recherche du Héros Littéraire Parfait, a dit Elise.

Karissa a hoché la tête. —Oui. Nous parlons toujours de combien ce serait cool si nous pouvions agiter une baguette magique et transformer les réserver des petits amis que nous aimons en vrais hommes. Eh bien, cette app le fera.

—Ton application est une baguette magique ? a demandé Finley. Un sourcil s'est levé avec son ton sceptique.

Karissa a secoué la tête. —Non, mais c'est proche. C'est une application de rencontres, sauf que tout le monde sera connu pour ses personnages préférés. Le questionnaire que j'ai développé comporte beaucoup de questions sur qui vous êtes, mais j'en ai ajouté un tas qui indiquent aux autres qui vous êtes dans une relation et qui vous recherchez. Si vous voulez un gars comme M. Darcy, vous serez jumelée avec lui. Si vous préférez un M. Grey, vous l'aurez. Elle prend tout ce que nous aimons dans les romans d'amour et le met dans le monde réel pour que nous puissions trouver de vrais hommes qui agissent comme des réserver des petits amis.

—Putain de merde, a dit Elise. —C'est parfait.

Le reste d'entre nous a murmuré son accord.

—Excellent, a dit joyeusement Karissa. Elle a ouvert son vin et pris un des gobelets sur la table. —Parce que vous allez toutes vous inscrire et m'aider à la tester.

Nous nous sommes regardées et avons hoché la tête. —D'accord, a dit Finley pour nous toutes.

—Sérieusement ? a demandé Karissa. —Je pensais vraiment qu'il faudrait beaucoup plus pour vous convaincre de lui donner une chance.

—Une chance de rencontrer un homme qui va m'aimer

comme ce gars ? a demandé Elise, en tenant le livre que nous lisions. C'était une nouvelle histoire d'amis à amants avec un héros alpha au langage cru. Je comprenais totalement son désir de trouver un gars comme ça.

Karissa a hoché la tête.

—Est-ce que je peux m'inscrire maintenant ? a demandé Elise.

Karissa a ri. —Dès qu'elle sera en ligne ! Je vous ferai savoir. Et merci.

Nous nous sommes attaquées au cheesecake de Laura et avons partagé des histoires et des conseils que nous avions reçus de Mme Georgia au fil des ans. Nous avons bu le vin de Karissa et célébré son application et Mme Georgia.

C'était une soirée parfaite.

—J'ai rencontré quelqu'un aujourd'hui, leur ai-je dit après avoir fini le vin et mangé tout le cheesecake.

—Il est mignon ? a dit Elise.

J'ai secoué la tête. —Pas un homme. Une femme. Elle connaissait Georgia. L'a rencontrée l'année dernière. Elles ont le même anniversaire, et Trinity a emménagé ici aujourd'hui. Elle est venue à Cracked et voulait dire à Georgia qu'elle avait enfin suivi ses rêves et déménagé ici. J'ai pointé du doigt Finley et Karissa. —Elle a emménagé dans votre immeuble aujourd'hui.

—Je me souviens que Maman l'a mentionnée. C'était la première fois qu'elle rencontrait quelqu'un avec son même anniversaire. Elle n'arrivait pas à croire qu'il ait fallu cinquante-neuf ans, a dit Karissa avec un sourire.

—Je ne pense pas connaître quelqu'un avec le même anniversaire que moi, a dit Elise. —Ce serait cool.

—Ouais, avons-nous toutes murmuré.

—J'ai invité Trinity à la fête de samedi. J'espère que c'est d'accord, ai-je dit.

—Bien sûr, a dit Karissa. —Maman aurait voulu qu'elle soit là. Tu lui as dit ?

—Qu'elle est morte ?

Karissa a hoché la tête.

—Oui, je l'ai fait. Elle a un peu paniqué d'avoir déménagé dans une ville étrangère et que la seule personne qu'elle connaissait n'y soit pas. Je lui ai dit que nous serions ses amies et je l'ai invitée. Je me sens mal pour elle.

Finley et Karissa ont échangé un regard. —Nous la chercherons dans l'immeuble, a dit Finley. —Je n'étais pas à la maison de toute la journée donc je ne sais pas où elle a emménagé. Il y a encore quelques appartements vacants.

—J'étais enfouie dans mon application et je ne suis pas sortie avant de venir ici. Je ne sais pas non plus, a dit Karissa. —Mais nous la rencontrerons samedi si nous ne la trouvons pas avant.

Nous étions toutes un peu silencieuses après cela, pensant à samedi et à la fête que nous organisions. Nous allions chez O'Kelley's, mais nous savions que la plupart de la ville serait là. Tout le monde aimait Georgia, et ils voulaient tous célébrer son anniversaire.

Nous avons parlé quelques minutes de plus, puis tout le monde a nettoyé et est parti. J'ai bâillé et me suis étirée, sachant que je serais épuisée le lendemain. Je fonctionnais déjà sur les vapeurs et ce serait encore pire le matin. Mais c'était bon de voir mes amies.

Nous sommes toutes sorties ensemble après que Finley se soit assurée que la boutique était verrouillée. Nous nous sommes étreintes devant et nous nous sommes dit au revoir puis nous sommes toutes parties en direction de nos maisons.

J'ai pensé à combien Karissa était heureuse à propos de son application et je me suis demandé si j'aurais dû lui dire quelque chose à propos de la fresque. C'était lâche de ma part de garder le silence, mais peut-être qu'une fois que j'aurais quelques concepts, elle pourrait m'aider à choisir quelque chose.

C'est ce que je me suis dit, du moins. J'espérais que c'était vrai.

3

IAN

Le bourdonnement régulier de la ponceuse dans ma main m'apaisait. Les vibrations me picotaient le bras, mais les bouchons d'oreilles que je portais et le bruit de la ponceuse bloquaient tout ce qui se passait à l'extérieur de ma tête. Dommage qu'ils ne puissent pas aussi bloquer tout ce qui se passait à l'intérieur.

Blake. C'était toujours Blake.

Je ne voulais pas la chasser de mon esprit, mais j'avais besoin de toute mon énergie pour me concentrer sur mon travail au lieu de penser à elle comme je le faisais habituellement. Surtout depuis que je l'avais vue la veille au matin. Avec Willie.

Elle n'avait pas semblé surprise de le voir là, mais elle n'avait pas eu l'air particulièrement heureuse non plus. Quand elle s'était enfuie, j'avais attendu quelques secondes qu'il la suive, mais il n'était visiblement pas intéressé. Ça m'a putain de déchiré de la tenir dans mes bras pendant qu'elle pleurait, mais elle m'avait laissé la réconforter, alors ça en valait la peine. Je ne l'avais pas tenue dans mes bras depuis que nous avions dansé ensemble à Hawaï. Ça faisait beaucoup trop longtemps.

Un coup sur le côté du bateau me donna envie d'arracher la tête de quelqu'un. Je détestais quand les gens faisaient ça. Ce n'était pas comme s'ils ne savaient pas que j'étais dessous, en train de travailler.

J'arrêtai la ponceuse et la posai sur le béton à côté de moi, puis je sortis de sous le tout nouveau bateau de six mètres pour lancer un regard noir à celui qui était là.

Heureusement, je n'avais pas retiré mon masque, donc le propriétaire du bateau sur lequel je travaillais, Robert Mallory, ne pouvait pas voir l'expression sur mon visage.

J'enlevai mon masque et effaçai mon regard mauvais pour lui offrir un sourire. Le client avait toujours raison, alors je ne pouvais pas lui dire qu'il risquait de me faire percer un trou dans son précieux bateau s'il continuait ces conneries, mais j'en avais vraiment envie.

— Bonjour, dis-je gaiement. Ou aussi gaiement que je le pouvais alors que ma journée venait à peine de commencer et qu'elle était déjà interrompue.

— Ça a l'air incroyable, dit Robert avec un large sourire. Il passa sa main sur le côté du bateau où j'avais déjà passé des jours à poncer le bois pour qu'il soit aussi doux que la peau de Blake.

— Merci. Il sera magnifique sur l'eau.

Robert acquiesça. — J'ai hâte de le sortir. Il sera prêt pour le 4 juillet, n'est-ce pas ?

— Absolument. Il devrait être prêt pour la mi-juin, dis-je. Dans ma tête, j'ajoutai : « si je peux travailler un peu », mais je n'insistai pas. Pas avec un gars comme Robert. Certains de mes autres clients auraient compris, mais Robert était le genre de mec qui aimait être la personne la plus intelligente dans la pièce. Puisqu'il me payait une sacrée somme pour construire un grand bateau en bois sur mesure, j'allais le laisser croire tout ce qu'il voulait.

— Parfait. J'ai hâte de l'essayer. Ma nouvelle petite amie est impatiente de le voir.

J'acquiesçai, sachant qu'aucun mot n'était nécessaire. Robert ne me prêtait pas vraiment attention, il voulait juste que je sache qu'il avait une petite amie jeune et sexy. Il approchait la soixantaine et avec une copine trop jeune même pour moi, il se croyait irrésistible. À trente-six ans, je n'étais plus intéressé par les filles dans la vingtaine, mais c'était surtout parce que Blake avait trente-et-un ans.

— Tu as déjà pensé à des noms ? demanda Robert.

Je détestais quand les propriétaires me demandaient de nommer leur bateau. Le nom était la partie la plus personnelle d'un bateau. Les gens qui venaient me voir sans idée précise de ce qu'ils voulaient l'appeler étaient toujours des clients frustrants. Ils étaient hésitants sur l'ensemble du projet, et de temps en temps, ils se désistaient lorsque le bateau était terminé et que la facture finale arrivait.

Robert avait largement assez d'argent pour payer son précieux bateau, mais s'il n'avait aucune connexion avec lui, il ne le garderait pas longtemps.

— Vous pourriez le nommer d'après votre nouvelle petite amie, suggérai-je.

Robert secoua la tête. — Non. Elle commencerait à croire qu'elle a une place importante.

Je me mordis la langue pour garder à l'intérieur les mots que je voulais dire. Je détestais avoir affaire à des types comme lui. Des types qui croyaient que les femmes étaient jetables et qu'on pouvait les recycler. Des putains de connards.

— Et si vous le nommiez d'après votre mère ou votre poisson préféré ? proposai-je.

Il fronça les sourcils. — Je suis content que tu sois

meilleur pour construire des bateaux que pour leur donner des noms. Continue à réfléchir. Fais-moi savoir quand tu auras une bonne idée. Je reviendrai la semaine prochaine pour vérifier l'avancement.

J'acquiesçai et lui fis un signe de la main tandis que Robert sortait de mon atelier. Avoir le lieu ouvert était la seule façon de travailler, puisque le climatiser coûterait une petite fortune, mais cela signifiait aussi devoir faire face à des clients et à des connards comme Robert chaque fois qu'ils avaient envie de passer.

Je n'étais vraiment pas impatient de trouver un nom pour son bateau. Si c'était le mien, je le nommerais d'après Blake. J'avais presque nommé mon bateau d'après elle, mais elle sortait avec Willie à l'époque et je n'en avais pas le droit. Je ne l'avais toujours pas, mais j'allais le gagner, ce droit.

Je me remis au travail, laissant la ponceuse évacuer de mon corps la tension créée par Robert. Allongé sur le dos à poncer le fond du bateau au-dessus de moi était un travail fastidieux, et après un moment, mes bras me faisaient mal et avaient besoin d'une pause.

Dès que j'eus éteint la ponceuse, deux pieds apparurent à côté de moi. Je reconnus immédiatement les chaussures et souris.

— Qu'est-ce que tu fous ici ? demandai-je.

— Je devais voir le maître à l'œuvre, dit Ramsey Holland. Ramsey et moi avions grandi ensemble. Nous étions rivaux au lycée pour la seule raison que nous étions dans la même classe et que nous nous disputions les mêmes filles. Une fois à l'université et après que Ramsey se soit marié, nous avions trouvé un moyen de devenir amis et de rire des conneries stupides que nous faisions plus jeunes.

— Pourquoi es-tu vraiment là ? lui demandai-je.

Il sourit. — C'est le bateau de Robert ?

J'acquiesçai, notant qu'il évitait ma question. — Ouais. Il

vient juste de partir. Il a dû venir me surveiller. S'assurer que je prenais soin de tout. Et voir si j'avais déjà un nom pour son bateau.

— Quel connard. Pourquoi voudrait-il un bateau s'il ne va pas le nommer ?

Je levai les yeux au ciel. — Pour impressionner la dernière gamine de vingt ans qu'il se tape.

— Il devrait le nommer d'après elle.

Je secouai la tête. — Il a dit qu'alors elle penserait avoir droit à quelque chose.

Ramsey ricana. — C'est vraiment un sale type.

— Pas d'argument là-dessus. Alors, qu'est-ce qui se passe ? demandai-je à nouveau, espérant qu'il n'éluderait pas la question une troisième fois.

Ramsey secoua la tête. — Je voulais juste aller quelque part où je serais le bienvenu.

Je fis signe à Ramsey de me suivre vers le bureau. Je m'assis à mon bureau et m'étirai le dos avant de prendre deux bouteilles d'eau dans le frigo. — Pas une bière, mais c'est mieux que rien.

— Ça va être un sacré été, dit Ramsey, dévissant le bouchon de son eau et en avalant la moitié.

Ce n'était même pas encore Memorial Day, et on suait déjà comme des porcs. Il avait raison à propos de l'été, mais ce n'était pas pour ça qu'il était venu me voir.

— J'ai la clim à l'arrière. Et un canapé libre, lui dis-je.

Il souffla et hocha la tête. — J'espère ne pas en avoir besoin. Melody n'a pas mentionné me mettre dehors dernièrement.

— Qu'est-ce qui se passe entre vous ? demandai-je. Je n'avais jamais eu le courage de poser directement la question, mais je voulais vraiment savoir. Ne serait-ce que parce qu'il était mon meilleur ami, et que lui et Melody étaient parfaits l'un pour l'autre. Elle avait un an de moins que nous à l'école, et bien trop bien pour nous deux, mais elle avait le béguin pour Ramsey. Un béguin qu'il partageait. Ils étaient mariés depuis presque dix ans, mais dernièrement, les choses n'allaient pas bien.

— Elle veut un autre enfant, admit Ramsey en se frottant la nuque. On avait longuement parlé qu'on arrêtait d'essayer après avoir perdu le dernier. On n'a pas besoin de plus d'un enfant, mais maintenant elle veut réessayer.

— Merde, soufflai-je. Melody avait perdu leur deuxième enfant alors qu'elle était enceinte de presque vingt semaines. C'était la chose la plus dure que j'avais jamais vécue, et ce n'était même pas mon gosse. Être impuissant et incapable de faire quoi que ce soit pour aider deux personnes qui comptaient pour moi m'avait déchiré de l'intérieur. Ils avaient une fille de cinq ans qui commencerait la maternelle à l'automne, mais c'était leur seul enfant.

Ramsey acquiesça. — Ouais, c'est ce que je ressens. Amber est parfaite, mais Melody a dit qu'elle était prête pour un autre bébé.

— Et toi, tu ne l'es pas ? demandai-je.

Il secoua la tête. — Je ne peux pas revivre ça. Perdre un autre enfant. J'ai failli perdre Mel quand on a perdu Steven. Elle m'a à peine parlé pendant près de six mois. Elle était tellement déprimée, et elle refusait de parler à qui que ce soit. Je ne peux pas refaire ça.

Je pris une profonde inspiration. Melody n'était pas le genre de femme à accepter un refus. C'était une femme qui savait ce qu'elle voulait et qui n'avait pas peur de l'obtenir, peu importe qui se dressait sur son chemin. Qu'ils essaient à nouveau ou non, Ramsey risquait de la perdre.

— Je suis désolé, mec. Je crois que je suis aussi efficace pour t'aider que pour nommer les bateaux des autres.

Ramsey rit à cette remarque. — Tu n'aurais aucun problème si tu nommais ton propre bateau. *Le Rêve de Blake.*

Ou peut-être *J'aime Blake*. Ou alors *Le Fantasme de Blake* ? Un bois long, gros et mouillé ? Ce serait vraiment un fantasme puisqu'elle n'aura jamais un truc aussi gros de toi.

— Va te faire foutre, dis-je en riant. Ramsey était le seul à savoir ce que je ressentais pour Blake, et il était heureux de me taquiner autant que possible. Il m'encourageait aussi à lui dire que je l'aimais, mais j'étais une vraie poule mouillée.

— Non, c'est ce que tu veux faire avec Blake. Tu devrais, d'ailleurs. Peut-être qu'à la fête ce week-end, tu pourras la coincer dans les toilettes et lui dire ce que tu ressens.

Je levai les yeux au ciel. — Ouais, c'est une super idée. Hé, Blake. Laisse-moi te traiter comme toutes les autres femmes que j'ai baisées et te plaquer contre ce mur juste là.

— Tu n'en as pas eu tant que ça chez O'Kelley's, si ?

Je ricanai. — Non, mais là n'est pas la question. Blake est spéciale. Elle est différente. Elle est...

— Tout, dit Ramsey.

Nos regards se croisèrent et nous hochâmes tous deux la tête. L'amour craignait vraiment. Surtout quand on n'était pas sur la même longueur d'onde. Ramsey et Melody y arriveraient, mais je n'étais pas sûr que Blake et moi y parviendrions un jour.

— Je dois retourner au travail. Je voulais juste passer. Travaille sur ces noms. Peut-être *La Vingtaine* ? Comme ça, il pourra juste dire que c'est pour n'importe quelle femme qu'il se tape sur le moment, suggéra Ramsey.

J'éclatai de rire. — Ça me semble parfait, mais je ne suis pas sûr qu'il accroche.

Ramsey sourit. — Tu devrais lui en parler. Voir s'il mord à l'hameçon.

— Ouais, je n'y manquerai pas, dis-je sarcastiquement.

— C'est une putain de bonne idée, dit Ramsey en sortant au soleil et en me faisant signe.

Je ris et secouai la tête. C'était une bonne idée, mais

quelque chose me disait que le client n'en verrait pas l'humour. Ce qui signifiait que je devais me remettre au travail, et à penser à des noms qui n'étaient pas Blake.

O'KELLEY'S ÉTAIT DÉJÀ BONDÉ quand j'entrai samedi soir. Tout le monde à L'anse MacKellar aimait Ms. Georgia, et la moitié des villes environnantes ressentait la même chose. Son enterrement avait été fou, mais son anniversaire était une célébration. Nous avions fait passer le mot autant que possible, et ça avait clairement fonctionné.

Je scrutai le bar plein et scannai les box en bois jusqu'à ce que je voie les cheveux châtain souris que je voulais enrouler autour de ma main, et me dirigeai vers Blake.

— Hé, dit Finley quand je fus assez proche. Blake t'a gardé une place.

Blake me sourit. — Tu as dit que tu venais.

Je lui fis un clin d'œil et m'assis sur la chaise à côté d'elle. — Je ne l'aurais manqué pour rien au monde. Merci.

Elle me sourit, ses joues rosissant légèrement. Je me demandais jusqu'où cette rougeur s'étendait sous le col de son haut turquoise. Mon regard s'attarda sur les courbes exposées de ses seins jusqu'à ce que Finley s'éclaircisse la gorge.

Je regardai ma sœur, mais elle ne me regardait pas. Pourtant, fixer Blake dans un bar bondé n'était pas une bonne idée. Quelqu'un le remarquerait certainement, et même si mon délai était écoulé, je ne pouvais pas laisser quelqu'un d'autre dire à Blake que je la désirais. Elle était craintive, et elle devait réaliser d'elle-même que je ne traînais pas avec leur groupe à cause de ma sœur.

Eddie et Karissa arrivèrent en portant deux pichets de bière et deux bouteilles de vin.

— Piper nous a ouvert une ardoise, dit Karissa. Juste pour notre table, cela dit.

— Il y a beaucoup de monde ici, dit Eddie en posant la bière.

— Tout le monde aimait Ms. Georgia, dit Blake. Elle nous manque beaucoup.

Eddie acquiesça. Lui et Georgia n'avaient été mariés que quelques mois, mais il l'avait aimée presque toute sa vie. Il m'avait dit une fois qu'il ne regretterait jamais la vie qu'il avait eue avec sa première femme, mais qu'il souhaiterait toujours avoir eu plus de temps avec Georgia. Je ne pouvais m'empêcher de me demander si Georgia lui avait parlé de notre accord et de la promesse que je lui avais faite.

— Georgia aimait tout le monde aussi. Elle rentrait chaque jour avec de nouvelles histoires sur les gens à qui elle avait parlé. Elle savait ce qui se passait avec chacun en ville. Qu'ils aient besoin de prières ou juste de quelqu'un à qui parler, elle pensait toujours aux autres. Elle m'a dit que je devais veiller sur vous tous, dit Eddie avec un sourire.

Le groupe resta silencieux tandis que les paroles d'Eddie se faisaient comprendre. Blake prit une inspiration profonde et tremblante. Je voulais l'envelopper et lui faire oublier chaque moment triste de sa vie.

À la place, je servis à boire à toute la table, distribuant bière et vin à chaque personne sans avoir à réfléchir à qui voulait quoi. Quand nous eûmes tous un verre, je levai le mien et dis : — À Ms. Georgia. La mère que nous avons tous aimée comme la nôtre. La femme sur qui nous comptions tous pour rire. Et l'amie que nous avions tous quand nous en avions besoin.

— À Ms. Georgia, dirent les autres avec moi.

Nous entrechoquâmes nos verres et bûmes à Ms. Georgia.

J'observai Blake par-dessus le bord de mon verre tandis

que je buvais. Sa langue sortit pour lécher le bord de son verre avant qu'elle ne le presse contre ses lèvres. Alors que le liquide ambré montait vers le sommet, sa langue ressortit pour le goûter avant qu'il ne remplisse sa bouche. Je me demandais si elle embrassait de la même façon qu'elle buvait sa bière. Impatiente, ne pouvant attendre que le baiser commence avant de lécher l'intérieur. Excitée et prête pour plus.

Si je tenais ma promesse à Georgia, je le découvrirais assez tôt. Peu après son mariage, elle était passée à mon atelier et m'avait dit qu'il était temps de me bouger ou de laisser tomber. Ses mots exacts. Elle disait que j'aimais Blake depuis assez longtemps, et puisque Willie venait de la larguer, je devais lui dire ce que je ressentais avant que quelqu'un d'autre ne l'invite à sortir.

J'avais promis à Georgia que je ferais quelque chose avant son anniversaire, et comme nous étions à sa célébration d'anniversaire, mon délai était écoulé. Je devais soit dire à Blake que je la voulais, soit m'éloigner.

Je détestais ça, mais Georgia avait raison. Je ne pouvais pas continuer à désirer Blake éternellement. Je n'avais jamais eu de problème à dire exactement ce que je ressentais à n'importe quelle autre femme, mais avec Blake, je ne pouvais pas imaginer lui dire la vérité.

Peut-être était-ce parce qu'elle était la seule dont je me souciais vraiment.

Cela faisait probablement de moi un connard, mais il n'y avait personne comme Blake. Il n'y en avait jamais eu et je doutais qu'il y en ait jamais.

Des gens de la ville s'arrêtèrent à notre table pour partager des histoires sur Ms. Georgia avec Eddie et Karissa. Ils riaient avec eux et offraient leurs condoléances aux personnes qui étaient encore bouleversées par son décès. Le reste d'entre nous discutions tranquillement de l'arrivée de l'été et des projets pour le beau temps. Après l'hiver horriblement froid, nous étions prêts pour du soleil et des peaux dénudées.

Ou peut-être était-ce juste moi.

— J'espère que de nouveaux beaux mecs viendront en ville cet été, dit Elise avec un sourire narquois. J'aurais besoin d'un peu d'excitation.

— Oh, s'il te plaît, dit Finley, tu n'as jamais de mal à trouver de l'excitation.

Elise était définitivement la plus sociable du groupe. Elle s'amusait comme moi, sans attachement et avec beaucoup de plaisir. Elle m'avait dragué plusieurs fois, mais je ne pouvais pas coucher avec une amie de Blake. Je préférais garder mes coups d'un soir à une distance un peu plus grande que ça.

— J'aime le sexe, dit Elise. Et les hommes d'été sont généralement riches et partants.

— Comment sais-tu qu'ils ne sont pas mariés ? demanda Laura.

Elise haussa les épaules. — Je ne le sais pas toujours. Je ne suis pas pour tromper, donc je demande, mais s'ils me mentent, c'est leur problème. Si je vois la marque d'une alliance ou des messages d'une femme, j'arrête tout, mais s'il n'y a aucune raison de penser qu'un gars est marié, je le crois sur parole.

— Je serais tellement paranoïaque, dit Blake. Mais je ne couche pas non plus avec des inconnus.

— Tu devrais vraiment essayer un jour, dit Elise. Tu n'as toujours couché avec personne depuis William, n'est-ce pas ?

Blake me jeta un rapide coup d'œil puis secoua la tête. Ma bite réagit à cette pensée. Pas à l'idée de Blake et Willie ensemble, mais à celle d'être celui qui mettrait fin à sa période de sécheresse.

— Bonjour, Blake, dit-il juste derrière moi. Putain de Willie. Bien sûr qu'il devait apparaître à ce moment précis.

Elle se retourna et lui sourit. — Salut, William.

— Comment vas-tu ? demanda-t-il, son regard parcourant le reste de la table.

Blake se tourna sur sa chaise pour pouvoir le regarder. Ses genoux frôlèrent ma hanche. Elle s'excusa, puis se concentra à nouveau sur Willie.

Putain de Willie. Juste le regarder et savoir qu'il avait autrefois eu le droit de la toucher faisait bouillir mon sang. Blake était à moi. Elle ne le savait pas encore, mais elle était à moi. Elle allait être à moi. Et il était temps que Willie et tous les autres le sachent.

4

—Ça va, lui dit-elle finalement. Merci d'être venu.

Il hocha la tête. —Bien sûr. Mme Georgia a toujours été importante pour toi.

Sa façon de le dire laissait entendre qu'il était là pour elle. Comme s'il devait être celui qui s'occupait d'elle. Il avait perdu ce droit.

Je me penchai vers Blake et m'assurai que Willie me remarque. Je lui fis un signe de tête. —Content de te revoir, Willie.

Le tic nerveux dans sa mâchoire me fit sourire. J'adorais le faire enrager.

—Ouais, toi aussi, répondit-il les dents serrées. J'ai l'impression de te voir partout avec Blake ces derniers temps.

Blake se raidit à côté de moi. Je posai ma main sur sa cuisse, attirant l'attention de Willie. Je caressai du pouce la peau douce au bord de son short et dis : —C'est une femme dont il est difficile de rester éloigné.

Willie inspira profondément et se tint plus droit. —Je vois. Eh bien, c'était bon de tous vous revoir.

Je le suivis du regard jusqu'à ce qu'il soit au bar et ne

regarde plus dans notre direction. Puis Blake bougea sur son siège, délogeant ma main de sa cuisse. Elle se retourna pour faire face au reste de la table.

—Je ne comprends toujours pas comment tu as pu rester si longtemps avec lui, dit Elise. Je suppose qu'il est mignon, mais il n'a aucune personnalité. Aucune passion. Aucune excitation.

Blake haussa les épaules sans répondre.

—On n'est pas là pour disséquer la relation de Blake, dit Finley. Laissons-lui un peu de répit ce soir.

Blake lui offrit un sourire reconnaissant et se détendit légèrement. Elle était encore crispée sur son siège, mais quand son regard s'égara vers le bar, elle prit une autre respiration saccadée.

Willie l'observait. Bon sang. Je savais ce que signifiait ce regard. Il la voulait encore.

Je me penchai vers elle et posai mon bras sur le dos de sa chaise. Elle se tourna vers moi et sourit. Je l'attirai plus près, et elle s'adossa contre moi. Je l'embrassai sur le sommet de la tête et caressai son bras nu.

Le connard en moi leva les yeux vers le bar. Willie nous regardait. Je croisai son regard et lui fis un signe de tête, un *va te faire foutre* et un *merci d'être un abruti* tout à la fois. Il fronça les sourcils et se détourna. Et moi, je souris simplement.

—Pourquoi ne dansons-nous pas ? demanda Karissa. C'est une fête. On devrait danser. Qui est partant ? Eddie ?

Eddie rigola et secoua la tête tandis que Karissa se levait et lui tendait les mains. —Non, ma belle. Je vais passer mon tour. Je vous laisse profiter de la piste de danse, les jeunes.

—Qui m'accompagne ? demanda Karissa, regardant autour de la table.

Elise, Finley, Laura et Blake se levèrent toutes. Elles arboraient les mêmes sourires joyeux.

Blake contourna sa chaise et leva un sourcil vers moi. —Tu viens ?

On ne me le demandait pas deux fois. Je me levai et la suivis sur la piste de danse, me positionnant derrière elle.

Les femmes dansaient en un petit cercle. D'autres amis nous rejoignirent, certains se mettant en couple. Blake jeta plus d'une fois un coup d'œil par-dessus son épaule vers moi. Ses hanches me narguaient à chaque mouvement, et son sourire me taquinait. Elle était heureuse. Insouciante. Magnifique.

La chanson changea et un slow commença. Karissa alla prendre la main d'Eddie, et Finley se tourna vers un autre ami. Elise et Laura se mirent en couple, ce qui nous laissa Blake et moi.

—Tu veux danser ? lui demandai-je depuis derrière.

Elle acquiesça et pivota pour me faire face. Ses bras entourèrent mon cou, son corps près du mien. Je glissai une main autour de sa taille et l'attirai plus près. Je repoussai ses cheveux de son visage avec mon autre main et lui souris.

—Tu as l'air heureuse.

Elle sourit. —Je le suis. C'est toujours amusant de sortir avec mes amis.

J'acquiesçai, souhaitant faire partie de ce qui la rendait heureuse.

—Et toi, ajouta-t-elle doucement.

Je souris narquoisement. —Je ne fais pas partie de tes amis ?

Elle leva les yeux au ciel et souffla. —Tu sais ce que je veux dire.

J'acquiesçai et la rapprochai. Elle ne me résista pas tandis que nos corps se touchaient. Nous bougions ensemble, laissant la musique nous traverser et dicter nos mouvements. Nous ne parlions pas, nous bougions juste comme un seul être. Au fur et à mesure que la chanson avançait, nous nous rapprochions de plus en plus jusqu'à ce qu'il n'y ait plus aucun espace entre nous.

Toute mon attention était sur Blake. Le magnifique sourire sur son visage. L'expression heureuse dans ses yeux. La douceur de sa peau. Puis elle fronça les sourcils.

—Qu'est-ce qui ne va pas ? demandai-je.

Elle força un sourire. —Rien. C'est juste que William nous observe.

Je la tournai pour pouvoir voir Willie au lieu d'elle. Son regard était fixé sur nous, ses yeux s'attardant là où ma main reposait sur le bas du dos de Blake.

—Il te veut encore.

Elle secoua la tête. —Non, ce n'est pas vrai.

J'acquiesçai. —Si. Mais on peut y mettre fin maintenant si tu veux.

Son regard se fixa sur le mien. Ces grands yeux bruns, ouverts et confiants. —Comment ?

—Il reculera si je t'embrasse.

Elle ouvrit la bouche pour dire quelque chose puis secoua la tête et détourna le regard. —C'est bon. Tu n'as pas à faire ça.

Chaque cellule de mon corps se tendit. C'était ma seule chance. Si elle refusait, je devais l'accepter et la laisser partir pour toujours. Je ne pouvais pas la laisser dire non.

Je relevai son menton. Elle essaya de détourner le regard, mais je ne la laissai pas faire.

—Blake, embrasse-moi.

—Ian, vraiment, tu n'as pas à le faire. Je sais ce que tu penses de William, mais je peux gérer.

—Blake, embrasse-moi.

—Non, c'est bon.

—Wow, tu sais vraiment comment blesser un mec. Je te supplie pratiquement de m'embrasser et tu refuses, la taqui-nai-je.

Elle rit doucement. —Ce n'est pas ça. Je ne veux pas que tu te sentes obligé.

Je me rapprochai d'elle, maintenant son menton relevé tandis que je pressais mon corps contre le sien. —Blake, murmurai-je, embrasse-moi, Blake.

Sans rompre le contact visuel, elle acquiesça. Ses mains se resserrèrent autour de mon cou, m'attirant vers elle.

Tout se déroula au ralenti. Le mouvement de sa langue sur ses lèvres. La douce inspiration de son souffle. La façon dont ses seins se soulevaient et pressaient contre ma poitrine. Ses doigts se verrouillant autour de mon cou. Ses courbes amortissant mon corps.

Puis mes lèvres touchèrent les siennes. Tout explosa en moi. Le désir m'enflamma. Le contact le plus doux de ses lèvres me retourna complètement et une seule pensée traversa ma tête, le même mot pulsant dans mes veines.

Mienne.

Je laissai Blake prendre les devants, retenant mon désir pour elle. Si je la poussais trop loin trop vite, je la perdrais avant même de l'avoir. Perdre Blake n'était pas une option, ce qui signifiait qu'elle menait la danse.

Elle m'embrassait comme si c'était son premier baiser. Tentative et interrogative. Ses lèvres s'entrouvrirent, et sa langue douce sortit furtivement, tout comme quand elle goûtait sa bière. J'inclinai la tête sur le côté et glissai ma langue le long de la sienne.

Elle gémit et son baiser devint plus audacieux. Ses mains se resserrèrent, tirant sur les cheveux à l'arrière de ma nuque. Sa langue plongea dans ma bouche, puis se retira comme si elle réalisait ce qu'elle venait de faire.

J'appuyai ma main dans le creux de son dos, la gardant près de moi, et elle recommença. Je caressai sa langue avec la mienne, et taquinai la peau douce comme du velours sous le bord de son haut.

J'en voulais plus, mais Blake se recula et prit une profonde inspiration. Elle mordilla sa lèvre inférieure et fit un pas en arrière. —On devrait peut-être s'asseoir un moment.

J'acquiesçai, détestant qu'elle s'éloigne déjà de moi. —D'accord. Si c'est ce que tu veux.

Elle hocha la tête et commença à marcher vers la table. À mi-chemin, elle s'arrêta. —Euh, je dois aller aux toilettes. Je te retrouve à la table.

Je la regardai s'éloigner précipitamment. Je me dirigeai vers la table et jetai un coup d'œil en arrière une fois assis. Blake parlait avec une magnifique femme aux boucles en spirale et à la peau brun foncé. Elle pointa notre table, et je fis signe pour que la femme sache où Blake indiquait.

La femme sourit et acquiesça, puis marcha vers moi tandis que Blake se tournait vers l'arrière où se trouvaient les toilettes.

Je m'assis et surpris un sourire narquois de Finley. Je lui lançai un regard interrogateur, mais elle m'ignora tandis que la femme s'approchait.

—Salut. Blake m'a dit de venir m'asseoir ici. Je suis Trinity, dit la femme.

—Oh, c'est vraiment agréable de te rencontrer, dit Karissa. Je suis Karissa. Georgia était ma mère. Blake m'a dit que tu l'as connue. Merci d'être venue.

Trinity sourit et fit un signe de la main tandis que tout le monde se présentait. Puis elle prit la place de Blake à côté de moi.

—Salut, ronronna-t-elle.

—Salut, dis-je. Je suis Ian.

—C'est vraiment sympa de te rencontrer.

J'acquiesçai. Je ne voulais pas lui faire croire que j'étais intéressé, mais si Blake voulait qu'elle soit là, je n'allais pas être impoli non plus.

—Tu habites ici ?

J'acquiesçai. —Euh, oui. J'ai grandi ici. J'y ai vécu toute ma vie.

—Wow. Je viens juste d'emménager ici cette semaine. Peut-être que tu pourras me faire visiter un jour, dit Trinity.

Je forçai un sourire et acquiesçai. —Peut-être, mais vraiment, ce n'est pas une si grande ville. Si tu conduis pendant cinq minutes, tu verras toute la ville.

Trinity rit, ses boucles foncées se balançant par-dessus son épaule. —Tu es drôle.

—Blake, dis-je, remarquant qu'elle se tenait au bord de la table.

Blake me fit juste un sourire crispé. —Vous avez tous rencontré Trinity.

Tout le monde acquiesça. Blake évita mon regard. Sans place pour s'asseoir, les rouages dans sa tête tournaient. Elle s'apprêtait à filer.

—Viens ici, ma belle, dis-je, lui faisant signe d'approcher. Je me levai pour qu'elle pense que je lui donnais ma place. Une fois qu'elle fut plus proche, je l'attirai vers moi et l'installai sur mes genoux.

—Ian, souffla-t-elle.

Je glissai une main sur sa cuisse et l'autre sur son dos. —Assieds-toi juste avec moi, ma belle.

—Je suis trop lourde, dit-elle doucement.

—Tu es parfaite, lui dis-je.

Elle ne me résista pas, mais elle ne se détendit pas non plus.

Finley sourit à nouveau narquoisement, mais elle ne dit rien. Les autres reconnurent à peine ce qui se passait. Sauf Trinity.

Trinity se pencha vers moi. —Je suis désolée. Je ne savais pas que vous deux étiez ensemble.

—Nous ne le sommes pas, dit rapidement Blake.

Je regardai Blake, puis Trinity. Elle sourit et me fit un clin d'œil, comprenant manifestement exactement ce qui se passait.

—Blake a dit que tu venais juste d'emménager ici, dit Finley à Trinity. Où vivais-tu avant ?

—J'ai grandi à Syracuse. Quand j'étais ici il y a un an, Georgia m'a dit que je devrais déménager dans le coin. Ça m'a pris un an, mais je l'ai finalement fait, dit Trinity avec un sourire fier.

—J'ai déménagé ici il y a un peu plus de deux ans, dit Laura. J'adore. Je vivais près de Buffalo, mais je ne peux pas imaginer vivre ailleurs maintenant.

—Était-ce difficile de trouver ta place ? demanda Trinity.

Laura secoua la tête. —Pas vraiment. Je travaille à la clinique d'oncologie, donc malheureusement, j'ai rencontré beaucoup de gens rapidement. Et Georgia, bien sûr, m'a présentée à ces dames qui m'ont tout de suite accueillie et sont devenues mes amies proches.

—Elle était incroyable. J'ai encore du mal à accepter qu'elle soit partie, dit Trinity.

Blake prit une inspiration, son corps bougeant contre le mien. Avec la différence de taille entre nous, son épaule était contre ma poitrine. Je l'attirai plus près de moi et murmurai : —Ça va ?

Elle acquiesça et se redressa, s'éloignant de moi.

Ces signaux contradictoires me tuaient, mais je n'étais pas prêt à abandonner.

—Hé, comment appelle-t-on une vache grincheuse ? demandai-je juste assez fort pour que Blake l'entende.

Elle me regarda et haussa un sourcil.

—Meuuuh-rbide.

Elle pouffa de rire. —Tu es tellement bête.

Je haussai les épaules. —Au moins ça t'a fait rire. C'est tout ce qui compte.

Elle se détendit enfin et s'appuya contre moi. Son bras

entoura mon cou et son sein reposa sur ma poitrine. Je dus me concentrer sur ma sœur pour que ma queue ne se manifeste pas contre la hanche de Blake.

—Allons danser, dit-elle après quelques minutes. J'ai besoin de bouger.

Je la suivis avec les autres sur la piste de danse. Elle dansa avec ses amies, alternant entre bouger ses hanches avec elles en chantant la chanson et vérifier que j'étais toujours là.

Je l'observai tout le temps, mon regard dérivant rarement d'elle. Elle se déhanchait et se trémoussait, tentait et taquinait. Au moment où un slow démarra et qu'elle s'avança vers moi, mon corps entier était tendu comme un arc.

—On danse ? me demanda-t-elle avec un sourcil hésitant levé.

Je glissai mes bras autour de sa taille et l'attirai près de moi. Elle prit une profonde inspiration et nicha sa tête sous mon menton. De l'extérieur, on aurait dit que nous étions ensemble depuis toujours. Nous nous tenions étroitement serrés, nos corps bougeant en synchronisation. Et quand elle se pencha en arrière et me regarda, je ne pus résister à l'envie de presser mes lèvres contre les siennes à nouveau.

Elle se dressa sur la pointe des pieds pour me rejoindre à mi-chemin. Son souffle chatouilla mon visage une demi-seconde avant que je ne la goûte à nouveau. Je gardai notre baiser sage, balayant sa bouche de ma langue mais sans approfondir les choses. J'avais envie de me frotter contre elle, de lui faire sentir ce qu'elle me faisait, mais je gardai mes hanches décalées, laissant une séparation entre nous.

La chanson changea pour quelque chose de rapide et Blake s'échappa de mes bras en tournoyant. Elle dansa et rit et chanta les chansons à pleins poumons. Je profitai de chaque opportunité de la toucher, l'attirant près de moi et passant mon bras autour de sa taille autant que possible.

Blake n'avait aucune idée à quel point elle était sexy.

Chaque balancement de ses hanches et mouvement de son corps contre le mien me faisait me tendre de tout mon être.

Quand nous dansions avant, c'était différent. Son corps frôlait le mien, mais l'air entre nous n'était pas chargé de luxure, de désir et d'opportunité. Du moins pas des deux côtés. Je ne me souvenais pas d'un temps où je ne désirais pas Blake, mais je ne me souvenais pas non plus d'avoir pensé qu'elle pourrait me désirer.

Elle leva les yeux vers moi, ces yeux qu'elle considérait banals et ternes me mettant presque à genoux. Je ferais n'importe quoi pour la femme dans mes bras. Son sourire timide disait qu'elle était d'accord avec la façon dont je l'embrassais, dont je la tenais. Je voulais que chaque homme dans la pièce sache qu'elle était mienne, et que s'ils pensaient même à la toucher, ils auraient affaire à moi.

Mais Blake n'était pas mienne. Pas encore. C'était le moment de vérité, et j'avais besoin de savoir si nous avions une chance. Pendant des années, je suis resté sur la touche, attendant qu'elle largue ce loser de Willie, mais c'est lui qui a rompu avec elle. Quel abruti. Il n'avait aucune idée de ce qu'il abandonnait. Mais il m'a baisé au passage. Je ne savais pas si elle se languissait encore de lui ou non. Blake ne me disait pas ces choses, et je ne pouvais pas exactement demander à ma sœur.

Ses bras autour de mon cou taquinaient les cheveux de ma nuque. Ses doigts sur moi m'excitaient d'une façon que je n'aurais jamais cru possible. Je ne devrais pas être prêt à exploser avec tous mes vêtements sur moi et seulement quelques baisers entre nous, mais c'était Blake. Tout chez Blake était meilleur, plus fort, plus intense.

—Ça va ? demandai-je.

Elle acquiesça. —Je me sens parfaitement bien en ce moment.

Eh bien, bordel. Si ça ne me donnait pas une érection,

rien ne le ferait. Je relevai son menton à nouveau et abaissai mes lèvres vers les siennes. Je ne pouvais pas résister à l'envie de l'embrasser. J'avais eu mon premier goût, et je n'étais pas sûr de pouvoir m'arrêter. C'était tout ce que j'espérais et plus encore. Doux et sensuel avec une touche d'humour caractéristique de Blake en dessous.

Ses lèvres s'ouvrirent sous les miennes et je glissai ma langue le long de la sienne. Elle gémit, un son juste assez fort pour atteindre mes oreilles. Je n'avais jamais été adepte des démonstrations publiques d'affection, mais avec Blake dans mes bras, je ne pouvais pas m'empêcher de l'embrasser comme si elle était la seule chose me maintenant en vie. Je scellai mon corps au sien, la laissant sentir la bosse dans mon short. Elle haleta à nouveau, et j'enfonçai ma langue plus profondément. Elle gémit et enroula ses bras plus étroitement autour de mon cou, me rapprochant d'elle.

Le putain de paradis à cet instant précis.

La musique changea pour quelque chose de rapide qui poussa les autres personnes sur la piste de danse à sauter et bouger et nous bousculer. À contrecœur, je m'éloignai de Blake et pris une respiration apaisante.

Tout le monde dans la pièce nous regardait, mais je ne me souciais que d'elle. Elle était la seule qui comptait pour moi, et si elle était d'accord avec le fait que je l'embrasse, alors j'étais plus heureux qu'une moule zébrée dans la rivière.

5

BLAKE

—Je peux te raccompagner chez toi ? demanda Ian. Sa main reposait bas sur mon dos, possessive. Impossible de se méprendre sur cette main.

À moins de savoir que tout cela n'était qu'un spectacle.

J'ai hoché la tête et l'ai laissé me guider vers la sortie. Ce n'était pas inhabituel pour nous. Nous habitions tous les deux en ville. Nous rentrions à pied depuis O'Kelley's la plupart du temps. Ian m'accompagnait parfois, parfois non. Mais avec William à l'intérieur qui nous regardait partir, il n'y avait qu'une seule raison pour qu'Ian me raccompagne.

Tout comme il n'y avait qu'une seule raison pour qu'Ian m'embrasse.

J'ai inspiré une bouffée d'air frais et froid, et frissonné. J'adorais le printemps à L'anse MacKellar, mais il ne faisait pas chaud. L'été serait agréable, mais l'été n'était pas encore là.

—Tu as froid ? demanda-t-il.

J'ai secoué la tête. Pas avec son bras toujours autour de ma taille et son corps pressé contre mon côté. Qui aurait froid

50

avec un homme comme Ian qui frôlait votre corps à chaque pas ?

—Je ne savais pas que Willie serait là ce soir, dit Ian.

Je pouvais sentir la tension en lui autant que je pouvais l'entendre dans sa voix. J'ai haussé les épaules.

—Ce n'était pas une fête privée. Il l'a probablement appris par quelqu'un que nous avons invité.

—Tu ne l'as pas invité ?

J'ai laissé échapper un rire.

—Euh, non. Je ne lui ai pas parlé depuis des mois.

—Sauf l'autre jour quand il était à Cracked ?

J'ai soupiré.

—Bon, d'accord, si je dois le servir, je lui parle là-bas, mais nous ne parlons de rien d'autre que de comment il aime ses œufs cuits.

—Tu ne sais pas comment il aime ses œufs ? demanda Ian.

J'ai haussé les épaules.

—Non. Je ne connais pas la commande de tout le monde.

—Tu connais la mienne, dit-il, sa voix basse et rauque. Elle résonna en moi, alertant chaque nerf de mon corps. Comme s'ils ne savaient pas déjà qu'il était là, pressé contre moi et embrouillant mon esprit avec sa virilité sexy.

—Je te sers depuis des années, ai-je dit. C'était complètement faux, et nous le savions tous les deux. Je servais William depuis des années aussi. Je ne pouvais pas expliquer pourquoi je connaissais la commande d'Ian sans y penser mais n'avais aucune idée de ce que mon petit ami de cinq ans aimait manger.

—Alors, si tu ne lui parles pas, pourquoi est-il venu te saluer ce soir ?

J'ai haussé les épaules à nouveau.

—Je ne sais pas. C'est une petite ville. Peut-être qu'il veut être gentil.

—Je pense qu'il a encore le béguin pour toi, dit Ian, ses doigts me pinçant le côté.

Nous sommes arrivés à ma porte, et je me suis tournée vers lui.

—Ouais, je sais. C'est pour ça que tu m'as embrassée.

Ses yeux noisette retenaient les miens prisonniers, ne me laissant pas détourner le regard.

—Ce n'est pas pour ça que je t'ai embrassée, Blake.

J'ai ri.

—Ouais, d'accord. Pourquoi d'autre m'embrasserais-tu ?

Il a relevé mon menton, ses yeux brillant de quelque chose qui ressemblait à du désir.

J'ai dégluti difficilement et inspiré brusquement.

—Ian ?

—Mon baiser n'avait rien à voir avec Willie, Blake.

—Avec quoi alors ?

—Avec toi, bébé. Uniquement toi.

—Ian ?

—Invite-moi à entrer, Blake.

—Pourquoi ? ai-je bégayé.

—Parce que j'ai envie de t'embrasser encore.

J'ai passé ma langue sur ma lèvre avant de la mordre. J'ai serré fort, parce que je devais être en train de rêver. Ian Jameson ne pouvait pas être sur mon palier à me demander d'entrer pour m'embrasser.

Mais il était toujours là. Me regardant toujours avec ce même regard qu'il m'avait lancé quand j'étais tombée sur lui à Hawaii.

Partager une chambre d'hôtel devait être simple. William avait décidé de ne pas venir, et Ian avait décidé de venir, tous deux à la dernière minute. C'était facile puisque j'avais une chambre d'hôtel pour moi toute seule et que tout le monde était déjà en binôme.

Je n'aurais jamais pensé que cela susciterait des fantasmes sur le frère aîné de ma meilleure amie pendant des mois.

—Blake, dit-il à nouveau, fermement. Il n'accepterait pas de refus. Et je ne voulais pas lui donner cette réponse.

J'ai sorti ma clé de ma poche et déverrouillé ma porte latérale, nous laissant entrer. Ian a fermé la porte d'un coup de pied derrière nous et m'a suivie dans la maison obscure. Sa main a tiré sur mon t-shirt, ses doigts chauds effleurant ma peau nue. J'ai failli gémir à cette sensation.

—Blake, où vas-tu ?

—Canapé. Je ne pense pas pouvoir rester debout si tu m'embrasses encore. Pas maintenant.

Il a ricané, un son plein de fierté masculine. Il savait qu'il était sexy. Bon sang, tout le monde en ville et la moitié des villes le long du fleuve Saint-Laurent le savaient. Ian était connu, et pas seulement pour les incroyables bateaux en bois qu'il construisait et restaurait. Je n'allais pas penser à ça pour le moment. Je n'allais pas coucher avec lui. Mais je serais heureuse de l'embrasser un moment et d'ajouter ça à ma vidéo mentale de fantasmes.

Une fois sortis du couloir, il a enroulé ses bras autour de moi et m'a serrée contre lui. Nous avons marché ensemble, nos pas synchronisés tandis que nos corps se dirigeaient vers le canapé.

Ian connaissait ma maison aussi bien que moi. Il a allumé la lampe à côté de mon canapé et m'a tournée vers lui.

—Blake.

—Hmm ?

—Respire, bébé.

J'ai inspiré profondément et essayé de reprendre une autre respiration.

—Blake, respire. Calme-toi, bébé.

J'ai hoché la tête et essayé de me forcer à ne pas hyperventiler. Ian s'est baissé, captant mon regard et respirant profondément. J'ai imité ses respirations, sentant mon rythme cardiaque se calmer et ma respiration se stabiliser.

Comment l'homme qui causait le problème pouvait-il aussi être la solution ?

—Blake ?

—Je vais bien.

—Veux-tu que je parte ?

—Non !

Il a ri et passé son pouce sur sa lèvre inférieure.

—Désolée, je veux dire, non. Je préférerais que tu ne partes pas.

—Bien, dit-il, sa voix retrouvant ce ton profond et rauque qui enflammait mes nerfs et mouillait ma culotte.

Il méritait sa réputation. Sans même essayer, il me rendait désespérée qu'il m'embrasse ou me touche ou quelque chose.

Il a pris ma main et m'a conduite au canapé. Il s'est assis et m'a tirée à côté de lui.

—C'est toi qui décides ici, Blake.

J'ai secoué la tête.

—Non ?

—Je pense que tu dois prendre les commandes.

Il a haussé un sourcil.

—Tu en es sûre ?

J'ai hoché la tête. Je n'étais sûre de rien, mais je savais que je me ridiculiserais si j'essayais d'initier quoi que ce soit. Mon expérience pâlissait en comparaison à la sienne.

—Viens ici, bébé, dit-il doucement, enroulant son bras autour de mon dos et me soulevant sur ses genoux.

Je me suis mise à califourchon sur lui, m'installant sur ses genoux. J'ai sursauté quand j'ai senti une bosse ferme contre mon entrejambe.

—Tu ne vas pas t'enfuir, Blake.

—Je ne me suis pas enfuie, ai-je protesté.

Il a appuyé ses doigts dans mon dos, juste au-dessus de ma ceinture, me guidant vers lui.

—Ian ?

Une main a descendu le long de ma gorge, faisant naître des frissons partout où il me touchait. Ses doigts ont remonté puis plongé dans mes cheveux et m'ont tirée vers lui.

Il ne m'a pas embrassée lentement. Pas comme sur la piste de danse. Oh non. Ce baiser était tout sauf lent. Tout d'un coup, sa langue était dans ma bouche, léchant ma langue, poussant, me goûtant. La main dans mes cheveux a incliné ma tête sur le côté, et il s'est enfoncé encore plus profondément.

Il s'est retiré juste assez pour que je gémisse de la perte, puis a poussé à nouveau. Dedans et dehors, doux et ferme, baiser et mordillement. Il me rendait folle. Chaque fois que je pensais pouvoir le suivre, il changeait ce qu'il faisait et me faisait deviner à nouveau.

Sa main dans mon dos me pressait plus près de lui jusqu'à ce que tout mon corps soit plaqué contre le sien. Mes seins écrasés contre sa poitrine, mes courbes serrées contre ses plans. Je voulais lui cacher mon corps, mais il glissait sa main de haut en bas sur mon dos, sur mon côté, et le long de ma cuisse, touchant toutes les courbes que je détestais.

J'ai enroulé mes bras autour de son cou et me suis dit d'en profiter tant que ça durait. Ian ne resterait pas longtemps. Il n'était pas du genre à s'attacher, et je n'étais pas une femme d'un soir.

Je me suis perdue en Ian, savourant la sensation de l'avoir entre mes cuisses et ses baisers me rendant folle. Quand il partirait, j'aurais plein de matériel pour alimenter mes fantasmes.

Juste quand je pensais pouvoir obtenir quelques minutes de plaisir supplémentaires, un coup à la porte a résonné dans ma maison. J'ai bondi en arrière, mon souffle se figeant dans ma gorge.

Je suis descendue d'Ian et l'ai traîné sur ses pieds alors que le coup se faisait à nouveau entendre.

—Tu dois partir, ai-je dit, le poussant vers la porte latérale.

—Quoi ?

—Va-t'en. Maintenant. Je suis désolée, mais tu ne peux pas être ici maintenant.

—Pourquoi diable pas ? Qui est-ce ?

—S'il te plaît, Ian, ai-je supplié, le tirant.

Il n'a pas bougé. Il a fixé ma porte, puis a observé mon expression, et la sienne s'est durcie.

—Je t'ai embrassée sur la piste de danse à O'Kelley's. Devant toute la putain de ville, Blake. Qui est à ta porte à deux heures trente du matin ?

—Ian, va-t'en simplement.

Il a secoué la tête et repoussé ma main.

—Putain, non. Je ne vais pas me faufiler par derrière pour que ton plan cul tardif puisse entrer. S'il veut entrer, il peut me voir ici. Je ne suis pas un échauffement, Blake.

—Ian, non ! ai-je crié alors qu'il marchait vers ma porte d'entrée et l'ouvrait d'un coup sec.

—Oh, salut, a ronronné ma mère depuis le porche. Heureusement, elle n'est pas tombée à l'intérieur quand il a ouvert la porte.

—Mme Dewitt ?

Elle a ri.

—Oh, chéri, tu n'as pas besoin de m'appeler comme ça. Je suis Nadine, beau gosse.

—Maman, ai-je sifflé.

—Quoi ? a-t-elle lâché. Puis elle a regardé Ian. Ma fille n'est pas drôle. Elle me dit toujours d'arrêter de boire et de coucher avec des hommes que je ne connais pas, mais pourquoi ferais-je ça ?

—Maman, s'il te plaît, ai-je dit, m'avançant vers elle. Je l'ai fait entrer et j'ai fermé la porte derrière elle. J'ai réussi à l'amener au canapé, où elle s'est affalée à l'endroit même où Ian et moi venions d'être.

—Blake, tu devrais coucher avec ce sexy bonhomme que je viens de voir. Je ne sais pas où il est allé, mais il était s-e-x-y, Blakey.

Mes joues ont chauffé d'embarras. Je ne pouvais pas regarder Ian. Je n'aurais jamais dû le laisser entrer. Elle se pointait toujours les vendredis et samedis soirs. Heureusement, elle ne faisait pas ça en semaine, mais les week-ends étaient quand elle se « lâchait ».

—D'accord, Maman. Allons te mettre au lit, ai-je dit.

—Tu as vraiment besoin d'un meilleur canapé, a-t-elle grommelé en se couchant. Ou un lit pour que je puisse m'écrouler. Tu devrais vraiment mieux t'occuper de moi.

—Ou tu pourrais arrêter de boire et rentrer chez toi, ai-je dit doucement. Peu importait qu'elle m'entende ou non. Elle n'allait pas arrêter. Elle faisait ça épisodiquement depuis le lycée. Je passais mes nuits chez Finley les week-ends pour ne pas avoir à vivre avec ça, mais Finley n'a jamais passé la nuit chez moi. Pas après la première fois où Maman est rentrée ivre et que Finley a demandé avec inquiétude si elle allait bien. J'avais espéré que ma mère aurait grandi et arrêté de se saouler la plupart des week-ends, mais jusqu'à présent j'étais la seule que ça dérangeait.

Ses doux ronflements étaient la seule réponse que j'ai entendue d'elle. Je l'ai couverte avec la couverture du dossier du canapé et suis allée dans ma cuisine. J'ai sorti la nappe en vinyle de la poubelle dans mon garde-manger et j'ai rapporté les deux dans le salon, douloureusement consciente du regard silencieux d'Ian qui suivait chacun de mes mouvements.

J'ai éloigné la table basse du canapé et posé la nappe sur le sol. J'ai placé la poubelle devant elle là où elle ne la manquerait pas.

Puis j'ai forcé un sourire et regardé vers Ian.

—Tu devrais partir.

—Blake, a-t-il dit doucement, son ton doux et interrogateur.

—Ça va.

J'ai ravalé l'émotion dans ma gorge et fermé les yeux. J'ai grandi à L'anse MacKellar. J'ai fait mes études à Syracuse, mais je suis revenue à la maison une fois terminées. J'ai vécu avec Maman pendant quelques années, mais dès que j'ai pu me permettre ma propre maison en ville, j'ai déménagé. Seule. Et pendant toutes ces années, j'ai caché l'alcoolisme de ma mère à mes amis.

Voir Ian témoin de ma plus grande honte a éteint toute chance d'étincelles.

Il a contourné le canapé et s'est approché de moi. Je voulais le fuir, mais ça ne changerait rien. Mieux valait y faire face directement et mettre fin à ce que c'était avant que ça ne commence.

—Merci de m'avoir raccompagnée, ai-je dit quand il m'a rejointe.

—Blake, bébé. Regarde-moi. Son ton a ouvert tous les murs que j'avais construits autour de mes sentiments sur ma mère.

—Je ne veux pas en parler, ai-je dit doucement. Je ne pouvais pas faire confiance à ma voix. Plus fort et elle tremblerait et il saurait à quel point j'étais vraiment bouleversée.

—Je ne vais pas te forcer à parler.

—Je ne suis plus vraiment d'humeur, non plus.

—Tu penses vraiment que j'essaie de coucher avec toi

après que ta mère a essayé de me tâter et t'a ensuite dit de coucher avec moi ?

J'ai fermé les yeux alors qu'une nouvelle vague de honte me submergeait. Toutes les fois où j'ai détesté gérer ses crises ne sont rien en comparaison de la présence d'Ian.

Il m'a attirée dans ses bras, m'enveloppant dans une étreinte chaleureuse qui a défait chaque once de ma résolution. J'ai enroulé mes bras autour de lui et inspiré profondément. Je voulais pleurer, mais je ne pouvais pas. Pas avant qu'il soit parti.

—Ce n'est pas la première fois qu'elle fait ça, n'est-ce pas ?

J'ai secoué la tête.

—Depuis combien de temps, Blake ?

J'ai haussé les épaules.

—Oh, bébé. Des années ?

J'ai hésité puis hoché la tête.

—Blake, a-t-il gémi. Pourquoi n'étais-je pas au courant ?

J'ai ri et me suis dégagée de son étreinte.

—Parce que personne ne le sait. Je ne le dis à personne. Finley ne le sait même pas. Penses-tu vraiment que je veuille que tout le monde me regarde comme tu le fais maintenant ? Elle se tient assez bien quand elle sort pour que les gens ne sachent pas vraiment combien elle boit. Elle ne s'est jamais évanouie en public ou n'est tombée malade. Elle réserve ce plaisir pour moi.

—Tu ne devrais pas gérer ça toute seule, a-t-il dit doucement.

J'ai ri sans joie et fait un geste autour de la pièce.

—Et qui penses-tu va m'aider ? Je suis fille unique. Je n'ai pas de père. Et le seul homme avec qui j'ai été impliquée ces dix dernières années a pensé que je l'avais trompé avec toi à Hawaii.

—Quoi ?

J'ai soupiré et enfoui ma tête dans mes mains.

—Oublie ça.

—Willie pense qu'on a couché ensemble ? Pourquoi ?

—Je ne sais pas ! Ça n'a pas vraiment d'importance, cependant, parce qu'il a rompu avec moi il y a des mois. Et après ce soir, il est convaincu qu'il avait raison depuis le début à notre sujet.

—Tu l'aimes encore ?

J'ai ricané.

—Je ne pense pas l'avoir jamais aimé.

—Que veux-tu dire ?

J'ai secoué la tête et suis allée dans la cuisine. J'avais besoin d'eau, et il semblait qu'Ian ne partait pas de sitôt. J'ai versé de l'eau pour nous deux et lui ai tendu la sienne. J'ai bu la mienne, gagnant du temps.

—Que veux-tu dire par tu ne l'as jamais aimé, bébé ?

J'ai haussé les épaules.

—Je pense que je voulais l'aimer. Je voulais croire qu'il pourrait être... important pour moi. Notre relation a toujours été facile, confortable. Nous ne nous sommes jamais disputés, nous n'avons jamais eu de conflits, nous existions simplement ensemble. Quand il m'a demandée en mariage, je ne pouvais pas imaginer vivre avec lui. L'avoir ici ou emménager chez lui me semblait plus ennuyeux qu'autre chose. Et après être allée à Hawaii et avoir vu Georgia et Eddie, et tous ces autres couples, j'ai su que je ne pouvais pas rester avec lui.

—Je pensais qu'il avait rompu avec toi, a dit Ian.

J'ai roulé des yeux.

—Merci. Oui, il l'a fait. J'ai perdu mon courage à notre retour. Mais je m'étais déjà éloignée. Il s'est convaincu que je l'avais trompé pendant mon absence, et il a dit que nous avions toujours semblé être plus que des amis et a décidé que j'avais dû coucher avec toi.

—Tu lui as dit que ce n'était pas le cas ?

J'ai hoché la tête.

—Bien sûr, mais il ne m'a pas crue. Je suis désolée. J'aurais dû te le dire au cas où quelqu'un dirait quelque chose.

—Je me fiche de ce que Willie pense ou dit. Je me soucie seulement de toi, Blake.

J'ai inspiré profondément, sentant qu'il le pensait. Nous étions amis depuis toujours, cependant. Je savais qu'il tenait à moi. Il ne tenait simplement pas à moi comme j'espérais que quelqu'un tiendrait à moi.

—Je devrais y aller, a-t-il dit, vidant son verre et le mettant dans mon lave-vaisselle. Il savait que je détestais avoir de la vaisselle sale dans l'évier.

Je l'ai suivi jusqu'à la porte et l'ai tenue ouverte quand il est sorti.

—Je suis désolé que la soirée se soit terminée comme ça.

J'ai hoché la tête.

—Peut-être qu'on pourra réessayer une autre fois.

Je lui ai souri tristement. J'accepterais volontiers de réessayer, mais Ian ne retournait jamais vers la même fille plus d'une fois. J'avais raté ma chance.

—À plus tard, Ian.

Il s'est penché en avant et m'a embrassée sur le front.

—Verrouille ta porte, Blake.

J'ai hoché la tête et l'ai fermée derrière lui. J'ai éteint la lampe et vérifié ma mère puis me suis assurée que la porte latérale était verrouillée. J'ai mis mon verre dans le lave-vaisselle avec celui d'Ian et éteint la lumière de la cuisine, puis me suis dirigée vers mon lit. Seule.

Comme toujours.

6

*L*a semaine suivante est passée à toute vitesse. Nous avons annulé notre soirée entre filles du dimanche à cause de la fête de Mme Georgia, ce qui m'a permis d'éviter de répondre aux questions concernant Ian. Finley m'a envoyé un message pour s'assurer que tout allait bien, et je l'ai rassurée. Elle n'a pas insisté, et je n'ai rien proposé. C'était comme si ma soirée avec Ian n'avait jamais eu lieu.

Peut-être n'était-ce qu'un rêve. C'est l'impression que ça me donnait. Il n'est pas passé chez Cracked pendant mes heures de travail, et je ne l'ai pas croisé en ville. D'habitude, je le rencontrais une ou deux fois par semaine, mais là, je ne l'ai pas vu du tout.

J'avais eu ma chance pour une nuit avec Ian, et ma mère l'avait gâchée. Sans le moindre remords. Le lendemain, elle s'est levée toute joyeuse et enjouée, souriant en préparant le petit-déjeuner. Elle n'avait aucune idée de ce qu'elle avait interrompu ou de ce qu'elle m'avait dit. J'aurais voulu la détester pour ça, mais c'était ma mère.

Karissa nous a annoncé que sa nouvelle application était

en ligne et nous a demandé de nous y inscrire. Je n'avais jamais essayé les sites de rencontres, mais j'aimais bien l'idée de rencontrer un homme qui me rappellerait Westley du *Princess Bride*. En fait, j'aimais simplement l'idée de rencontrer un homme qui serait encore là le lendemain. Quelqu'un qui me ferait bouillir le sang comme Ian mais qui resterait comme William.

Ouais, c'est ça. Aucun homme comme ça n'allait rester avec quelqu'un comme moi. Ce n'était pas un hasard si je n'avais pas vu Ian pendant une semaine. Il était rentré chez lui et avait réalisé que me toucher était une erreur. Mon défi allait être d'agir normalement la prochaine fois que je le verrais. Bah. La normalité avait disparu dès son premier baiser.

Maudit soit-il de m'avoir fait croire qu'un homme comme lui pourrait désirer une femme comme moi. Ou que je méritais d'avoir dans ma vie une passion qui ne s'estomperait pas. Quelques heures avec Ian Jameson et j'étais fichue. Ruinée. Aucun autre homme ne ferait l'affaire. Bon sang.

C'était à mon tour d'apporter le dessert pour notre soirée entre filles, alors j'ai préparé mon gâteau au chocolat meilleur-que-le-sexe. Avec son gâteau moelleux et dense et son glaçage au fromage à la crème doux et riche, ce gâteau était à tomber. Et d'après mon expérience, il était vraiment meilleur que le sexe. S'il pouvait me parler, j'envisagerais sérieusement de construire une vie avec lui.

Finley et Karissa approchaient de la porte de Petits ami du Livre Illimité en même temps que moi. Finley a gémi quand elle a aperçu le gâteau à travers la boîte.

—C'est ton gâteau meilleur-que-le-sexe ?

J'ai hoché la tête. —En effet. Comme je n'ai pas de sexe, j'ai pensé que je pourrais au moins profiter d'un gâteau.

Karissa a pouffé. —C'est un gâteau délicieux, mais je

préférerais le sexe n'importe quand. Il ne colle pas à mes fesses.

—Eh bien... a dit Finley avec un sourire narquois tout en déverrouillant la porte. Parfois, si.

—Beurk, ai-je lâché. Je n'ai pas besoin d'imaginer ça.

—Imaginer quoi, Blakey ? Le sexe anal, c'est sexy en diable. Il n'y a rien de mal à ça, a dit Finley alors que nous entrions.

—Wow, a dit Laura juste derrière nous. J'ai visiblement manqué quelque chose.

Karissa a ri. —J'ai dit que je préférais le sexe au gâteau parce qu'il ne colle pas à mes fesses. Finley a dit que parfois si, et la douce, innocente et non-baisée Blake s'est affolée.

—Je ne suis pas douce et innocente, ai-je dit en fronçant les sourcils.

—Mais "non-baisée" s'applique ? a demandé Finley avec douceur.

J'ai levé les yeux au ciel. —On sait toutes que je ne couche avec personne.

—Et même quand c'était le cas, ce n'était pas si bon, a ajouté Elise en entrant. Tu n'as pas couché avec Ian le week-end dernier ?

Les autres lui ont lancé un regard écarquillé qui m'a fait comprendre qu'elles avaient toutes convenu de ne pas me poser de questions sur Ian.

—Oups, a dit Elise. Je veux dire, comment s'est passée ta semaine ?

J'ai soupiré. —Non, je n'ai pas couché avec Ian. Il m'a raccompagnée chez moi, et c'est tout.

—Il n'y a aucune chance que toi et Ian ayez quitté O'Kelley's ensemble sans rien faire. J'ai vu comment vous dansiez. Et comment il t'a embrassée, a dit Karissa.

J'ai ricané. —Il m'a embrassée parce qu'il pensait que

William essayait de se remettre avec moi ou quelque chose comme ça. Il essayait de faire reculer William.

—Pourquoi pensait-il ça ? a demandé Laura.

J'ai haussé les épaules. —Parce que William est apparu à la fête. Je lui ai dit qu'il n'y avait aucune chance que William veuille se remettre avec moi.

—Mon frère n'est pas du genre à rouler des pelles sur la piste de danse. Avec qui que ce soit. Pour quelque raison que ce soit, a dit Finley en secouant ses cheveux chocolat.

J'ai haussé les épaules à nouveau, essayant de ne pas trop y penser. C'était peut-être inhabituel pour Ian, mais rien ne s'était passé et rien n'allait se passer. Nous nous étions embrassés et il était parti quand ma mère était arrivée. Fin de l'histoire, fin de l'opportunité.

—Est-ce que quelqu'un a eu un match sur l'appli de Karissa ? ai-je demandé, espérant qu'elles saisiraient ce changement de sujet.

—Oh, oui, vous en avez eu ? a demandé Karissa. J'en ai fait la publicité, mais ça peut prendre un peu de temps pour qu'une chose comme ça prenne. Nous avons définitivement besoin de plus d'hommes.

—J'en ai parlé à Ian, a dit Finley d'un ton détaché.

Mon regard s'est brusquement tourné vers le sien, et elle a eu un sourire narquois. L'inclinaison de sa tête indiquait qu'elle n'en avait pas fini avec l'autre conversation. Ma gorge me démangeait et mes paumes devenaient moites. Je ne voulais pas dire à Finley à quel point j'avais été proche d'avoir des relations sexuelles avec son frère. Quand nous étions plus jeunes, elle me disait combien c'était bizarre quand l'une de nos amies trouvait Ian séduisant. Je ne pouvais pas imaginer que cela ait changé simplement parce que nous avions la trentaine au lieu d'être adolescentes.

—C'est génial, a dit Karissa. Je devrais lui demander si je peux mettre une affiche chez Jameson Wooden Boats.

Finley a hoché la tête. —Je suis sûre qu'il n'y verra pas d'inconvénient. Il en parle aux gens qu'il rencontre.

—J'adore ton frère, a dit Karissa.

Un coup à la porte a interrompu notre conversation. Finley s'est levée pour voir qui c'était pendant que je coupais le gâteau et distribuais des assiettes à tout le monde. Quand Finley est revenue, Trinity était avec elle.

—Salut, ai-je dit à Trinity. Je suis si heureuse que tu aies décidé de te joindre à nous.

—Merci pour l'invitation. C'est difficile de rester assise dans mon appartement toute la semaine sans personne à qui parler, a dit Trinity.

—C'est pareil pour moi, a dit Karissa. J'essaie de faire une promenade sur le front de mer tous les jours et de sortir manger quelques fois par semaine. C'est tellement mieux que de rester enfermée et de se sentir comme une ermite.

Trinity a hoché la tête. —C'est une bonne idée.

—Vous devriez vous retrouver de temps en temps, a dit Laura. Puisque vous vivez et travaillez dans le même immeuble. Allez travailler dans l'appartement l'une de l'autre ou quelque chose comme ça.

Trinity et Karissa ont échangé un regard et haussé les épaules. —On pourrait faire ça.

—As-tu téléchargé la nouvelle appli de Karissa ? a demandé Finley à Trinity. C'est une application de rencontres basée sur les petits amis de livres que tu voudrais voir devenir réels.

—Vraiment ? a demandé Trinity. Ça a l'air génial.

—Merci, a dit Karissa avec un grand sourire. J'essaie de faire en sorte que le plus de personnes possible s'inscrivent.

Trinity a acquiescé. —Je pourrais utiliser toute l'aide possible. La plupart des hommes regardent mes seins et oublient qu'il y a plus que ça en moi. Et si je peux rencontrer plus de gars comme Ian, je suis partante. Elle s'est tournée vers moi. —Je suis désolée, encore une fois, de m'être mise entre vous deux. Je n'avais aucune idée que vous commenciez quelque chose.

—Ce n'est pas le cas, ai-je dit fermement. Ian n'est pas à moi.

Trinity a plissé les yeux. —Il en avait l'air. Ou il veut l'être.

J'ai secoué la tête. —Ian ne fait pas dans les relations. Il y est allergique. C'est un homme à usage unique, et nous avons terminé.

—Donc, tu as couché avec lui, a dit Elise avec un large sourire. Je le savais.

—Non, ce n'est pas le cas. Je... nous avons été interrompus. Mais je lui ai dit que nous n'allions pas avoir de relations sexuelles. Nous nous sommes juste embrassés, ai-je dit.

—On vous a tous vus vous embrasser sur la piste de danse, a dit Elise. Nous voulons savoir ce qui s'est passé quand vous avez quitté O'Kelley's.

J'ai haussé les épaules. —Plus de la même chose. Il m'a raccompagnée chez moi, m'a dit de l'inviter à entrer, et nous nous sommes embrassés pendant quelques minutes sur mon canapé. Puis il est parti. Je ne l'ai pas revu depuis.

—Aïe. Désolée, ma belle, a dit Elise.

—Ça craint, a répété Karissa.

J'ai haussé les épaules, essayant de ne pas être bouleversée. Ça n'avait aucun sens que je veuille pleurer pour une occasion manquée avec Ian alors que j'avais à peine été affectée quand les choses avaient pris fin après cinq ans avec William.

Finley a pris une bouchée de gâteau et a changé le sujet de ma vie amoureuse inexistante à toutes les façons dont le gâteau était meilleur que les hommes et les petits amis de livres meilleurs que les vrais. Je me suis assise et j'ai laissé la conversation se dérouler autour de moi. J'ai pris une deuxième part de gâteau, sachant que personne n'y prêterait attention. Je n'allais pas être jugée par mes amies pour la largeur de mes hanches ou la petitesse de ma poitrine en comparaison. Elles n'allaient pas me dire que je devrais arrêter de manger ou essayer quelque chose de plus sain ou faire plus d'exercice. Elles m'aimaient exactement comme j'étais. Et je devais m'en contenter parce qu'il était très possible que je ne trouve jamais le genre d'amour que je lisais dans les livres. Ce genre d'amour était amusant à rêver, mais je ne l'avais jamais ressenti dans la vie réelle.

Je suis restée un peu après le départ des autres pour aider Finley à nettoyer. Elle a sorti le petit aspirateur de l'arrière-boutique pour s'assurer qu'aucune miette ne restait. Nous avions appris cette leçon à la dure.

J'ai remis le couvercle sur ma boîte à gâteau vide et j'ai essuyé la table. Les assiettes en papier inutilisées sont retournées dans l'armoire de rangement avec les couverts en plastique. J'ai noué le sac poubelle et je l'ai sorti, puis j'ai pris les livres que Finley avait mis de côté pour moi. Elle attrapait toujours quelques-unes des nouvelles sorties qu'elle pensait que j'apprécierais et les mettait de côté pour que je les lise.

J'ai lu la quatrième de couverture de l'un d'eux avec un magnifique coucher de soleil et un phare au loin.

—Ça m'a rappelé notre phare, a dit Finley. Ça a l'air bien.

J'ai fini de lire et j'ai hoché la tête. —Oui, en effet. J'ai besoin d'histoires sexy et heureuses en ce moment.

Finley s'est mordillé l'ongle pendant une seconde puis a croisé mon regard. —Tu sais que je serais d'accord avec toi et Ian ensemble, n'est-ce pas ?

J'ai ri brièvement et j'ai secoué la tête. —Tu n'as pas à t'inquiéter pour ça.

—Je pense que si.

J'ai secoué la tête à nouveau. —Vraiment, rien ne s'est passé. Oui, on s'est embrassés, mais... je sais comment est Ian. Je ne vais pas lui courir après ou penser qu'il est amoureux de moi ou quoi que ce soit. Il s'est laissé emporter par le moment. Je suis nouvelle pour lui. Mais il ne revient jamais. On le sait toutes les deux.

Finley a soupiré. —Mais toi si, Blake.

J'ai pincé les lèvres et haussé les épaules. —Ça n'a pas d'importance. C'étaient des baisers vraiment, vraiment bons, mais c'est tout. Je ne vais pas te mettre au milieu de nous. Et si tu le vois, tu peux lui dire que je ne vais pas être bizarre.

—Pourquoi serais-tu bizarre ? a-t-elle demandé.

J'ai haussé les épaules à nouveau. —Je ne le serai pas. Mais s'il m'évite, je ne veux pas que ce soit parce qu'il s'inquiète que je sois une de ces filles qui ne lâche pas prise. Je sais que c'était une nuit, une fois seulement. C'est fini, et c'est bien.

—Blake, a dit Finley.

Je ne voulais pas la regarder. Elle me connaissait trop bien. Elle verrait à quel point je voulais croire à mes mots si je croisais son regard. Elle saurait que je racontais des conneries mais que j'essayais d'être forte.

—Est-ce que tu aimes bien mon frère ? a doucement demandé Finley.

J'ai inspiré lentement, de manière instable. —Je n'ai jamais aimé ton frère avant, Finley. Et ça ne va pas devenir quelque chose. Partager une chambre avec lui...

—C'était il y a des mois. Est-ce qu'il s'est passé quelque chose ?

J'ai secoué la tête. —Non, bien sûr que non. Je veux dire, je suis entrée une fois alors qu'il était dans la salle de bain, mais je suis partie. Et-

—Que veux-tu dire par tu es entrée alors qu'il y était ? Qu'est-ce qu'il faisait ?

J'ai dégluti, la gorge sèche et irritée. —Euh, il était... il... je pense qu'il venait juste de se masturber quand je suis entrée.

—Tu l'as vu ? Tu sais, son... C'est mon frère. Ne me force pas à le dire, a dit Finley avec une expression écœurée.

J'ai ri. —Je ne le ferai pas. Et, euh, oui ? Il a refermé sa serviette, mais, euh, oui.

—Pourquoi ne m'as-tu pas parlé de ça ?

J'ai secoué la tête. —Pourquoi l'aurais-je fait ? Je suis entrée sur ton frère et j'ai été larguée parce que William pensait que quelque chose s'était passé.

—Attends, quoi ? William l'a découvert ? Comment William a-t-il su pour ça ?

J'ai inspiré profondément et j'ai repoussé mes cheveux derrière mon épaule. —Il ne sait pas pour ça. Il s'est simplement convaincu que quelque chose s'était passé entre Ian et moi puisque nous avons partagé une chambre. Il m'a quittée à cause de ça.

—Merde, Blake. Pourquoi ne m'as-tu pas dit tout ça ? Je suis ta meilleure amie.

J'ai haussé les épaules. —Je me sentais... je ne voulais le dire à personne. C'était plus facile de dire à tout le monde que les choses se sont terminées parce que nous n'étions pas faits l'un pour l'autre. Je ne voulais pas qu'Ian apprenne que William pensait que quelque chose s'était passé. Je ne voulais pas qu'il pense que j'avais dit quoi que ce soit à William.

Finley a inspiré profondément et a expiré lentement. Son regard a erré tandis qu'elle traitait toutes ces informations. Finalement, elle a secoué la tête et s'est levée. —Ian se fiche de ce que William pense ou dit. Par contre, il tient à toi. Il ferait n'importe quoi pour toi, Blake.

J'ai hoché la tête. —Je sais. Je suis comme une autre sœur pour lui.

Finley a secoué la tête mais n'a pas argumenté. —Je pense que tu devrais lui dire ce qui s'est passé avec William.

J'ai secoué la tête. —Il le sait. Je ne pense pas que William ait jamais rien dit à personne, mais en nous voyant ensemble... qui sait. De toute façon, Ian et moi, c'est terminé.

Finley a ouvert la bouche pour argumenter à nouveau, mais je l'ai interrompue.

—Fin, je sais que tu veux bien faire. Tu veux que je sois heureuse autant que je veux que tu sois heureuse, mais les filles rondes et les constructeurs de bateaux sexy ne vont pas ensemble. C'est simplement ma réalité. J'ai toujours été d'accord avec ça. Il n'y a aucune raison pour que ça change.

—Je pense que tu as tort, Blake. Je pense que nous sommes des femmes incroyables et que nous méritons toutes des hommes sexy qui aimeront nos courbes.

J'ai souri. —Nous sommes incroyables, mais nous savons toutes les deux que les hommes qui ressemblent à Ian jugent généralement les femmes qui nous ressemblent. Nous méritons des hommes incroyables, et j'espère que nous les trouverons un jour. Je pense juste que ton magnifique frère perpétuellement célibataire ne sera pas cet homme pour moi.

Elle a soupiré. —On ne sait jamais, Blake.

Je lui ai simplement souri. Moi, je savais. Et je ne pouvais plus vivre dans un monde de rêve.

Sur le chemin du retour, je me suis souvenue que je devais parler à Karissa de la fresque murale. J'aurais déjà dû lui demander, mais je m'étais convaincue que si j'avais un concept dessiné, il lui serait peut-être plus facile d'accepter.

Je suis passée devant Cracked et je suis entrée sur la place. Les lumières suspendues à la pergola et les réverbères qui bordaient la place me donnaient assez de lumière pour voir le mur.

Cracked était griffonné sur le côté en peinture écaillée. La vieille brique avait été peinte plusieurs fois, les couches précédentes transparaissant. Quand j'étais petite, le mur représentait ce qui était censé être le rivage. C'était plutôt abstrait et je ne l'avais jamais compris.

La dernière peinture avait été réalisée quand j'étais au collège, il y a environ vingt ans. C'était simple avec le nom et L'anse MacKellar, New York écrit sur le côté. J'aimais la simplicité, mais j'étais d'accord avec Earl qu'il fallait le rafraîchir un peu.

Je n'étais simplement pas tout à fait sûre de comment le faire d'une manière qui honorerait notre petite ville et la femme qui avait fait en sorte que la ville se sente comme un foyer pour tant de personnes.

J'ai regardé le mur un peu plus longtemps, puis je me suis allongée sur l'herbe. Il commençait à faire frais, mais j'appréciais la température. Parler d'Ian me réchauffait, et ce n'était jamais une bonne chose. Il était facile de laisser mon imagination s'emballer, mais mon cœur était dangereusement proche de suivre après avoir dansé avec lui et l'avoir embrassé. Je ne blâmais aucune des femmes qui finissaient dans son lit. Pas après avoir été du côté récepteur du côté séducteur d'Ian Jameson.

Rester allongée là ne me faisait aucun bien. Je me suis levée et j'ai traversé ma petite ville endormie, seule. Il faisait nuit noire quand je suis rentrée chez moi. Ma petite maison était silencieuse et sombre, et me rappelait d'y entrer avec les bras d'Ian enroulés autour de moi.

Ouais. Il avait définitivement gâché les autres hommes pour moi. Maudit soit-il.

7

IAN

J'étais un sacré veinard. Je l'avais pratiquement toujours été. Beaucoup de choses me venaient facilement. Les filles, le travail, la vie. J'avais un super boulot et je vivais dans l'un des plus beaux endroits du monde.

Mais une semaine sans Blake me faisait sérieusement penser que je n'étais plus aussi chanceux que je le croyais. J'étais grincheux et, en général, insupportable. J'étais même agacé par moi-même.

Ce qui expliquait pourquoi ce n'était pas une grande surprise quand mon père est entré chez moi en milieu de matinée ce lundi.

— Salut, fiston, dit-il de ce ton sans détour qui lui était propre et qui me hérissait les nerfs.

J'aimais mon père. Nous avions toujours eu une bonne relation. Finley et notre mère étaient proches, et mon père et moi étions proches. C'était la personne avec qui j'avais discuté du lancement de Jameson Wooden Boats, et à peu près de toutes les autres décisions importantes de ma vie.

— Bonjour, ai-je grommelé. Je lui ai versé une tasse de

café et la lui ai tendue. Noir, comme il l'avait pris toute ma vie.

— Belle journée, n'est-ce pas ?

J'ai hoché la tête, sirotant ma propre tasse. Il aimait les banalités avant de me passer un savon. Je n'étais pas sûr s'il était là pour me réprimander sur mon attitude ces derniers jours ou si c'était autre chose, mais je n'allais pas lui donner de nouvelles munitions.

— C'est le bateau de Robert ?

J'ai hoché la tête à nouveau et l'ai conduit vers cette magnifique création qui n'avait pas encore de nom. Ce type était un connard, mais il avait bon goût en matière de bateaux. Sa conception générale était élégante et splendide, et avec les touches que j'y avais ajoutées pour en faire un bateau vraiment exceptionnel, il allait être une pièce maîtresse sur l'eau.

— Tu as fait un sacré boulot. C'est lui qui te rend si désagréable dernièrement ? Ou c'est une brune qui te met dans tous tes états ?

J'ai secoué la tête. — Ce n'est rien.

— Blake Dewitt n'est pas rien, fiston. Surtout pas après que vous vous soyez embrassés toute la soirée à la fête de Georgia pour ensuite partir ensemble.

— Comment es-tu au courant ? ai-je laissé échapper.

Papa a ri, ce son léger résonnant contre les murs d'acier qui nous entouraient. — C'est une petite ville, Ian. Tout le monde sait tout ici.

Je lui ai lancé un regard noir, détestant l'idée que tout L'anse MacKellar était probablement au courant de ma honte. Non seulement j'avais tout gâché avec Blake, mais c'était de notoriété publique, au point que même mon père en avait entendu parler.

— Je l'aidais simplement.

— Ce n'est pas ce que j'ai entendu dire. Et ce n'est pas non plus ce que je vois. Tu es amoureux de Blake depuis des années. Je suppose que tu as vu cette nuit-là comme ta seule chance avec elle.

— Elle ne voulait pas de moi, papa. C'était ma seule chance.

Papa a haussé les épaules. — Ta mère m'a invité à sortir trois fois avant que je dise oui. J'avais d'autres préoccupations. Si elle avait abandonné après une tentative, toi et ta sœur ne seriez pas là.

J'avais entendu cette histoire de nombreuses fois. Maman et papa s'étaient bien entendus, et maman était la plus confiante des deux. Elle savait qu'ils avaient quelque chose de spécial bien avant que papa ne l'admette, et elle s'était assurée qu'il le sache aussi.

Mais Blake et moi n'étions pas mes parents. Nous avions nos vies. Nous n'étions plus à l'université. Et les choses étaient compliquées. Surtout des choses comme sa mère.

— Ce n'est pas si simple, ai-je dit à mon père. J'ai ramassé la ponceuse et me suis dirigé vers le bateau. Je devais me mettre au travail, et je ne voulais pas me disputer avec mon père.

— Rien n'est simple quand il s'agit d'amour, fiston. Ta mère et moi avons eu de réels problèmes au fil des années, mais peu importe ce qui arrive, être avec ta mère a toujours été la chose la plus importante pour moi. Est-ce qu'être avec Blake est la chose la plus importante pour toi ?

Ses paroles ont touché une corde sensible, et j'ai eu envie de le frapper. Mon propre père. Comment pouvait-il me poser cette question ? S'il savait que j'étais amoureux d'elle depuis des années, comment pouvait-il me demander si être avec elle comptait ?

— Je pense que tu as ta réponse, fiston. Maintenant, la seule question est de savoir ce que tu vas faire à ce sujet. Il s'est éloigné en sifflotant comme s'il était content de ce qu'il avait fait.

J'avais envie de frapper quelque chose. Si je savais quoi faire au sujet de Blake, je le ferais, putain. Le problème, c'est que je n'avais aucune idée de quoi faire. Elle avait plus de choses à gérer que je ne l'avais jamais su, et je ne pouvais pas m'immiscer au milieu de tout ça.

Je me suis mis au travail et j'ai chassé toutes les pensées de ma tête. J'ai mis de la musique et l'ai laissée remplir l'espace autour de moi. Devon, le gamin que j'avais embauché pour l'été, n'était pas là le lundi, donc j'avais l'endroit pour moi tout seul pour mettre la musique à fond et accomplir mon boulot.

Une heure plus tard, quand j'ai reconnu que j'avais faim et que j'avais besoin de manger autre chose que du café, j'ai vérifié mon téléphone. J'ai gémi en voyant une alerte de l'application stupide de Karissa. La dernière chose dont j'avais envie était de faire connaissance avec une femme au hasard. Finley m'avait fait créer un compte, pour aider Karissa, mais je n'avais pas l'intention de l'utiliser réellement.

On dirait que l'application de Karissa avait d'autres idées.

Je l'ai ouverte pour désactiver les notifications quand j'ai vu le nom de mon match. Souris de crique. Souris était le surnom que j'avais donné à Blake il y a des années. Personne d'autre ne l'appelait comme ça, mais ça ne pouvait pas être une coïncidence.

J'ai consulté son profil et lu tout ce que je pouvais à son sujet. Elle recherchait une amitié qui pourrait se transformer en quelque chose de plus. Ça ressemblait à Blake. Elle était artiste. Oui. Et elle aimait son espace privé.

J'ai retenu mon souffle. Il y avait beaucoup de choses à propos de mon match qui me surprenaient. Comme son attirance pour les films d'action mais sa préférence pour les classiques et les comédies romantiques. Elle n'était pas sûre de croire au mariage. Et le plus surprenant de tout, elle pensait que la passion était réservée aux aventures d'un soir, pas aux relations à long terme.

Il était possible que ce ne soit pas Blake, mais j'en étais presque certain. Ce qui signifiait que je devais faire un peu plus de recherches. Et je devais faire une petite excursion. De toute façon, j'avais faim. Aller à Cracked en sachant que Blake y serait encore était juste une coïncidence.

Je me suis un peu nettoyé, m'assurant que mes mains étaient propres et que je n'avais rien barbouillé sur mon visage, puis j'ai verrouillé et je me suis dirigé vers la rue. C'était à moins de dix minutes de ma boutique à Cracked, mais j'y suis arrivé en moitié moins de temps.

Avant d'entrer, j'ai jeté un coup d'œil à travers les fenêtres et j'ai repéré Blake. Elle était derrière le comptoir, sirotant l'eau qu'elle gardait remplie pendant qu'elle travaillait, après être passée du café. C'était assez calme à l'intérieur, ce qui était bien. J'ai ouvert l'application et appuyé pour lui envoyer un message. Simple et direct.

WOODY

> Salut, Souris de crique. J'ai vu qu'on était matchés. C'est ma première fois sur cette appli. Je pourrais toujours utiliser un ami si tu es partante. Au fait, ta photo de profil est sexy.

Sa photo était un piment. Assez drôle, la mienne aussi. Je ne me souvenais pas avoir configuré ça. C'était peut-être quelque chose que l'application faisait en fonction des réponses à nos questions.

J'ai appuyé sur envoyer et j'ai regardé par la fenêtre à nouveau. Une seconde plus tard, Blake a sorti son téléphone de sa poche. Ses sourcils se sont froncés, puis elle a souri et ri. Ses pouces ont tapé quelque chose, puis elle a rangé son téléphone à nouveau, juste au moment où mon téléphone vibrait dans ma main.

SOURIS DE CRIQUE

Merci, Woody. Allen ou Toy Story ? Je ne sais pas lequel serait mieux. Ta photo est sexy aussi. MDR.

J'ai souri et glissé mon téléphone dans ma poche, puis je suis entré dans Cracked. Elle souriait et flirtait avec moi. Nous n'en avions pas fini.

Blake a levé les yeux avec un sourire au son de la cloche au-dessus de la porte. Son sourire a vacillé quand elle a vu que c'était moi, mais elle s'est vite ressaisie. Si je n'avais pas été attentif, je ne l'aurais pas remarqué, mais je l'ai vu. Ça m'a fait mal.

— Salut, a-t-elle dit après une seconde. Euh, tu peux t'asseoir où tu veux.

J'ai hoché la tête et me suis dirigé vers le comptoir. Sa boisson était posée en face du tabouret que j'ai choisi, ce qui signifiait qu'elle s'occupait de cette section.

Elle m'a regardé avec de grands yeux, puis s'est forcée à sourire et a pris la cafetière. Elle m'a versé une tasse et a posé la crème devant moi.

— Comme d'habitude ? a-t-elle demandé.

J'ai fait signe que oui.

Elle s'est retournée et a passé la commande, puis a fait le tour de la salle avec la cafetière. Elle est rapidement revenue puisqu'il n'y avait que quelques personnes. Elle s'est arrêtée devant moi et a mâchouillé sa paille.

— Comment vas-tu ? lui ai-je finalement demandé.

— Super. Je veux dire, bien. Je vais bien, a-t-elle bégayé.

J'ai acquiescé. — Bien. C'est juste que je ne t'ai pas vue.

Elle a hoché la tête, évitant mon regard. — Je suis occupée. Tu sais comment c'est. Se préparer pour l'été.

J'ai hoché la tête et souri derrière ma tasse de café. Elle était nerveuse. J'aimais bien Blake nerveuse. Ça signifiait que je la déstabilisais, ce qu'elle me faisait depuis des années.

— As-tu pensé à ce qu'on se retrouve ? ai-je demandé en reposant ma tasse. Je l'ai observée du coin de l'œil pour qu'elle ne s'en aperçoive pas.

Sa bouche s'est ouverte et refermée, puis une rougeur a envahi ses joues. Quand j'ai finalement levé les yeux, elle a inspiré profondément, soulevant sa poitrine parfaite et m'obligeant à changer de position sur mon siège.

— Je, euh, pourquoi ?

Ce n'était pas ce à quoi je m'attendais. — Pourquoi ? Pourquoi pas ?

Elle a ricané. — Tu as épuisé ton stock de femmes avec qui coucher ? Je veux dire, je sais que je n'ai été avec personne depuis William, mais je n'ai vraiment pas besoin d'un coup par pitié, Ian.

J'ai pouffé, sachant que ça l'énerverait. Elle a soufflé, mais avant qu'elle ne puisse dire autre chose, j'ai dit : — Ce serait plus une pitié si tu disais non, Blake. Et crois-moi quand je te dis que ce n'est pas juste pour me soulager.

— Alors c'est quoi, Ian ? Toi et moi savons que tu n'es pas du genre à avoir des relations, et moi si. Alors comment quelque chose entre nous fonctionnerait-il ? Tu demandes une aventure d'un soir ?

J'ai haussé les épaules. J'avais envie de lui demander pour toujours, mais Blake était aussi craintive qu'on puisse l'être. Elle n'était pas le genre de femme à qui je pouvais dire ça. Elle n'avait pas voulu épouser le type avec qui elle était sortie pendant cinq ans, alors la convaincre d'accepter un rendez-vous serait difficile.

— Et si on se retrouvait un de ces jours pour voir comment ça se passe ?

Elle a plissé les yeux. — C'est une sorte de blague, Ian ? Inviter la grosse fille à sortir ?

Je me suis levé et j'ai fait le tour du comptoir, attrapant sa main. — Earl, on revient tout de suite, ai-je crié, mon regard ne quittant jamais celui de Blake.

— Pas de problème, a répondu Earl.

Mon esprit s'emballait alors que Blake se débattait. Je n'allais pas la laisser penser que je la voulais pour une autre raison que simplement la vouloir. Et j'étais furieux qu'elle puisse non seulement dire cela d'elle-même, mais le penser de moi.

Je l'ai traînée jusqu'aux toilettes, sachant que c'était le seul endroit à Cracked où nous pourrions être seuls.

— Ian, a-t-elle sifflé alors que ma main se resserrait sur son poignet.

Je l'ai ignorée et l'ai tirée avec moi dans les toilettes des hommes. J'ai fermé la porte et l'ai plaquée contre celle-ci, la coinçant avec mes bras de chaque côté de son visage.

Elle a regardé d'une main claquée contre la porte à l'autre, puis m'a regardé. — Ian ?

— Je ne veux plus jamais t'entendre dire ça, ai-je dit, ma voix basse et rauque. J'étais tellement furieux contre elle que je pouvais à peine respirer, encore moins parler.

— Dire quoi ? a-t-elle demandé doucement.

— Que tu es grosse.

Elle a ricané. — Ian, arrête. Je sais qui je suis. J'aime la nourriture et je déteste transpirer. Et je sais que les hommes ne meurent pas d'envie de découvrir ce qui se cache sous ce tablier sexy que je porte.

— Moi, si, ai-je grogné.

Elle a roulé des yeux. — Comme je l'ai dit, c'est une sorte de blague, non ?

Je me suis rapproché d'elle, me glissant lentement dans

son espace personnel jusqu'à ce que je puisse sentir chaque centimètre d'elle, de ses seins jusqu'à ses genoux.

Elle a haletée quand elle a senti mon sexe contre son ventre.

— Ian ?

— Je ne peux pas simuler ça, Blake. Ce n'est pas une blague, ce n'est pas un jeu, ce n'est rien d'autre que moi qui désire tellement être en toi que j'en perds la tête.

— Ian, a-t-elle soufflé, sa voix rauque et sexy. J'imaginais qu'elle aurait le même son quand je m'enfoncerais en elle, l'étirant et la remplissant.

— Ne m'accuse pas de me foutre de toi, Blake. Je ne ferais pas ça à toi, ni à aucune femme. Ce n'est pas qui je suis, et ça m'énerve vraiment que tu penses ça de moi.

Elle a secoué la tête, son regard figé dans le mien. — Ce n'est pas ça. Je ne comprends juste pas pourquoi tu me veux.

Je me suis reculé juste assez pour regarder son corps, laissant mes hanches pressées contre les siennes. J'ai laissé toute la chaleur que je ressentais emplir mes yeux quand j'ai rencontré les siens à nouveau, et elle a haletée.

— Ian, a-t-elle soufflé une fois de plus, et je n'ai pas pu m'empêcher de réduire à nouveau la distance entre nous.

J'ai attrapé sa queue de cheval et tiré sa tête en arrière. Ses lèvres se sont entrouvertes dès que les nôtres se sont touchées, me permettant de plonger ma langue dans sa bouche. Elle avait le goût du café et du bacon. J'ai grogné et me suis appuyé contre elle.

Mon autre main est tombée sur sa cuisse et a soulevé sa jambe sur ma hanche. Je me suis frotté contre elle, pris de vertige face à la chaleur qui émanait de son centre. Je pulsais dans mon short, brûlant de faire tomber les barrières entre nous et de savoir enfin ce que ça faisait d'être gainé à l'intérieur de Blake.

— Blake, ai-je gémi en traînant mes lèvres le long de son

cou. Elle avait le goût du sirop et sentait les pancakes. Elle a halétée quand j'ai mordillé sa clavicule puis a soupiré quand j'ai glissé ma langue sur la même chair.

— Ian.

Une certaine conscience de l'endroit où nous étions a filtré dans ma tête et je me suis forcé à reculer. Ses lèvres pulpeuses étaient humides de nos baisers. Ses yeux encore fermés. Elle avait l'air ivre, et j'ai souri. Putain, ouais.

— Ni par pitié ni par blague. Mais pas ici non plus.

Ses yeux se sont finalement ouverts, et elle a cligné des yeux pour chasser le brouillard du désir. Elle s'est léché les lèvres et m'a souri. — Wow.

J'ai ri. — Certainement. J'ai fait un pas en arrière et j'ai pris une inspiration. — Ce n'est pas fini, Blake.

Elle a souri plus largement et a hoché la tête. — Ça me va.

— Bien, ai-je dit, en me penchant pour capturer ses lèvres une fois de plus. Je n'ai pas laissé le baiser s'attarder, même si je le voulais. J'ai reculé à nouveau et j'ai fermé les yeux une seconde. Je lui ai lancé un sourire narquois et j'ai dit : — Tu devrais sortir en premier. J'ai besoin d'une minute loin de toi avant de pouvoir traverser la salle à manger.

Elle a incliné la tête en question, puis son regard s'est fixé sur ma queue. Le salaud avide a tressailli, essayant de dire bonjour à nouveau. Elle a aspiré une respiration saccadée puis a tâtonné avec la poignée de la porte et s'est précipitée hors des toilettes.

J'ai ri et verrouillé la porte derrière elle. Je pouvais encore sentir son odeur dans les toilettes, alors j'ai fait couler de l'eau froide et me suis aspergé le visage. Les respirations profondes ne faisaient que ramener son parfum, mais j'ai finalement réussi à me calmer suffisamment pour sortir.

Jean m'a souri avec malice alors que je retournais à ma place. Mon petit déjeuner était là, m'attendant. Blake, en revanche, ne l'était pas.

Elle est restée loin de moi pendant que je mangeais mon petit déjeuner. Ses joues sont restées roses tout le temps, et chaque fois qu'elle me regardait, le rose s'intensifiait.

J'ai souri en mangeant.

Jean a rempli mon café et a dit : — Tu lui fais du mal, tu porteras ça.

J'ai acquiescé vivement. — Je me botterai le cul moi-même d'abord.

Jean m'a fixé un moment puis a hoché la tête. — Je te prendrai au mot.

Je lui ai souri, heureux que Blake ait quelqu'un d'autre qui veille sur elle. Un jour ce serait mon rôle, si Blake me le permettait.

Quand j'ai fini mon petit déjeuner, je suis resté sur mon tabouret à boire lentement mon café. Blake m'évitait à nouveau, mais je pouvais attendre.

Jean a débarrassé mon assiette et a souri. Elle savait exactement ce que je faisais et semblait être de mon côté.

Finalement, Blake s'est approchée et a arraché mon reçu. Elle l'a posé sur le comptoir devant moi et s'est tournée comme pour s'éloigner à nouveau.

J'ai attrapé sa main, la retenant en place jusqu'à ce qu'elle croise mon regard.

— Je te verrai bientôt, Blake.

Ses lèvres ont tressailli. Elle a secoué la tête et a souri. — D'accord.

J'ai hoché la tête et me suis levé, la laissant partir. J'ai payé ma note et je suis retourné à ma boutique avec le sentiment que je pouvais accomplir à peu près n'importe quoi.

8

BLAKE

J e déjeunais assise sur l'herbe du square mercredi quand quelqu'un s'est installé près de moi. J'étais concentrée sur ma meilleure idée de design jusqu'à présent et je ne voulais pas perdre le fil de mes pensées, mais je n'avais même pas besoin de regarder pour savoir que c'était Ian.

J'ai terminé mon croquis et me suis tournée vers lui. — Salut.

— Salut, dit-il joyeusement. Je peux voir ?

J'ai hoché la tête et lui ai tendu mon carnet de croquis. Je laisse rarement quelqu'un voir mon travail avant qu'il ne soit terminé, mais Ian était un artiste et comprenait que c'était un processus de créer quelque chose de beau à partir de rien.

— Mme Georgia ? a-t-il demandé.

J'ai acquiescé. — Earl m'a demandé de peindre une nouvelle fresque. Il veut lui rendre hommage pour que les gens se souviennent d'elle pendant des années. Eddie l'a déjà approuvé.

— Wow. C'est génial. Qu'a dit Karissa ?

J'ai bougé mal à l'aise. — Euh, je ne lui ai pas encore parlé.

84

— Ah, ma belle. Elle va adorer l'idée. Tu n'as pas à t'inquiéter pour elle.

J'ai souri qu'il comprenne exactement ce que je craignais sans que j'aie à le lui dire. J'ai haussé les épaules. — Je pensais que ce serait plus facile de lui parler si j'avais une idée de ce que je voulais peindre. Lui montrer comment ça rendrait hommage à Georgia. J'ai plein d'idées, mais elles semblaient fragmentées. Rien n'était assez grand pour remplir le mur.

Je l'ai regardé feuilleter mon carnet, observant les différentes idées que j'avais dessinées depuis qu'Earl m'avait parlé de la fresque. Il s'est arrêté quand il est revenu sur le seul dessin que j'avais fait de lui. Celui que j'avais oublié se trouvait là.

J'ai tendu la main pour reprendre le carnet avant qu'il puisse le regarder de trop près, mais il l'a mis hors de ma portée. — Blake, a-t-il gémi. C'est nous ?

Je me suis rassise et j'ai brossé l'herbe invisible de mon short. — Non. Ce sont juste deux personnes.

— Qui font l'amour ?

— Et alors ?

— Blake, c'est ce que tu veux ? Me chevaucher comme ça, ma belle ?

Mes joues brûlaient. Je ne montrais jamais mes croquis à personne. Jamais. Et j'avais dessiné celui-là il y a si longtemps que je l'avais complètement oublié. J'avais fait d'autres croquis d'Ian, et d'Ian et moi ensemble, mais celui qu'il avait vu était un que j'avais dessiné à Hawaï.

— Ce n'est pas nous, ai-je insisté, même s'il était évident que c'était le cas. Le gars avait ses abdos sculptés et ses yeux orageux. C'était le regard qu'il m'avait lancé le soir où je l'avais surpris. Je n'arrivais pas à me le sortir de la tête et avais dû le dessiner pour ne jamais l'oublier. Et la femme, eh bien, c'était une version légèrement plus mince de moi.

Quelques bourrelets en moins, de plus beaux cheveux, et des fesses parfaites puisque je l'avais dessinée de dos.

Ian s'est penché plus près, rapprochant le carnet. J'ai gardé mon regard fixé sur le livre, prête à le lui arracher jusqu'à ce que l'homme lui-même se frotte contre mon côté. — J'aimerais que ce soit nous. J'ai fantasmé sur ça. Regarder ces seins parfaits rebondir pendant que tu me chevauches, prenant ce dont tu as besoin de moi. Je veux voir ta tête rejetée en arrière quand tu jouis, et découvrir jusqu'où descend cette adorable rougeur quand tu es si excitée que tu ne peux plus te rappeler ton nom.

J'ai inspiré profondément et expiré lentement. Mon carnet était depuis longtemps oublié tandis que toutes mes pensées restaient bloquées sur les paroles d'Ian. Il fantasmait sur ça. Sur nous.

— Tu... tu as pensé à nous ? ai-je soufflé, peinant à prononcer ces mots.

Il a relevé mon menton jusqu'à ce que nos regards se croisent. — Putain, oui, Blake.

— Je... euh... d'accord.

— Tu n'y as jamais pensé ? a-t-il demandé avec un sourire entendu.

— Bien sûr que si. Mais tu es toi. Tu peux coucher avec n'importe quelle femme en ville, ou hors de la ville, ou sur la planète. Pourquoi fantasmerais-tu sur moi ?

Son sourire s'est élargi et son regard s'est abaissé vers la page ouverte sur ses genoux. Il a parlé sans relever les yeux. — Parce que je ne veux aucune de ces autres femmes. C'est toi que je veux, Blake. Je te l'ai dit l'autre jour, et je te le dirai encore et encore jusqu'à ce que tu comprennes. C'est ce que j'imagine. Toi, heureuse. Comblée. Détendue.

Je ne comprenais toujours pas, mais je ne pouvais pas nier que j'aimais le tableau qu'il peignait.

Mon regard s'est posé brusquement sur l'emplacement de

la fresque et tout à coup, j'ai su exactement ce que je devais dessiner. J'ai attrapé le carnet et tourné une nouvelle page. — Tu dois partir. Maintenant.

— Blake, a-t-il dit, la déception dans sa voix.

J'ai secoué la tête, sans quitter mon carnet des yeux. — Ce n'est pas ça, Ian. Je viens d'avoir une super idée. Je dois la dessiner maintenant avant de la perdre. Désolée. C'est parfait.

Il s'est penché plus près, la chaleur de son corps menaçant de me distraire de ma tâche. Puis il m'a embrassée sur la joue et s'est levé. — Bonne chance.

— Merci, ai-je dit, remarquant à peine quand il s'est éloigné. Mais je l'ai ressenti, et je savais que ce ne serait pas long avant que je le revoie. Et peut-être que j'essaierais quelques-uns des fantasmes que j'avais eus à son sujet. Et découvrirais certains des siens.

Mai devenait définitivement plus chaud.

J'AI ÉTÉ INSPIRÉE au cours des jours suivants pour non seulement trouver plusieurs idées de fresque, mais aussi pour créer de nouvelles peintures. Il s'avérait qu'Ian était bon pour inspirer beaucoup d'idées.

Olive, la propriétaire d'Island Designs, était toujours prête à stocker de nouvelles reproductions de mes peintures. Island Designs était une boutique près de Cracked qui présentait l'artisanat créé par des artistes locaux. Quand je suis revenue m'installer à L'anse MacKellar, j'ai appris à connaître Olive en tant que cliente. Quand elle a découvert que j'aimais peindre, elle m'a encouragée à lui apporter certaines de mes œuvres. Elles se sont bien vendues, et elle m'en a demandé d'autres. Au cours des sept dernières années, mon art m'a rapporté assez d'argent pour acheter ma maison et ne pas avoir à m'inquiéter constamment pour l'argent. C'était énorme quand L'anse MacKellar et toute la région fermaient pratiquement pendant la moitié de l'année.

J'ai emballé mes nouvelles peintures pour les montrer à Olive avant de dépenser de l'argent pour des reproductions qui ne l'intéresseraient pas. Elle disait généralement oui, mais je préférais lui montrer ce que j'avais avant de compter sur son approbation. Si Olive disait oui, j'aurais un peu de confiance pour aborder le week-end et la conversation très nécessaire que je devais avoir avec Karissa.

Island Designs était bondé quand j'y suis entrée. Olive travaillait toujours et partageait toujours des histoires avec ses clients. Elle se considérait comme une historienne de L'anse MacKellar. Elle connaissait la vraie histoire de la ville et le passé officieux et humoristique dont le reste d'entre nous n'était pas sûr qu'il se soit réellement produit. Elle s'en fichait et ne se souciait jamais de dire à qui que ce soit si les histoires étaient réelles ou fictives. Pour elle, elles étaient toutes vraies.

Olive m'a fait un signe de tête quand je suis entrée et m'a fait un clin d'œil quand elle a remarqué le portfolio dans ma main. Je suis allée à l'arrière pour attendre qu'elle ait une pause.

J'ai déballé les peintures pendant que j'attendais, mais Olive m'a rejointe peu après.

— Qu'est-ce que tu m'as apporté ? a-t-elle demandé, se frottant les mains. La grosse tresse brune d'Olive avait autant de gris entrelacé que de brun. Sa robe vibrante était presque aveuglante, mais son sourire éclatant était sincère et aimant.

— J'ai passé une bonne semaine et j'ai trouvé quelques nouvelles peintures. Je voulais te les montrer, lui ai-je dit, faisant un geste vers les toiles que j'avais apportées.

Sa main s'est dirigée vers la première, un coucher de soleil rose et violet sur le lac avec le phare au premier plan.

C'était sans risque, mais un peu différent. Plus audacieux et plus lumineux. Une peinture plus abstraite.

— J'adore ces couleurs. Magnifique. C'est toujours ton style, mais tu as trouvé une certaine passion dans cette œuvre. Qu'est-ce qui t'est arrivé, ma douce ?

Mes joues ont brûlé de vérité. Je ne pouvais pas avouer qu'Ian m'avait inspirée, ou qu'il s'était immiscé dans mon esprit. — Oh, euh, j'ai juste trouvé une nouvelle inspiration.

Olive m'a lancé un regard sceptique mais n'a pas insisté. — Eh bien, garde-la. J'aime cette nouvelle étincelle. Voyons ce que tu as d'autre.

Olive a également aimé les deux peintures suivantes, mais quand elle est arrivée à la dernière, elle a eu un hoquet de surprise. — Oh, wow, Blake. Si je pensais que les autres étaient bonnes, celle-ci est sensationnelle. Je peux ressentir la sensualité et le désir sur la toile. Elle m'a regardée. — Je ne savais pas que tu étais impliquée avec quelqu'un.

J'ai secoué la tête. — Je ne le suis pas.

Elle a plissé ses yeux noisette et m'a étudiée. — Tu ne l'es pas ? Parce que ce n'est pas une peinture faite par une femme sans passion ni romance dans sa vie. C'est une peinture faite par une femme qui sait ce que c'est que de perdre la tête.

Elle a haussé les sourcils vers moi et mes joues m'ont trahie.

— Ah, donc tu es bien la même femme, tu ne veux simplement pas admettre qui est celui qui fait ressortir ce nouveau côté sexy de toi. Eh bien, Blake, quoi que ce soit, qui que ce soit, j'aime cette nouvelle étincelle. Tu fais un travail magnifique, mais c'est toujours sans risque. Ça attire la personne ordinaire, la personne de tous les jours, mais ceci sera quelque chose qui commandera l'attention de quelqu'un de spécial. Cette peinture, ces deux silhouettes sur la place, entrelacées de cette façon, cette peinture va attiser les feux de tous les couples qui entreront ici. Bien joué, Blake. Bien joué.

— Merci, ai-je dit doucement.

Elle a posé la peinture et m'a souri, ses yeux aussi vifs que sa robe. — J'ai hâte de voir ce que tu vas créer ensuite, en supposant que tu gardes ta dernière inspiration. William est un homme gentil, mais ce n'est pas l'homme qu'il te faut. Je suis heureuse que tu aies trouvé celui qui l'est.

— Oh, non. Ce n'est pas comme ça, ai-je bégayé. Je ne voulais pas que quiconque pense qu'Ian et moi avions quelque chose qui durerait. Et je ne voulais certainement pas qu'il pense que je disais ça aux gens.

— C'est dommage, ma douce. Tu devrais vraiment essayer de lui faire changer d'avis, cependant. Il est bon pour toi.

J'ai souri sans répondre. Je ne pouvais rien lui dire. Pas à propos d'Ian. Olive irait dire à tout le monde en ville que nous étions ensemble si elle pensait qu'il se passait quelque chose. Non. Ma bouche restait fermée.

J'ai rangé mes affaires et discuté avec Olive. J'ai pensé à Trinity et dit : — Oh ! J'ai rencontré une nouvelle artiste. Elle vient de s'installer ici. Elle conçoit des bijoux. Je me demandais si tu serais intéressée à jeter un coup d'œil à ce qu'elle fait.

Olive a hoché la tête. — Bien sûr. Tu sais que j'adore aider les artistes locaux. Envoie-la-moi quand elle sera disponible.

Je l'ai serrée dans mes bras. — Merci, Olive. Ça signifie beaucoup. Elle est venue ici à cause de Mme Georgia et a pensé à partir, mais j'espère qu'elle restera. J'ai vu quelques-unes de ses pièces et je les ai trouvées incroyables.

— Eh bien, si tu le penses, je suis sûre que je n'aurai aucun problème à les vendre. J'ai hâte de la rencontrer. Elle m'a raccompagnée jusqu'à l'avant et a attendu que nous soyons à la porte avant de dire : — Et salue Ian de ma part, ma douce.

— Je le ferai, ai-je dit sans réfléchir. Je me suis tournée pour la regarder quand j'ai réalisé ce que j'avais dit, mais Olive m'a juste lancé un sourire narquois.

Merde.

JE NE VOULAIS PAS PRENDRE le risque que quelque chose revienne aux oreilles d'Ian avant que je lui dise qu'Olive était au courant pour nous. Pas qu'il y ait un nous, mais après la fête de Georgia, je n'étais pas surprise que les gens parlent.

Le son de la raboteuse m'est parvenu aux oreilles avant même que j'atteigne la porte. Elle était fermée pour se protéger de la brise fraîche de l'après-midi venant de la rivière. J'ai poussé la porte grinçante et suis entrée. Je l'ai refermée derrière moi et j'ai suivi le son jusqu'à ce que je voie deux bottes qui dépassaient de sous un magnifique bateau.

Je ne voulais pas surprendre Ian, mais je me sentais comme une voyeuse à rester là. J'ai mordillé ma lèvre pendant une minute, débattant de ce que je devrais faire, quand la raboteuse s'est arrêtée.

— Je ne savais pas que tu passerais aujourd'hui, a-t-il dit, se glissant hors de sous le bateau avec un sourire. Cela dit, je suis déjà sur le dos et prêt pour toi.

J'ai pouffé, mes joues chauffant à ses paroles flir-teuses. — Je... Qui pensais-tu que j'étais ?

Il s'est levé sans effort, entrant dans mon espace person-nel. Je brûlais d'envie de reculer mais je ne l'ai pas fait, le lais-sant s'approcher.

— Je savais exactement qui était là dès que cette porte s'est ouverte, Blake.

— Comment savais-tu que c'était moi ?

Il a haussé un sourcil. — Est-ce vraiment pour ça que tu es venue me voir ?

Il était proche. Dangereusement proche. La seule autre fois dont je me souvenais où il avait été si proche de moi, c'était quand nous avions dansé et nous étions embrassés.

Mon pouls tonnait dans mes oreilles, noyant tout ce qui se trouvait en dehors d'Ian et moi. Je voyais les paillettes vertes dans ses yeux noisette, un cercle doré autour de son iris. J'ai inspiré, et il a repoussé les cheveux de mon cou.

— Ce n'est pas que je n'aime pas te voir débarquer ici, Blake, mais y avait-il une raison pour laquelle tu es passée ?

La raison a finalement percé mon esprit et j'ai reculé d'un pas. — Désolée. Tu as raison. Oui, euh, Olive. Je suis allée à Island Designs et elle sait pour nous. Je veux dire que nous nous sommes embrassés. Chez O'Kelley. Pas chez moi. Enfin, je ne sais pas si elle sait pour ça, mais je ne pense pas. Je ne sais pas comment elle le saurait. Mince, Olive invente ses propres histoires alors peut-être qu'elle a deviné, mais je ne sais pas. Elle pourrait-

— Blake, a-t-il dit, me sortant de mon bavardage. Tu sais comment est cette ville. Tout le monde est au courant. Avant même que nous sortions de là, tout le monde savait. Et partir ensemble n'a fait que faire jaser davantage, ma belle.

— Tu n'es pas fâché ? ai-je soufflé.

Il a ri et secoué la tête. — Pourquoi serais-je fâché ? Je savais exactement ce qui allait se passer la première fois que j'ai enroulé mes bras autour de toi. Il m'a attirée près de lui et a niché son visage contre mon cou. — Je n'ai aucun droit d'être contrarié que toute la ville parle.

Ma tête tournait. Je voulais me fondre en lui et oublier tout le reste, mais quelque chose persistait. Quelque chose qui me disait que je ne pouvais pas simplement lâcher prise et accepter ses paroles.

Je me suis écartée de lui. Ses yeux étaient fermés, le désir pur écrit sur son visage. Du désir pour moi. C'était quoi ce bordel ? Ian et moi n'avions jamais été comme ça. Il couchait avec des femmes, et moi j'avais des relations. Nous savions tous les deux que ça ne marcherait pas. Mais il me regardait comme s'il voulait que quelque chose fonctionne.

— Tu n'as jamais été à l'aise avec les démonstrations d'affection en public, Ian. Pourquoi n'es-tu pas énervé ?

Il a haussé les épaules et passé une main dans ses cheveux. Il a levé les yeux vers moi et dit : — Si nous voulons convaincre Willie que c'est vraiment terminé, nous devons laisser tout le monde croire que nous sommes ensemble.

J'ai acquiescé, un peu frustrée. Je pouvais gérer William. Je l'avais géré. Je pensais qu'Ian se trompait à propos de William voulant me récupérer, mais indépendamment de cela, je n'allais pas prétendre être avec Ian à cause de ça.

— William n'est pas intéressé à se remettre ensemble. Même s'il l'était, je n'aurais pas dû me laisser emporter à la fête de Georgia. Ce n'était pas juste pour toi de laisser les choses aller si loin. Je ne m'inquiète pas pour William.

— Qu'est-ce que tu veux dire ? a demandé Ian.

Je l'ai regardé droit dans les yeux et j'ai dit : — Je dis qu'il n'y a aucune raison pour nous de prétendre être ensemble. Tu es libéré.

Il a fait un pas vers moi. — Et je t'ai dit l'autre jour que c'est toi que je veux, Blake. Ça n'a rien à voir avec Willie et tout à voir avec toi. Il n'y a personne ici maintenant, et je combats chaque instinct de ne pas te jeter sur mon épaule et t'emmener dans mon lit pour pouvoir faire ce que je veux de toi.

J'ai haleté et fait un pas en arrière. Il continuait à dire des choses comme ça, mais c'était Ian. Ian qui m'appelait par des noms quand nous grandissions. Ian qui sortait avec des femmes minces depuis toujours. Ian qui ne s'impliquait jamais au-delà d'une nuit ou deux.

Nous ne correspondions pas. Il était en forme, j'étais grosse. Il couchait à droite à gauche, je devenais sérieuse. Il... me regardait comme s'il ne pouvait pas imaginer une minute de plus sans ses lèvres contre les miennes. Et je ressentais certainement la même chose.

— Qu'est-ce que c'est, Ian ?

Il a haussé les épaules à nouveau. — C'est moi qui te veux, Blake. C'est tout ce que c'est. Rien de compliqué. Juste moi qui te veux.

— Quand personne n'est là, ai-je dit doucement.

Il est entré dans mon espace personnel et m'a forcée à le regarder. — Je t'ai embrassée putain chez O'Kelley, Blake. Devant toute la ville. Je suis sorti de là avec toi, sachant très bien que ça allait alimenter les rumeurs. Je ne fais pas ça maintenant quand personne ne regarde. Mais tu peux être sûre que je ne vais pas te baiser devant un public parce que tu es toute à moi, Blake. Peu importe comment tu me laisseras t'avoir, je ne te partage pas.

Eh bien, bordel. Il savait vraiment comment abattre mes défenses.

9

— Ian, soufflai-je, et c'était toute l'invitation dont il avait besoin. Il combla l'espace entre nous, me souleva et me jeta sur son épaule avant de se diriger vers l'arrière de la boutique où se trouvait son appartement.

Je restai parfaitement immobile, de peur qu'il me laisse tomber si je bougeais. Je n'étais pas légère, et même si Ian était fort, il était tout à fait possible qu'il me lâche. Sa main reposait sur ma cuisse, ses doigts me taquinant entre les jambes.

Mon Dieu. J'allais coucher avec Ian Jameson. Et je ne m'étais pas rasée depuis des mois.

Nous arrivâmes enfin à son appartement, et il me remit sur pied. Il releva mon menton du bout du doigt. Ses yeux noisette brûlaient d'une ardeur qui déclencha un feu identique en moi. Je le voulais. Je voulais tout ce qu'il était prêt à me donner. Même si ce n'était qu'une fois, je le voulais.

—Dis-moi d'arrêter, Blake, chuchota-t-il, la voix tendue.

—Je ne veux pas que tu arrêtes, répondis-je.

Tout se passa très vite après ça. J'étais pressée contre sa poitrine, ses lèvres se refermant sur les miennes. Son bras m'enserrait le dos, mes bras étaient coincés contre mes flancs. Son corps occupait l'espace où le mien se trouvait une seconde plus tôt, et nous bougions de nouveau.

Il me faisait tourner la tête avec ses baisers. Un instant, il plongeait profondément, faisant palpiter mon corps de désir. L'instant d'après, il reculait, me faisant frémir de plaisir. D'avant en arrière, il me taquinait jusqu'à ce que désir et plaisir ne fassent plus qu'un, et que j'anticipe le plaisir qui me parcourait la colonne vertébrale et me faisait désirer son corps.

Puis il recula et me brûla d'un regard que je sentis jusqu'au plus profond de moi. J'ai failli jouir rien qu'à la chaleur dans ses yeux.

—Bon sang, Blake, j'ai tellement envie de toi, mais si tu n'es pas d'accord avec ça, arrête-moi. Tu m'entends ? À tout moment, si tu as fini, je m'arrêterai.

Je gloussai. Comme si j'allais lui demander d'arrêter.

Il prit mon visage en coupe et plongea son regard dans le mien.

—Je suis sérieux, ma belle. Quoi que ce soit. Tu dis stop, ou attends, ou non, et je recule. Je te promets, Blake, je ne ferai rien que tu ne veux pas que je fasse.

Je me mordis la lèvre et acquiesçai. Je ne pouvais pas lui dire que je savais que c'était ma dernière chance avec lui et que je ferais probablement tout ce qu'il voudrait. William n'avait jamais été très aventureux, au lit comme ailleurs. Il m'embrassait rarement en public, et je me disais que ça me convenait. Mais quand Ian m'embrassait, je voulais que le monde entier le voie. Je voulais dire à tout le monde qu'Ian Jameson me trouvait belle et posait ses lèvres sur les miennes.

Ian s'avança lentement vers moi, m'attirant à chaque pas. Il m'inspira, rejetant la tête en arrière alors que j'allais l'embrasser. Il me taquinait, me faisant croire qu'il allait m'embrasser, puis se retirant à la dernière seconde.

Juste au moment où je pensais qu'il n'allait peut-être pas aller plus loin, il scella ses lèvres sur les miennes et lécha l'intérieur de ma bouche. Il me goûtait comme si j'étais quelque chose de nouveau à chérir et à trésoriser. Un doux gémissement, une légère léchouille, une petite morsure. Tout cela me faisait tourner jusqu'à ce que je ne puisse plus distinguer où je m'arrêtais et où Ian commençait. Nous ne faisions plus qu'un, connectés, ensemble.

Ses mains passèrent de mes joues vers le bas. Sur ma gorge, où une main s'attarda avant de glisser derrière ma nuque. Son autre main dériva vers le sud, sur mon épaule pour descendre le long de mon bras. Il serra mes doigts, puis enlaça nos mains derrière mon dos. J'étais complètement entourée par lui et j'adorais ça, putain.

Il se dressa contre mon ventre, son érection appuyant contre moi et me faisant frémir. Je voulais le sentir à nouveau, le toucher, le goûter et le chevaucher. Je le désirais d'une façon que je n'avais jamais connue auparavant. Sauvage, folle et féroce, comme si je ne pouvais pas survivre la journée sans l'avoir.

Nous reculâmes à nouveau, mais il s'arrêta et se détacha de notre baiser. Il me fallut une minute pour ouvrir les yeux et me concentrer sur lui. Son visage était tordu dans une expression douloureuse.

—Qu'est-ce qui ne va pas ? demandai-je, le lisant comme je l'avais toujours fait.

—Je devrais avoir un lit pour toi. Je ne devrais pas t'étendre sur mon futon, dit-il, regardant le sol derrière moi.

Je secouai la tête. Ian avait ce futon depuis toujours. Je ne voulais pas savoir avec combien d'autres il avait couché dessus. Mais c'était Ian. C'était le genre de gars qui ne s'attachait même pas aux meubles. Le futon me rappellerait que rien ni personne ne restait avec lui.

—Ça m'est égal, lui dis-je. Je n'ai pas besoin de quelque chose de spécial.

Il secoua la tête.

—Tu mérites du spécial, Blake.

Je souris en coin.

—Je mérite un autre baiser.

Il sourit enfin et plongea à nouveau, m'embrassant avec une nouvelle passion. Je pouvais à peine suivre son rythme alors qu'il me transperçait de sa langue, prenant tout de moi. Ma raison, mon souffle et mon désir. Il avait le contrôle de tout cela, me dirigeant là où il avait besoin que je sois sans mots ni pensées.

La seule chose qui importait, c'était Ian.

Je brûlais de le toucher, de sentir sa peau sous mes doigts. Je glissai ma main sous sa chemise et gémis en sentant sa chair lisse et ferme. J'écartai ma main pour pouvoir toucher plus de lui, et il recula.

Sans ouvrir les yeux, il tendit la main derrière lui et retira sa chemise, exposant son torse.

J'avais vu Ian en maillot de bain plus de fois que je ne pouvais compter. J'avais toujours su qu'il était séduisant, mais pouvoir le toucher et le goûter, être si près de lui, c'était une toute nouvelle expérience.

Il sentait toujours le bois brut, mais sous cette odeur, il était tout masculin. Musqué et frais en même temps. J'ai pressé mon nez contre sa poitrine et inspiré profondément, voulant emporter chaque fragment de ce moment.

Je fis glisser mes mains sur sa poitrine, laissant les poils doux me chatouiller les doigts. J'ai courbé mes doigts et fait redescendre mes ongles, souriant quand il a gémi.

Je savais que je n'étais pas vraiment aux commandes, mais c'était une expérience grisante de prendre le contrôle pendant un instant. Avec William, les choses ne changeaient jamais, donc aucun de nous n'était vraiment aux commandes. Je savais ce qu'il allait faire avant qu'il ne le fasse parce qu'il faisait toujours la même chose. Nous retirions nos vêtements, nous nous mettions au lit, il me touchait un peu, puis glissait en moi et poussait jusqu'à ce qu'il jouisse. La moitié du temps, je devais finir seule, et l'autre moitié du temps, je n'étais pas assez excitée pour m'en soucier.

Mais avec Ian, j'étais déjà proche et j'étais encore tout habillée. Rien avec Ian n'était pareil, et il ne faisait aucun doute qu'il s'assurerait que j'aie assez d'orgasmes pour compenser au moins une partie du temps que j'avais passé avec William.

Je me penchai en avant et léchai le téton d'Ian. Il soupira doucement et passa ses doigts dans mes cheveux. Je fermai mes lèvres autour et lui donnai un petit coup de dent, et ses doigts se crispèrent, tirant sur mes cheveux.

Je levai les yeux et le trouvai en train de me regarder. Il me fit un sourire en coin qui me traversa. Qui aurait cru qu'un sourire pouvait être si enivrant ? Mais venant d'Ian, c'était comme une caresse.

Je me détournai de lui, me sentant gênée, et embrassai à nouveau sa poitrine. Je laissai mes mains errer, touchant sa peau exposée et mémorisant la sensation de lui. Je pensai à le pousser sur le futon et à ramper sur lui, ou à m'asseoir au bord et à le prendre dans ma bouche, mais je n'étais pas sûre qu'il serait d'accord avec l'une ou l'autre option. S'agissait-il d'une session de bécotage, comme les autres fois, ou était-ce plus ?

Il prit mon visage en coupe et ramena mes lèvres aux siennes. Il plongea à nouveau sa langue entre mes lèvres, envoyant toutes les pensées et les peurs au loin. C'était Ian. Même si nous ne faisions que nous embrasser, c'était Ian. Je le connaissais, et il ne me jugerait pour rien. Il ne l'avait jamais fait, et il n'y avait aucune raison pour qu'il commence maintenant.

Je trouvai enfin le courage d'appuyer sur sa poitrine. Il recula et retira ses mains.

—Ça va ? demanda-t-il, son souffle venant par saccades et tout son corps tendu.

J'acquiesçai, le regardant de sous mes cils.

—Je te veux sur le futon. Je veux m'asseoir sur toi. Si ça te va.

Son sourire était en partie de la fierté masculine et en partie un plaisir à faire fondre ma culotte. Oui, un sourire était dangereux. Un sourire pouvait me faire passer de chaude à oh-mon-Dieu en un éclair.

Il tomba sur le futon et s'allongea. Il tendit la main vers moi et m'aida à m'asseoir sur lui. Nous avons tous deux gémi quand je me suis installée sur lui, le nichant entre mes cuisses. Ses mains allèrent à mes hanches et les serrèrent. Ses yeux étaient étroitement fermés, me cachant toutes ses pensées.

Ses doigts se desserrèrent, et il fit glisser ses mains sur mes côtés, me tirant vers lui.

—Viens ici, Blake.

Sa voix était brute et rugueuse, rauque, et envoya une spirale de besoin à travers moi.

J'ai suivi son ordre et je me suis appuyée sur le futon, mes mains allant de chaque côté de sa tête. Il se pencha vers le haut alors que je me penchais vers le bas et m'embrassa jusqu'à ce que mes hanches bougent toutes seules. Une de ses mains redescendit et empoigna mes fesses, guidant mes mouvements irréguliers.

—Putain, tu te sens si bien, Blake. Je veux être en toi. Je veux te regarder me chevaucher.

Je voulais la même chose. Je voulais le sentir m'étirer. L'avoir glisser en moi et me remplir. L'avoir effacer les années que j'avais passées avec William. William était un type bien, mais j'étais plus que prête à passer à autre chose.

—Ian, gémis-je, sentant la pression monter en moi.

Brusquement, il s'arrêta, serrant fort mes hanches et arrêtant mes mouvements.

Je me figeai, me demandant pourquoi il s'arrêtait. J'ouvris les yeux pour le trouver serrant les dents. Je m'inquiétai de l'avoir blessé et commençai à me déplacer pour me retirer.

—Ne bouge pas. Donne-moi juste une seconde.

—Je t'ai fait mal ? Je savais que j'étais trop grosse...

—Putain, non, Blake, grogna-t-il, ses yeux s'ouvrant pour se verrouiller sur les miens. Tu es parfaite. Trop parfaite. Toi me chevauchant, toi appelant mon nom, ton odeur, tout de toi, c'est trop. J'essaie de ne pas jouir dans mon pantalon maintenant. Et il n'y a aucune chance en enfer que je fasse ça quand je t'ai juste ici. Je te veux, Blake. Je t'ai dit que je te voulais.

—Je te veux aussi, Ian, murmurai-je. Tellement.

—Dieu merci, grogna-t-il.

Il nous retourna sans effort, comme si je pesais la moitié de mon poids réel.

Je m'étalai sur le dos sur le futon où il était quelques secondes plus tôt. Je regardai la structure métallique exposée du toit et la lumière fluorescente suspendue au-dessus de nous. Ian souleva ma chemise, et tout à coup, la lumière semblait plus grande et plus brillante. Me déshabiller devant Ian était trop à penser. Il me verrait entièrement.

—Euh, peut-on éteindre la lumière ? demandai-je.

—Pas question, dit-il, embrassant mon ventre alors que ma chemise se soulevait jusqu'au bord inférieur de mon soutien-gorge. Je veux te voir, Blake.

—Mais je...

—Tu es magnifique. J'ai rêvé de ça, Blake. Ne me l'enlève pas. J'ai besoin de te voir. Toute entière. Je veux regarder ton visage quand tu jouis et voir tes seins prendre cette jolie couleur rose que prennent tes joues. Je veux voir mes doigts et ma queue disparaître dans ta chatte parfaite. J'ai besoin de tout de toi, Blake. Chaque magnifique centimètre de toi.

Je ne pouvais pas respirer. Comment diable me faisait-il sentir comme si j'étais la plus belle femme avec qui il avait jamais été ? Je savais que ce n'était pas le cas. J'en avais vu plus d'une le matin d'après. Elles venaient chez Cracked et parlaient de leur nuit incroyable avec lui. Ou il quittait O'Kelley's avec elles. Des femmes grandes, minces, parfaites qui auraient fait baver n'importe quel homme. Mais Ian les faisait paraître de seconde classe par rapport à moi.

Ian continua à embrasser son chemin jusqu'à mon ventre jusqu'à ce qu'il atteigne le bord de mon soutien-gorge. C'était du coton blanc et couvrant. Pas du tout sexy, mais la façon dont Ian me regardait était comme si j'étais habillée de satin et de dentelle.

Il sourit malicieusement avant de passer sa langue sur mon téton. La sensation du coton rugueux pressé contre moi fit frissonner tout mon corps. Ian le refit, puis ferma ses lèvres sur mon téton et suça, léchant et me taquinant à travers le coton jusqu'à ce qu'il devienne transparent.

—Je pense que le blanc pourrait être ma nouvelle couleur préférée. Je dois te procurer plus de ces soutien-gorge.

Je m'étranglai de rire. Il le faisait sonner comme s'il allait y avoir une prochaine fois.

Avant que je puisse trop réfléchir à cela, il passa à mon autre téton et fit la même chose.

Il tira ma chemise par-dessus ma tête et refit le chemin vers le bas, embrassant ma gorge, ma poitrine et mon ventre au fur et à mesure. Il déboutonna mon jean, puis tira lentement sur la fermeture éclair, chaque clic résonnant dans ma tête et me disant que j'étais de plus en plus proche qu'il me touche.

Son regard se verrouilla sur le mien une fois la fermeture éclair arrêtée. Il se pencha en avant et pressa un baiser sur mon os pubien, juste au-dessus de l'endroit où ma culotte se repliait sous le bourrelet de mon ventre. Je voulais rabaisser ma chemise et me couvrir, mais il m'avait déjà vue. Embrassée. Il n'y avait plus de cachette possible.

Sa langue sortit et lécha mon ventre, presque avec révérence, et je pris une inspiration brusque.

—Soulève-toi pour moi, dit-il, sa voix toujours rauque, le son saccadé excitant mes nerfs.

Je fis ce qu'il demandait et soulevai mes hanches. Il fit descendre mon jean le long de mes cuisses, laissant ma culotte en place, et se déplaça pour pouvoir les retirer complètement.

Sans réfléchir, je saisis la couverture à côté de moi et la tirai sur moi. Elle sentait Ian, et j'ai pressé mon nez contre le tissu.

Il l'arracha de mes mains.

—Hé ! dis-je avec un halètement.

—Tu ne vas pas te cacher de moi, Blake.

—Je...

Je n'avais pas de défense. C'était exactement ce que je faisais. Je détestais être allongée là, exposée, avec ses yeux sur moi.

Puis il verrouilla ces yeux sur les miens et fit glisser son short, laissant son caleçon bleu marine. Celui avec une tente à l'avant.

J'étais sans voix. Sans souffle. Sans esprit. Une partie de moi pensait encore que peut-être, juste peut-être, Ian se jouait de moi. Qu'il jouait une blague élaborée sur moi. Je le connaissais depuis presque toute ma vie, et jamais il ne m'avait regardée comme il le faisait. Ça devait être un mensonge. Sinon, je l'aurais remarqué.

Mais je connaissais aussi Ian. Il couchait beaucoup, mais il n'était pas cruel. Je n'avais jamais entendu parler de femmes avec qui il avait couché qui avaient le cœur brisé après avoir été avec lui. Il était franc, et bien que toutes étaient heureuses pour une répétition, elles savaient toutes dans quoi elles s'embarquaient avec Ian. Ce n'était pas une relation. C'était du sexe.

Et je devais me rappeler constamment que c'est tout ce que j'obtenais de lui. Il n'avait pas prononcé les mots, mais sa réputation parlait pour lui. Il le savait, et je le savais, donc il n'y avait pas besoin de le dire explicitement. Quoi qu'il arrive entre nous, ce n'était pas le début de quelque chose.

—Bon sang, Blake. Je ne vais pas pouvoir travailler le reste de la journée.

—Quoi ? Pourquoi ? Je peux partir.

Il rit et secoua la tête.

—Certainement pas. Tu es la seule chose que je vais faire le reste de la journée. Tu es toute à moi pour ce soir, Blake, alors si tu avais des projets, considère-les comme annulés.

on souffle s'est bloqué à ses mots possessifs. Personne ne m'avait jamais parlé comme Ian le faisait. Personne ne m'avait jamais fait ressentir ce qu'il me faisait éprouver. Ce n'était pas étonnant qu'il ait tant de conquêtes à son actif. C'était un magicien au lit, et il ne m'avait même pas encore complètement déshabillée.

J'ai secoué la tête. — Je n'ai aucun projet.

Il a souri d'un air suffisant. — Parfait.

Il s'est allongé près de moi et a passé son doigt sur mes lèvres. Une caresse douce, à peine perceptible, juste assez de pression pour que je sente un souffle. Son doigt a glissé le long de mon cou et sur les courbes de mes seins, plongeant entre eux. Il est descendu plus bas, encerclant mon nombril et taquinant le bord de ma culotte, avant de revenir à mes lèvres.

— J'adore tes lèvres, Blake. La façon dont tu fais la moue quand tu n'obtiens pas ce que tu veux, et la façon dont tu souris quand tu es heureuse. T'embrasser est encore mieux que tout ce que j'avais pu imaginer.

J'ai souri, ne sachant pas quoi dire. Je me sentais tellement hors de ma ligue. Je voulais lui dire que j'étais déjà conquise et qu'il n'avait pas besoin de me séduire pour me mettre dans son lit, mais je n'étais pas prête à briser le charme sous lequel il semblait être. C'était la seule explication. Ou alors il était ivre, mais il ne buvait pas quand il travaillait.

Il a tourné mon visage vers le sien d'une caresse douce et m'a embrassée tendrement. Son souffle effleurait mes joues, ses lèvres frôlant les miennes en baisers légers comme des plumes. Il a entrouvert ses lèvres et a léché les miennes, puis m'a embrassée à nouveau lèvres fermées. Tout ce temps, je me concentrais sur la sensation de ses lèvres fermes et épaisses contre les miennes. La brise légère de la fenêtre ouverte refroidissait ma peau.

Une fois qu'il s'est rapproché de moi, le froid a quitté mon corps. Sa poitrine a effleuré la mienne, les poils de son torse chatouillant ma peau exposée. Il a passé un bras autour de moi et m'a fait rouler sur le dos, appuyant la moitié haute de son corps sur moi.

Nous sommes restés comme ça, juste à nous embrasser, pendant plusieurs minutes. Sans pression, sans urgence, juste à profiter l'un de l'autre. Et quand il a glissé sa langue entre mes lèvres en léchant sa route dans ma bouche, j'ai retenu mon souffle, adorant la façon dont il pouvait prendre quelque chose d'innocent et le rendre délicieusement sensuel.

Son érection pressait contre ma hanche, sa main posée bas sur mon ventre. Son avant-bras reposait juste au-dessus de l'élastique de ma culotte, où je pouvais sentir sa chaleur.

Chaque mouvement de son corps faisait douloureuse-ment désirer mes cuisses, mon intimité se contracter, tout mon corps se préparer pour lui. Mais il restait sur le côté, me couvrant à peine. Assez proche pour me tourmenter, mais si loin d'où je le voulais vraiment.

J'ai grogné de frustration et l'ai repoussé. Avant qu'il

puisse me demander ce qui n'allait pas, je me suis hissée sur lui. Son sexe a glissé entre mes cuisses, sa longueur épaisse pressant contre mon entrée.

— Je te veux, Ian, ai-je dit, regardant dans ses yeux. J'avais besoin de voir l'expression sur son visage quand je le disais. Je devais savoir qu'il était d'accord.

— Je ne vais pas tenir longtemps la première fois, Blake. Je te préviens déjà. Je suis à trois secondes de perdre le contrôle maintenant.

— Alors tu ferais mieux de te déshabiller et de trouver un préservatif, ai-je dit. Je me suis levée et j'ai enlevé mon soutien-gorge et ma culotte. Avant que la panique ne s'installe à l'idée que j'étais nue devant l'un des hommes les plus séduisants de la ville, il a baissé son caleçon et a roulé sur le côté. Il a tiré le tiroir de sa table de nuit si fort que tout est sorti. Une boîte neuve de préservatifs se trouvait dans le tiroir, et j'ai essayé de ne pas penser à pourquoi il les avait achetés ou avec qui il était la dernière fois.

Il a arraché le plastique de la boîte puis l'a déchirée, envoyant voler des préservatifs. Il a attrapé la bande la plus proche et en a déchiré un avec ses dents tout en me regardant à nouveau.

— Tu es incroyable, a-t-il dit, gémissant tandis qu'il déroulait le préservatif. Il s'est caressé une fois, serrant le bout et tressaillant avec ses mouvements.

Ses muscles se tendaient avec ses efforts. Les tendons ressortaient sur son cou, et son sexe a tressailli. J'ai léché mes lèvres, regrettant de ne pas l'avoir pris dans ma bouche avant qu'il ne mette le préservatif. La prochaine fois. S'il y avait une prochaine fois.

— Ramène ton joli cul par ici, a-t-il grogné. Et arrête de me regarder comme ça. J'ai besoin d'être en toi avant de craquer.

Mon regard s'est posé sur le sien, et j'ai vu la même

expression qu'il avait à Hawaii. Le même regard tendu, indéchiffrable que j'avais alors pris pour du désir. Maintenant, il n'y avait plus de doute. Ce qui me faisait encore me demander à qui il pensait.

Je me suis déplacée vers le bord du futon et l'ai enjambé. Ses mains sont venues à la rencontre de mon corps alors que je m'abaissais, écartant largement mes cuisses pour essayer de m'ajuster sur lui. J'avais des hanches prononcées, avec des seins trop petits pour mon bassin large. Mais avec ce bassin large venaient des cuisses épaisses qui s'adaptaient à peine autour du corps d'Ian.

J'ai sursauté quand une de ses mains a glissé entre nous et m'a touchée.

— J'ai besoin de te sentir, Blake. Je peux te toucher ?

J'ai hoché la tête, déplaçant déjà mes hanches pour accueillir sa main. Son doigt a glissé sur ma chair humide. Un doigt s'est glissé en moi, et nous avons tous les deux gémi.

— Putain, Blake. Tu es serrée, chérie.

J'ai acquiescé et mordillé ma lèvre. — Ça fait un moment.

— Depuis Willie ? C'est ce que tu as dit, n'est-ce pas ? a-t-il demandé, son regard capturant le mien.

J'ai hoché la tête à nouveau, ne voulant pas lui demander quand était sa dernière fois.

— Merci. Je suis honoré que tu me laisses être ton premier depuis lui.

Pendant qu'il parlait, son doigt entrait et sortait de moi en mouvements lents et profonds. William n'était pas très grand, et le doigt d'Ian s'enfonçait plus profondément que le sexe de William ne l'avait jamais fait. Quand Ian a ajouté un deuxième doigt, il a étiré mon corps plus largement que William ne l'avait jamais fait. C'était comme si tout était nouveau à nouveau.

— Tu es si mouillée, Blake. J'adore te sentir. Si serrée et prête pour moi.

— Tellement prête, ai-je murmuré. Chaque taquinerie de ses doigts resserrait mon intimité. Je voulais le chevaucher, qu'il me remplisse et me fasse jouir plus fort que je ne l'avais jamais fait.

Il a retiré ses doigts et a taquiné mon clitoris juste une seconde, assez longtemps pour faire bondir mes hanches. — Recule-toi doucement, chérie.

Il s'est tenu immobile en me guidant vers le bas. Je l'ai senti à mon entrée, et mon corps s'est figé.

— Détends-toi, Blake. Laisse-moi entrer.

Son pouce a glissé à nouveau sur mon clitoris, et il s'est enfoncé d'un centimètre. Je me suis soulevée un peu et il a caressé à nouveau mon clitoris, glissant d'un autre centi-mètre. Encore et encore jusqu'à ce que tous ses centimètres me remplissent.

Je suis restée assise sur lui, immobile pendant un long moment. La seule autre fois où je m'étais sentie aussi bien, c'était quand j'utilisais mon vibromasseur. Quelle idiote j'étais, j'avais supposé que les vrais hommes n'étaient pas si grands.

Ian m'a définitivement gâchée pour les autres hommes.

Puis nous avons commencé à bouger. Ses mains me guidaient, me soulevant et m'encourageant à redescendre. Mais ce n'était pas assez. Je ne pouvais pas me soulever suffi-samment pour vraiment établir un bon rythme. Il était incroyable, mais j'avais besoin de plus.

Ian a aidé en déplaçant ses hanches au rythme des miennes. Il a gémi et m'a aidée à bouger, mais ça ne marchait pas.

— Lève-toi, a dit Ian d'une voix rauque.

Déçue qu'il ne prenne pas plus de plaisir que moi, je me suis écartée de lui. Sa main a glissé entre mes cuisses écar-tées, et j'ai failli tomber.

— Allonge-toi. Sur le dos.

J'ai suivi ses ordres. Il a écarté mes cuisses avec ses genoux et a glissé ses mains le long de mes jambes puis a soulevé mes fesses. Il est entré en moi d'un mouvement ferme, et j'ai gémi.

Il a placé mes genoux sur ses bras et m'a largement écartée. Son regard était fixé directement sur l'endroit où nos corps se rejoignaient à chaque coup de rein puissant en moi.

— C'est la chose la plus sexy que j'aie jamais vue, a-t-il gémi. Puis il s'est retiré et a laissé retomber mes fesses sur le futon. — Je vais jouir fort, mais tu dois jouir d'abord.

J'ai secoué la tête. — C'est bon. Ça me va.

Il s'est figé. — Ne me dis pas que Willie ne s'occupait pas de toi.

J'ai haussé les épaules. — Il était correct. Et notre vie sexuelle ne te regarde pas.

Ian a secoué la tête. — Si, quand tes attentes sont si basses que tu ne serais pas en colère si je te baisais et partais. Tu vas crier mon nom aujourd'hui, Blake. Et si tu ne le fais pas, je ne jouis pas.

— Je ne suis pas du genre à crier, Ian. Je ne suis pas... Putain de merde !

Il m'a léchée. M'a vraiment léchée. Entre mes jambes. Là où je n'avais ni rasé ni épilé ni fait quoi que ce soit d'autre que me laver depuis bien trop longtemps.

— Chaque femme crie quand c'est assez bon, Blake. Tu vas crier mon nom aujourd'hui. Et je vais rester ici jusqu'à ce que tu le fasses.

Ses yeux noisette étaient d'un vert forêt profond, pleins de désir et d'ardeur. Je croyais vraiment qu'il pensait ce qu'il disait, mais je n'avais pas beaucoup d'expérience en matière de sexe oral.

— Je ne me suis pas rasée, pourtant.

— Je m'en fiche, a protesté Ian, disparaissant sous mon ventre.

Sa langue a glissé à nouveau entre mes replis. — Oh, mon Dieu.

— Mauvais nom, Blake, a-t-il dit d'une voix rauque contre moi. Sa voix a résonné en moi, me secouant depuis mon centre.

Ses mains sont allées sous mes fesses à nouveau, me soulevant et écartant mes cuisses en même temps. Il m'a léchée une fois de plus, mais je n'ai rien dit cette fois. Pas parce que j'étais prête, mais parce qu'il ne remontait pas pour respirer. Sa langue a glissé de haut en bas puis a pulsé en moi.

Doigts, sexe, et maintenant langue. Cette journée allait rester dans les annales. Je n'avais jamais eu les trois en moi le même jour.

Il a mordillé mon clitoris, et j'ai haleté.

— Arrête de réfléchir, Blake. Je veux entendre mon nom.

— Ian, ai-je gémi.

Il m'a mordue à nouveau. — Pas comme ça.

— Oh, Ian, ai-je gémi en riant.

Il a ri, le souffle de son rire contre ma cuisse étant autant une taquinerie que lui-même. — C'est mieux, mais sans le rire.

Il a replongé et m'a écartée avec ses doigts. Je pouvais sentir ses yeux sur moi, examinant ma partie la plus intime.

— Qu'est-ce qui ne va pas ? ai-je demandé, inquiète qu'il se contente de me fixer.

— Je te regarde, c'est tout. Tu as le plus joli sexe, Blake. Et tu sens tellement bon. Je pourrais rester ici toute la nuit.

J'ai commencé à rire pour le repousser, mais il a passé sa langue à plat sur moi. Puis il a utilisé le bout pour écarter tous mes replis et me lécher partout. Il a fait sortir mon clitoris et a glissé quelques doigts en moi, et j'étais presque perdue.

Mon souffle s'est accroché et mon cœur a sauté un battement.

Il a tendu sa main libre et a trouvé la mienne. Il a entrelacé ses doigts aux miens et les a serrés, puis a posé nos mains jointes sur mon ventre. C'était intime, comme si nous étions des amants au lieu d'amis.

Puis il a accéléré le rythme. Ses doigts poussaient plus vite, sa langue passait sur moi comme s'il poursuivait la même chose que moi. Le sang rugissait dans mes oreilles, et mon orgasme fonçait vers moi.

Puis il a courbé ses doigts en moi, et j'étais finie.

— Oh, mon Dieu, Ian. Oui ! Ian ! Oui, oui, oui ! Ian ! ai-je crié en jouissant.

J'étais perdue dans une mer de plaisir alors que l'orgasme pulsait à travers moi. La chose suivante dont je me souviens, c'est Ian s'enfonçant en moi, nos mains liées soulevées au-dessus de ma tête. Il s'est penché sur moi, pressant son corps contre le mien alors qu'il capturait mon autre main et entrelaçait ces doigts aussi.

J'ai finalement réussi à ouvrir les yeux et l'ai trouvé qui me souriait d'un air suffisant. — Je t'avais dit que je te ferais crier mon nom.

J'ai ri avec lui et secoué la tête. — Je n'ai jamais joui comme ça, ai-je avoué.

— Jamais ? a-t-il demandé, les sourcils froncés.

J'ai secoué la tête à nouveau, mordillant ma lèvre.

— Ah, Blake. Nous avons beaucoup d'orgasmes à rattraper.

Il s'est retiré puis est revenu en moi d'un coup, assez fort pour que la chaleur me fasse recroqueviller les orteils et que je gémisse. — Oh, mon Dieu.

— C'est Ian, tu te souviens ? a-t-il demandé avec un sourire.

J'ai ouvert les yeux et lui ai souri. — Crois-moi, je m'en souviens.

Il s'est penché en arrière, séparant nos torses. Ses mains

tenaient les miennes, tous deux supportant son poids alors qu'il entrait et sortait de moi. Chaque poussée resserrait la bobine de désir dans mon ventre jusqu'à ce qu'elle soit tendue et prête à se rompre.

Puis il a craqué, rejetant la tête en arrière et serrant fort mes doigts. J'étais hypnotisée par lui, une expression de pur plaisir et de joie sur son visage alors qu'il jouissait. Il a murmuré mon nom, comme une prière, puis s'est effondré sur moi, me laissant absorber tout son poids.

Nous sommes restés comme ça pendant quelques minutes, son visage enfoui dans mon cou, son sexe en moi, nos mains toujours liées.

Quand il a bougé, il a embrassé mon cou et s'est écarté de moi. — Je n'aurais pas dû t'écraser comme ça. Je suis désolé.

J'ai secoué la tête et dit : — J'adorais te sentir sur moi.

Son regard a rencontré le mien et il a souri. — Moi aussi.

Il s'est à nouveau penché, m'embrassant doucement. L'orgasme qui couvait juste sous la surface s'est enflammé, me rappelant qu'il était là.

Ian a serré mes mains et s'est levé d'un bond, s'éloignant de notre baiser juste avant que je ne gémisse.

— Je reviens tout de suite, a-t-il dit, se dirigeant vers la salle de bain.

Je suis restée allongée là pendant une minute, me demandant ce que j'étais censée faire. Je n'avais couché qu'avec des hommes avec qui je sortais, donc nous avions développé un rituel après le sexe, que ce soit rester et câliner ou partir tout de suite. Je n'avais aucune idée de ce qu'il fallait faire dans le lit d'Ian.

J'ai pensé que m'habiller était probablement la bonne réponse, alors je me suis levée et j'ai commencé à rassembler mes vêtements. Je venais juste de ramasser ma culotte quand la porte de la salle de bain s'est ouverte.

— Qu'est-ce que tu fais, bordel ?

— Oh, euh, je pensais que tu voudrais que je parte.

— C'est ce que tu veux ? a-t-il demandé.

Je me suis finalement tournée pour le regarder et j'ai dû reprendre mon souffle. Il était magnifique. Des poils blond foncé couvraient ses pectoraux et formaient un chemin au centre de ses abdominaux pour encercler la base de son sexe, qui était toujours dressé. Des cuisses épaisses et des mollets toniques, tous deux musclés, lui donnaient ce déhanché sexy qu'il avait toujours. Ces mains qui m'avaient rendue folle quelques minutes auparavant se sont serrées en poings puis relâchées.

Mais c'étaient ses yeux qui m'ont vraiment touchée. Ses yeux me disaient qu'il espérait que je dise non, que je voulais rester. Ses yeux disaient qu'il n'en avait pas fini avec moi.

J'ai lentement secoué la tête, et il a traversé la pièce pour me soulever dans ses bras en une demi-seconde. Il a pressé ses lèvres contre les miennes tandis que je riais.

— Pose ces vêtements. Tu ne pars pas avant que je n'aie entendu mon nom sortir de ces lèvres sexy au moins dix fois. Et jusqu'à ce que nous ayons essayé quelques positions de plus. Je pense savoir comment tu peux me chevaucher.

— Ian, ai-je gémi.

— Et je te dois toujours cet orgasme que tu poursuivais.

— Tu ne me dois rien.

Il s'est reculé et m'a regardée dans les yeux. Il a soutenu mon regard pendant une minute. Il a écarté des cheveux de ma joue et m'a embrassée doucement. — Peut-être que je ne te dois rien, mais je ne suis pas le genre d'homme qui laisse une femme se débrouiller seule. Tu m'as maintenant. Et tu ne manqueras jamais d'un orgasme ou six quand je serai dans les parages.

J'ai ri avec lui, mais je n'ai rien dit. Je l'avais pour le moment. Le présent était éphémère. Le présent pouvait se terminer à tout instant. Et je n'allais pas compter sur quelque chose qui durerait alors que je savais que ce ne serait pas le cas.

Ian passerait à autre chose, et je serais à nouveau responsable de mes propres orgasmes. Sauf que ce serait pire la prochaine fois parce que je saurais ce que c'était d'être avec un homme qui les appréciait autant que moi.

Mais je ne pouvais m'attarder sur rien de tout ça. Je devais prendre ce que je pouvais. Et pour le moment, ce que je pouvais avoir, c'était un homme sexy, intelligent et incroyable qui glissait sa main entre mes cuisses. Je n'étais pas en position de refuser ça.

11

IAN

Je n'avais jamais rien vu d'aussi beau que Blake se défaisant entre mes mains. La regarder jouir était le meilleur moment de ma journée. Le meilleur moment de ma vie.

En un million d'années, je n'aurais jamais pensé avoir la chance d'en être témoin, mais c'est arrivé. Pas juste une ou deux fois, mais onze fois. Et oui, bordel, je les comptais.

Elle était allongée sur mon lit, ce foutu futon moche sur lequel je dormais depuis des années. Je détestais ne pas avoir quelque chose de mieux pour elle, mais je n'avais certaine-ment pas prévu d'avoir Blake dans mon lit. J'en rêvais, mais je n'étais pas assez fou pour le planifier.

Le sourire heureux sur son visage me disait qu'elle se fichait que nous soyons sur un futon et pas dans une chambre d'hôtel luxueuse. Je l'aimais d'autant plus pour sa capacité à s'adapter.

— Je vais acheter un lit, dis-je contre sa peau. J'adorais son odeur. Une touche de lotion mais surtout son parfum naturel. Douce, avec son odeur unique.

Elle haussa les épaules. — D'accord. Je ne sais pas pourquoi tu me dis ça.

J'embrassai le côté de son sein et remontai en mordillant jusqu'à sa clavicule. — Pour que tu saches que la prochaine fois, tu seras plus à l'aise.

— La prochaine fois ? demanda-t-elle, comme si elle était surprise.

Je hochai la tête. — Oui. À moins que tu en aies fini avec moi. J'essayai de garder un ton léger, mais chaque cellule de mon corps se tendit en attendant sa réponse.

— Non, souffla-t-elle, presque dans un soupir. — Euh, ce serait bien. Elle s'éloigna de moi et se leva de l'autre côté du futon. — Je devrais y aller, cependant. Il se fait tard.

Le soleil venait à peine de se coucher, et c'était vendredi soir. J'avais envie d'insister pour qu'elle passe la nuit avec moi. Me réveiller dans la même chambre d'hôtel qu'elle il y a des mois m'avait donné envie de me réveiller avec elle dans le même lit. Elle se levait avant moi tous les jours où nous étions à Hawaï et j'avais regretté de ne pas la voir fraîchement sortie du lit. Je voulais le voir, le sentir, la tenir et la convaincre de passer une journée au lit.

Mais je ne pouvais pas insister. Elle avait encore peur, et je n'avais jamais eu de relation sérieuse. Pas une que je voulais voir durer plus longtemps que notre prochaine nuit ensemble.

— Tu veux que je te raccompagne ? demandai-je en me tournant de l'autre côté pour enfiler mon jean.

— Non !

Je me tournai pour la regarder. Ses joues rosirent sous l'effet de la gêne.

— Désolée, je veux dire, ça va. Mais merci.

— Ça ne me dérange pas, lui dis-je.

Elle hocha la tête. — Je sais. Et j'apprécie. Je ne veux

simplement pas que plus de gens pensent que nous sommes ensemble.

Mes sourcils se froncèrent. Je retournai ses mots dans ma tête et essayai de ne pas être blessé, mais c'était impossible. Elle ne voulait pas que qui que ce soit sache pour nous. Elle avait honte de moi. Alors que je voulais le dire au monde entier et la revendiquer comme mienne, elle voulait nous cacher de tout le monde.

— Est-ce que ça importe ce que les gens pensent ?

Elle ricana. — Ça importe toujours.

Je ne savais vraiment pas de quoi elle parlait ou pourquoi elle s'en souciait. Elle ne m'avait jamais paru être le genre de personne à s'en préoccuper, mais peut-être que je ne la connaissais pas aussi bien que je le pensais.

Je la raccompagnai à travers l'atelier jusqu'à la porte. Elle l'ouvrit d'un coup sec sans hésiter, mais je n'étais pas prêt à la laisser partir. Avant qu'elle ne sorte, je glissai ma main autour de sa taille et la ramenai vers moi. Elle tomba dans mes bras et leva les yeux vers moi, interrogative. Je me noyai dans ses profondeurs et me dis qu'elle pourrait me suivre. J'avais besoin qu'elle vienne avec moi. Qu'elle soit là quand je ne savais plus où était le haut.

Je l'embrassai durement, forçant l'ouverture de ses lèvres. Ma main alla à ses fesses, en saisissant une poignée et rapprochant nos corps. J'avais besoin de sentir chaque centimètre d'elle une fois de plus, juste au cas où elle ne reviendrait pas. Cette pensée me rendait fou, et j'y mis toute ma folie dans ce baiser jusqu'à ce qu'elle s'accroche à moi, me laissant la soutenir.

C'est seulement alors que je reculai. Je contemplai son magnifique visage empli de désir. Ses yeux étaient fermés, ses lèvres pulpeuses et humides. Ses joues étaient rouges, et la rougeur disparaissait sous son col. Je voulais la déshabiller à nouveau et embrasser tout le chemin jusqu'où cette rougeur disparaissait.

La prochaine fois, me promis-je. Parce que je m'assurerais qu'il y ait une prochaine fois. Blake était mienne, et j'avais promis à Georgia que je lui dirais ce que je ressentais. La lui montrer fonctionnait aussi.

Elle finit par ouvrir les yeux, me noyant à nouveau dans les profondeurs infinies de ses yeux bruns. Je l'embrassai doucement, lui disant à quel point elle était précieuse pour moi sans paroles. Quand je reculai à nouveau, je la lâchai enfin, me promettant que ce ne serait pas la dernière fois que j'aurais Blake dans mes bras.

— Merci, murmura-t-elle, levant les yeux vers moi. — Je n'étais pas venue pour tout ça, mais merci.

— Quand tu veux, dis-je honnêtement. Je laisserais tomber tout et n'importe quoi pour Blake. N'importe quand elle me voudrait. Ou aurait besoin de moi.

Elle rougit à nouveau et baissa la tête. Puis elle me regarda un instant et dit : — Au revoir, Ian.

— À bientôt, Blake.

Elle sourit et s'éloigna. Je la regardai jusqu'à ce qu'elle tourne au coin, souriant quand elle jeta un coup d'œil en arrière pour voir si j'étais toujours là.

J'étais aussi pathétique qu'une adolescente avec son premier béguin. Je voulais déjà lui envoyer un message. Lui dire qu'elle me manquait. Mais je ne pouvais pas. Blake avait peur, et la dernière chose dont j'avais besoin était de la faire fuir.

Alors je fis la seconde meilleure chose, je lui envoyai un message dans l'application.

WOODY

Est-ce que ton vendredi soir est aussi ennuyeux que le mien ?

Je savais qu'elle rentrait chez elle, donc je ne m'attendais pas à une réponse avant quelques minutes. Je fermai la porte et rentrai finalement, hésitant. J'avais du travail à finir sur le bateau, mais je n'étais pas sûr de pouvoir me concentrer. Blake remplissait ma tête, et je me sentais agité et survolté.

J'allai dans ma chambre et remis mon t-shirt. J'enfilai une paire de tongs et décidai que j'avais besoin de sortir. Rester assis à penser à l'absence de Blake ne ferait que me rendre fou.

J'étais à mi-chemin de O'Kelley's quand mon téléphone bipa avec un nouveau message. Je l'ouvris et m'arrêtai quand je lus son message.

SOURIS DE CRIQUE

Je viens de rentrer. J'ai passé une très bonne journée, cependant.

Putain ouais. Moi aussi, chérie.

WOODY

Je suis jaloux. Qu'est-ce qui s'est passé pour que ta journée soit si bonne ?

J'attendis qu'elle me réponde qu'elle avait passé l'après-midi avec... eh bien, moi. Je retins mon souffle et l'expirai dans un soupir exaspéré quand je lus son message.

SOURIS DE CRIQUE

J'ai eu une super réunion aujourd'hui. J'ai vendu de nouvelles photos.

— Vraiment ? dis-je à voix haute.

Un gars qui passait par là rit. — Ouais, vraiment.

Je levai les yeux au ciel et recommençai à marcher. J'avais définitivement besoin d'un verre. Je me dis que c'était logique qu'elle ne parle pas du super sexe qu'elle venait d'avoir à un gars au hasard, mais je voulais savoir si elle l'avait apprécié autant que moi.

WOODY

Félicitations. J'aimerais voir ton travail un jour.

SOURIS DE CRIQUE

Peut-être un jour. Mes nouveaux trucs étaient différents. J'ai été inspirée par un ami.

WOODY

Un ami spécial ?

SOURIS DE CRIQUE

Peut-être. Désolée. Je sais que c'est un site de rencontres. Je n'essaie pas de te faire marcher.

Je souris comme un fou.

WOODY

Pas de souci pour moi. On a dit qu'on serait amis.

SOURIS DE CRIQUE

Merci. J'apprécie vraiment.

WOODY

Tu veux me parler de lui ?

SOURIS DE CRIQUE

Peut-être. Pas encore, cependant. Je ne veux pas porter la poisse. Ce n'est pas un gars à relation, et je sais que ça ne durera pas.

Je pris une inspiration et hésitai à lui répondre. Ma première pensée fut que personne d'autre n'était comme elle, mais je ne pouvais pas lui dire ça.

WOODY

On ne sait jamais. Il attendait peut-être la
bonne personne.

SOURIS DE CRIQUE

MDR ! Pas ce gars. Et certainement pas moi.
Les gars comme lui ne finissent pas avec des
filles comme moi. Pas d'après mon
expérience.

Je fronçai les sourcils en regardant mon téléphone et
entrai chez O'Kelley's. Il n'y avait aucune raison pour que
Blake et moi ne puissions pas être ensemble, mais si elle ne
pensait pas que cela arriverait, je devais travailler encore
plus dur.

SOURIS DE CRIQUE

Quoi qu'il en soit, je dois me remettre au
travail. Je me sens inspirée à nouveau. À
bientôt.

WOODY

Ouais.

Je glissai mon téléphone dans ma poche et m'assis au bar.
Hudson Grant posa une bouteille devant moi et hocha la tête
avant de marcher vers l'autre bout du bar. Hudson avait
quelques années de plus que moi. Nous avions joué au baseball ensemble au lycée, et il était allé à l'université avec une
bourse. Il s'était déchiré le genou en glissant vers la deuxième
base durant sa troisième année quand le joueur de deuxième
base avait mis son pied entre Hudson et la base. L'autre gars
s'en était tiré avec quelques points de suture. Hudson avait
dû être porté hors du terrain et n'y avait jamais remis les
pieds. Il était revenu à L'anse MacKellar et avait acheté
O'Kelley's aux propriétaires de longue date. Il l'avait gardé tel
quel, mais avait ajouté sa touche personnelle pour en faire un
véritable endroit local.

Je scrutai la salle pendant qu'Hudson servait des clients au long bar en bois. C'était bondé, typique pour un vendredi soir. Quelques personnes me firent un signe de tête, mais personne ne s'approcha. Je n'étais pas d'humeur à parler, donc ça me convenait alors que je sirotais ma bière et ruminais.

— Où est-elle ? demanda Hudson en revenant vers moi.

— Chez elle, répondis-je automatiquement.

Ses sourcils noirs se levèrent d'un coup. — Waouh. Je ne m'attendais pas à ce que tu me répondes.

Je le fusillai du regard.

Hudson s'appuya sur le bar. — Qui est-elle ? J'aurais peut-être dû commencer par cette question.

Je secouai la tête et vidai ma bière. Hudson m'avait vu partir avec plein de femmes de son bar. Je n'étais pas difficile. J'aimais les femmes, et elles m'aimaient. Mais je ne m'attachais pas parce qu'elles n'étaient pas Blake.

Maintenant, j'avais Blake, j'étais attaché, et elle ne l'était pas. C'était vraiment nul.

— Attends une minute. Tu es accro à Blake ? demanda-t-il, en se reculant alors qu'il découvrait ce que le reste de la ville savait déjà.

Je le fusillai du regard à nouveau.

Hudson siffla doucement et secoua la tête. — Quand vous étiez ici tous les deux, je me suis posé la question, mais j'ai pensé qu'elle n'était qu'une de plus dans la file.

— Blake est la file, grognai-je.

— Wow. Je n'aurais jamais pensé voir le jour où Ian Jameson fermerait son petit carnet noir.

Je secouai la tête. — Elle ne veut pas de moi. Je ne peux pas encore le fermer.

— Qu'est-ce que tu veux dire par elle ne veut pas de toi ? J'ai vu comment vous étiez ensemble. Elle est partie avec toi.

— C'est compliqué, dis-je, sans rien offrir de plus.

— On m'a dit que les barmans sont de très bons auditeurs.

Je ricanai. — Dommage que tu possèdes l'endroit.

Hudson rit et secoua à nouveau la tête. — Ouais. Peut-être que je devrais le vendre.

Je ris avec lui et hochai la tête quand il posa une nouvelle bière devant moi.

— Elle finira par comprendre. Tu dois juste lui donner une raison de te voir comme une option.

— Elle m'a vu, murmurai-je.

Il leva les yeux au ciel. — Donc tu as couché avec elle. Je suppose que tu ne lui as pas dit que tu voulais plus que du sexe, et maintenant tu es énervé parce qu'elle pense que c'est tout ce qu'il y a entre vous.

Je le fusillai du regard à nouveau.

— Les femmes ont deux côtés, mec. Un côté voit un gars comme quelqu'un avec qui elle peut s'amuser. Un gars avec qui coucher ou sortir ou être amie. Elle le met dans cette catégorie interdite où elle croit qu'il n'est pas quelqu'un à laisser entrer dans son cœur. Puis elles ont l'autre côté, le côté qui cherche l'amour. Même celles qui disent qu'elles ne cherchent pas cherchent. Mais elles ne regardent pas les amis et les plans cul et les gars qui couchent avec la moitié de la ville. Elles regardent les gars qui les font se sentir spéciales. Les gars qui les courtisent et les gâtent et leur disent à quel point elles sont incroyables. Tu n'es pas ce gars si tu as couché avec elle avant de l'inviter à dîner.

Je lui lançai un regard noir et bus une gorgée de ma bière. Il se pencha en arrière et attendit que je réponde. — Tu n'as pas d'autres clients à énerver ?

Il haussa les épaules et jeta un coup d'œil autour pour voir où ses serveurs et l'autre barman s'occupaient de tout le monde. — Non.

Je pris une inspiration brusque. — Disons que tu as raison. Qu'est-ce que je suis censé faire ?

Il sourit. — Traite-la comme une reine. Montre-lui que tu seras là pour elle pour autre chose que des orgasmes. Tu lui as donné des orgasmes, n'est-ce pas ?

— Bien sûr, dis-je avec rudesse. Je n'étais généralement pas du genre à raconter mes exploits, principalement parce que toute la foutue ville savait tout sans que j'aie besoin de le confirmer, mais si ça m'aidait à conquérir Blake, je crierais sur les toits combien de fois elle avait crié mon nom.

— Bien. Alors au moins elle sait que quand vous couchez ensemble à nouveau, elle peut compter sur toi pour la faire se sentir bien.

— Je ne peux pas coucher avec elle à nouveau ? lâchai-je beaucoup plus fort que prévu.

— Coucher avec qui ? demanda Eddie, s'asseyant sur le tabouret à côté de moi.

— Personne, dis-je au même moment où Hudson hocha la tête vers moi et dit : — Blake.

Les sourcils d'Eddie se levèrent de la même façon que ceux d'Hudson. — Toi et Blake ? Il hocha la tête pour lui-même. — J'aime bien. Georgia a dit qu'elle espérait que vous vous mettriez ensemble. Elle a vu quelque chose entre vous à notre mariage.

Je hochai la tête mais ne dis rien. Je n'avais jamais parlé à personne de la promesse que j'avais faite à Georgia. Cette femme voyait tout, mais je ne voulais pas que les autres sachent que j'étais une poule mouillée quand il s'agissait de dire à Blake ce que je ressentais pour elle.

— J'essaie de lui expliquer que coucher avec elle n'est pas le moyen de l'avoir pour lui, dit Hudson à Eddie. — Il ne comprend pas pourquoi il ne peut pas continuer à coucher avec elle.

— Qu'est-ce que tu en sais de toute façon ? Tu es célibataire, dis-je avec une grimace.

Dès que les mots sortirent, je détestai les avoir prononcés.

Hudson se figea un instant puis tapa le bar devant moi et s'éloigna sans un mot.

— Pourquoi as-tu dit ça ? demanda Eddie.

— Parce que je suis un connard, répondis-je.

— Ouais, tu l'es. Il ne mérite pas qu'on lui rappelle le décès d'Hillary, dit Eddie.

Je pris une inspiration et me levai. Je glissai ma bière devant Eddie. — Mets tes consommations sur mon ardoise. Je vais lui parler et partir.

Eddie hocha la tête et prit ma bière. J'allai trouver Hudson.

Il était dans l'arrière-salle, fixant une caisse de bière. Je savais qu'il m'avait entendu entrer derrière lui, mais il ne se retourna pas.

— Je suis un connard, dis-je. — Et je suis désolé. C'était un coup bas. Je suis juste foutu de trouille et je déteste ça.

— Être amoureux, ce n'est pas avoir peur. Être amoureux, c'est savoir que quelqu'un est là quand tu l'es, dit Hudson.

— Et tu en sais plus sur l'amour que je n'en saurai jamais. Je n'arrive même pas à comprendre comment faire pour que Blake sorte avec moi. Elle est venue aujourd'hui parce que les gens parlent de nous et elle pensait que j'allais être en colère. Parce que j'ai la réputation de ne pas m'attacher. Elle pense que je ne veux que du sexe.

— Je t'ai dit de ne pas coucher avec elle, dit Hudson, me faisant enfin face. Ses bras étaient épais de muscles, son t-shirt noir tendu sur eux. Il était deux ou trois centimètres plus grand que moi, mais il avait pris du volume depuis qu'il avait arrêté le baseball et acheté un bar. Il avait facilement vingt-cinq kilos de muscle de plus que moi.

— J'aurais aimé que tu me dises ça il y a six heures. Alors je ne serais peut-être pas si foutu, admis-je.

Hudson secoua la tête. — Tu peux changer la façon dont elle te voit, ce ne sera juste pas facile. Tu as toujours été un ami à ses yeux. Maintenant tu es un plan cul. Tu as réduit tes chances qu'elle te voie comme quelqu'un sur qui elle peut compter, mais ce n'est pas impossible de lui montrer que tu peux l'être.

Je pris une inspiration. — Merci. Je suis vraiment désolé pour Hill. Elle était...

— Tout, dit Hudson. — Elle était parfaite. Et je ne pense pas que je trouverai un jour une autre femme comme elle.

Je haussai les épaules. — On ne sait jamais. Si je peux amener Blake à me voir comme autre chose que son ami et son plan cul, peut-être qu'il y a de l'espoir que tu trouves quelqu'un d'autre.

Il rit et secoua la tête. — Tu veux que Blake te veuille. Je suis heureux seul. Je n'ai pas besoin d'une autre femme. J'ai eu mon grand amour.

Des cris et du verre brisé résonnèrent depuis le bar. Je n'hésitai pas à suivre Hudson dehors et à me joindre à lui quand il saisit une batte en bois derrière le bar et se plaça entre les deux gars qui se battaient.

L'un d'eux me faisait face, me grognant dessus que je me tenais entre lui et l'autre connard avec qui il échangeait des coups.

— Et si tu te calmais ? dis-je, ne le quittant pas des yeux.

Hudson se tenait dos à moi, face à l'autre gars. Son gars était clairement l'agresseur. Hudson recula contre moi quand le type qu'il confrontait poussa en avant pour atteindre le gars que j'observais. Je ne les reconnaissais pas. Ils étaient plus jeunes que moi, dans la vingtaine, mais ils se connaissaient clairement.

— Il avait ses mains sur ma copine ! cria le gars derrière moi.

Mon gars sourit narquoisement. — Elle aimait ça.

— Mec, dis-je, secouant la tête vers lui. — N'empire pas les choses.

Il haussa les épaules et sourit à nouveau. — S'il ne sait pas comment s'occuper de sa femme, je prends volontiers le relais.

— Je sais comment m'occuper d'elle, dit l'autre gars. — Garde tes putains de mains pour toi ou je les arrache et les enfonce dans ton cul.

Mon gars ricana. — Je botterais ton cul maigrichon jusqu'à la semaine prochaine si tu essayais.

— Que se passe-t-il, messieurs ? demanda James Rucker, apparaissant à côté d'Hudson et moi. James était un policier de L'anse MacKellar et un bon ami d'Hudson.

Le gars devant moi se redressa et laissa tomber ses mains sur ses côtés, paraissant soumis au lieu d'arrogant comme il l'était quelques secondes auparavant.

L'autre gars ? Pas si malin.

— Ce connard a touché ma copine. Je vais lui botter le cul.

— Vraiment ? demanda James.

— Putain, ouais. Il va regretter de l'avoir jamais touchée, déclara le gars.

— C'est toi qui as commencé ça ? Qui a cassé des choses ? demanda James calmement.

— C'est lui qui a commencé quand il a posé ses mains sur elle.

James hocha la tête, puis sortit calmement ses menottes et marcha vers le gars. Immédiatement, il changea de ton.

— Whoa, whoa. C'est pour quoi ça ?

— Destruction de propriété et agression. On va faire un tour, dit James.

— Whoa, non. Je n'ai pas fait tout ça.

James regarda mon gars. — Ton pote ici a un bel œil au beurre noir. Quelqu'un l'a frappé.

— Bon, c'est moi, mais...

— Alors nous devons faire un tour. S'il ne veut pas porter plainte, tu peux partir, mais ça dépend de ton ami.

Mon gars sourit. James le fusilla du regard et il effaça son sourire.

James menotta l'autre gars et le conduisit dehors, protestant toujours de son innocence. Hudson lança un regard noir à mon gars, mais il s'éloigna en disant qu'il ne causerait plus de problèmes.

— Merci d'avoir assuré mes arrières, dit Hudson avec un hochement de tête.

Je hochai la tête en retour. — Quand tu veux. Merci pour les conseils.

Il sourit narquoisement. — J'espère juste que tu les utiliseras. Blake le mérite.

Je hochai la tête. Je ne pouvais pas le contredire sur ce point.

BLAKE

Je ne me souvenais pas de la dernière fois que j'avais autant peint. Ce n'est pas que je n'aimais pas ça, mais j'avais parfois du mal à trouver de nouvelles idées. Mais Ian avait éveillé quelque chose en moi que je ne pouvais pas ignorer.

Il était bien après minuit, et j'étais couverte de peinture. J'avais terminé trois nouveaux tableaux, des œuvres que je n'étais pas sûre de montrer à qui que ce soit, et j'en travaillais un quatrième. Les couleurs, la passion et la sensualité de ces pièces me donnaient l'impression d'être une personne différente. Ian me faisait sentir comme une personne différente.

Je terminai le dernier coup de pinceau et reculai. C'était magnifique. Deux personnes clairement en train de faire l'amour. Leurs visages n'étaient pas visibles et leurs traits n'étaient pas distincts, mais dans mon esprit, c'était Ian et moi.

Les œuvres que j'avais créées resteraient cachées dans mon placard, quelque chose que je sortirais pour revivre ces moments une fois qu'Ian serait passé à quelqu'un d'autre. Peut-être qu'un jour je rencontrerais quelqu'un d'autre qui me ferait ressentir ce qu'il me faisait ressentir, mais pour l'instant, j'étais contente de savoir que je pouvais me sentir si vivante.

Je venais de laver mes fournitures et de me changer, troquant mes vêtements de peinture contre un pyjama, quand la sonnette retentit.

Mon cœur bondit à l'espoir que ce soit Ian, mais Ian n'était pas du genre à sonner à ma porte au milieu de la nuit. Aussi vite que l'espoir avait fleuri, je le repoussai.

Ma mère était appuyée contre le côté de ma maison, endormie debout. Je secouai la tête en soupirant, puis l'aidai à s'installer sur le canapé.

Un vendredi soir typique.

J'AI PASSÉ TOUT le samedi à rattraper les choses que je n'avais pas faites pendant la semaine. Des activités amusantes et palpitantes comme la lessive, la vaisselle et le ménage. Ma mère était partie tôt samedi matin sans vraiment me remercier de l'avoir laissée dormir sur mon canapé, encore une fois, mais au moins elle était partie. Je l'aimais, mais j'en avais assez de nettoyer ses dégâts.

Le samedi soir arriva et je n'avais toujours pas pris de douche ni quitté mon pyjama. C'était vraiment une bonne soirée pour un film en solitaire et une bière.

Je venais de m'installer sur le canapé avec mon dîner réchauffé au micro-ondes et ma bière quand mon téléphone a sonné, m'indiquant un message.

Woody, mon match de À la Recherche du Héros Littéraire Parfait, m'avait envoyé un nouveau message. J'avais été surprise quand j'avais reçu son premier message. Il avait l'air doux et drôle, et je me demandais pourquoi un gars comme lui était sur un site de rencontres en ligne. Karissa insistait sur le fait que la plupart des gens utilisaient les rencontres en ligne de nos jours. Comme ça faisait plus de cinq ans que je n'avais pas eu de premier rendez-vous, je devais la croire sur parole.

WOODY

Un ami m'a dit que les femmes considèrent les hommes soit comme quelqu'un dont elles pourraient tomber amoureuses, soit pas du tout. Est-ce vrai ?

J'ai réfléchi à sa question et me suis demandé s'il y avait un motif caché derrière.

SOURIS DE CRIQUE

Je pensais que tu étais d'accord pour qu'on reste amis.

WOODY

Je le suis. Totalement. Mais pour autant que je sache, tu es une femme, donc tu peux m'aider. Non ?

J'ai haussé les épaules et j'y ai réfléchi. Avec William, nous avons appris à nous connaître en sortant ensemble. Nous n'étions pas amis d'abord. Nous avons développé une relation, mais une fois que nous avons rompu, c'était terminé.

Les autres hommes avec qui j'étais sortie étaient similaires. Même si je les connaissais avant que nous nous mettions ensemble, nous n'étions pas proches. Ian était le premier homme avec qui j'avais jamais franchi cette ligne.

SOURIS DE CRIQUE

Je pense que je serais plutôt d'accord.

WOODY

Plutôt ?

SOURIS DE CRIQUE

Eh bien, des amis peuvent devenir amants, mais est-ce que ça arrive si souvent ? Habituellement, si on est si proche, on ne veut pas gâcher l'amitié.

WOODY

L'amour ne vaut-il pas le risque ?

J'ai soupiré. Je voulais croire que ça en valait la peine, mais je n'avais jamais connu le genre d'amour qui en vaudrait la peine.

SOURIS DE CRIQUE

Je ne sais pas. Je n'ai jamais eu d'ami que je préférerais risquer de perdre comme ami pour une chance d'amour. Cela dit, l'amour n'est pas quelque chose en quoi j'ai vraiment confiance.

WOODY

Tu es cynique ? Ça me surprend.

SOURIS DE CRIQUE

Pas cynique. Réaliste. J'ai vu des gens amoureux, le genre d'amour dont je rêvais autrefois. Je commence à penser que c'est une option réservée à certaines personnes. Certains d'entre nous sont destinés à avoir des vies amoureuses médiocres et du sexe médiocre.

WOODY

C'est la chose la plus déprimante que j'ai jamais entendue.

J'ai éclaté de rire.

SOURIS DE CRIQUE

Je sais, mais tu as demandé ce que je pensais.

WOODY

C'est vrai. Je n'aurais pas dû demander si je
ne voulais pas ta réponse honnête.

Je voulais lui dire quelque chose qui lui donnerait de l'espoir. S'il y avait une femme dans sa vie qu'il aimait bien, j'espérais que ça marcherait pour eux, mais j'avais du mal avec l'idée de l'amour éternel. Les gens se disputent, divorcent et meurent. Rien ne dure éternellement.

WOODY

Donc, si j'ai cette amie que j'aime bien, et
pas seulement comme amie, mais plutôt
dans le sens où je veux lui dire que je l'aime,
tu me conseilles de ne pas lui dire parce
qu'elle ne ressent probablement pas la
même chose ?

J'ai inspiré profondément. Un mélange de peur et d'excitation m'a traversée. Je ne voulais pas qu'il me dise qu'il m'aimait bien, mais savoir qu'il ne parlait clairement pas de moi me faisait un peu mal. Nous avions convenu d'être amis, mais il y avait une partie de moi qui espérait que nous pourrions construire quelque chose. Il me faisait rire, et s'il était à moitié aussi mignon qu'il était drôle, peut-être qu'un jour nous pourrions vraiment nous rencontrer.

Une fois que les choses avec Ian seraient terminées et que je serais prête à passer à autre chose. Si jamais.

Mais il était amoureux de quelqu'un d'autre. Quelqu'un de réel dans son monde. Quelqu'un qui serait bien sotte de ne pas l'aimer en retour.

SOURIS DE CRIQUE

Elle serait folle de ne pas ressentir la même
chose pour toi.

WOODY

Qu'est-ce qui te fait dire ça ?

SOURIS DE CRIQUE

Tu sembles être un type bien. Le genre de gars qui l'emmènerait dîner et s'assurerait qu'elle sache qu'elle est spéciale à tes yeux. Même si vous étiez amis, je pense que tu vois les choses de la bonne façon. Tu ne la portes pas jusqu'à ton lit pour la faire crier. Tu lui montres que tu tiens à elle.

J'ai appuyé sur envoyer avant de regretter mes mots. Je savais où j'en étais avec Ian, mais Woody voulait des conseils. Il cherchait à montrer à la femme qu'il aimait qu'il la désirait. Elle avait besoin de le savoir. Et bien qu'Ian ait éveillé en moi plus de passion que quiconque auparavant, la passion était la spécialité d'Ian. Il n'était pas le genre de gars qui cuisinerait un dîner ou planifierait un rendez-vous. C'était un gars sexy, doux et drôle sur qui on pouvait compter pour quelques orgasmes et quelques rires. Il n'était pas du genre sur qui on pouvait compter pour toujours.

WOODY

Qu'est-ce qui ne va pas avec le fait de la porter jusqu'à mon lit ? C'est là que je fais mon meilleur travail.

SOURIS DE CRIQUE

Ça aura plus de sens une fois qu'elle saura que ce n'est pas juste une histoire de sexe pour toi. Le sexe, c'est super, et le sexe génial, c'est incroyable, crois-moi. Mais si tu veux quelque chose de durable, le sexe n'est pas la façon de commencer.

WOODY

On dirait que tu parles d'expérience.

SOURIS DE CRIQUE

Malheureusement.

WOODY

Comment sais-tu qu'il n'y avait pas plus que du sexe avec lui ?

SOURIS DE CRIQUE

Il n'est tout simplement pas ce genre de gars. J'aimerais qu'il le soit, mais il ne l'est pas.

WOODY

Désolé, Souris de crique. J'espère que tu trouveras quelqu'un qui l'est.

J'ai inspiré brusquement et j'ai hoché la tête. Je connaissais déjà la plupart des hommes de la ville, du moins les célibataires qui avaient à peu près mon âge. Je perdais espoir de trouver quelqu'un. Mais j'étais bien seule. J'avais mes amis. J'avais ma maison. J'avais mon travail. Et grâce à Ian, j'avais quelques fantaisies incroyables pour me tenir chaud la nuit.

C'était tout ce dont j'avais vraiment besoin.

DIMANCHE APRÈS-MIDI, je me suis rendue à Petits ami du Livre Illimité plus tôt que d'habitude. Je voulais parler à Finley de la fresque murale avant que Karissa n'arrive, et j'étais anxieuse à l'idée qu'elle découvre ce qui se passait entre Ian et moi.

Il y avait deux clientes à l'intérieur quand je suis entrée. Finley m'a souri et m'a fait signe de l'endroit où elle leur parlait de la nouvelle parution qu'elles regardaient.

— Il est tellement sexy. J'ai un faible pour les alphas. Pas les connards, mais ceux qui prennent les choses en main et te font sentir en sécurité et aimée. Il est comme ça, disait Finley.

— Tu en parles comme s'il était réel, dit l'une des femmes. Dommage qu'il n'y ait pas d'hommes comme lui dans le monde réel.

— Je suis d'accord. Avez-vous regardé l'application À la Recherche du Héros Littéraire Parfait ? C'est une nouvelle application de rencontres. Une de mes amies l'a développée exactement à cause de ce que vous dites.

Finley sortit son téléphone et leur montra l'application.

— Vous répondez à une série de questions sur les livres que vous aimez lire et ce qui vous attire, puis l'application vous met en relation avec des personnes qui aiment les mêmes livres et ont des personnalités similaires.

— Tu plaisantes ? dit la femme en regardant son amie. C'est incroyable. Je vais la télécharger tout de suite.

— Moi aussi, dit son amie. J'adorerais rencontrer un homme comme ceux de ces livres. Est-ce qu'ils existent vraiment ? As-tu déjà rencontré quelqu'un ?

Finley haussa les épaules.

— J'ai eu quelques matchs. Quelques gars avec qui j'ai discuté. L'application n'est lancée que depuis quelques semaines, donc c'est encore le début. Jusqu'à présent, ça me plaît. Et toi, Blake ? me demanda-t-elle.

Je m'approchai et me joignis à elles.

— C'est pareil pour moi. Je ne cherche pas vraiment une relation en ce moment, mais je voulais soutenir notre amie. J'ai matché avec quelques-uns, mais je ne discute régulièrement qu'avec un seul. Il n'y a pas de photos, donc on apprend à connaître les gens sans savoir autre chose que ce qu'ils disent.

— Ce qui est intéressant, dit Finley, c'est que vous pourriez connaître ces personnes dans la vraie vie sans avoir aucune idée qu'il s'agit de la même personne. J'aime ça parce que ça nous ouvre à de nouvelles rencontres.

J'acquiesçai. Je me demandais qui était Woody, mais ce n'était pas vraiment important. C'était un gentil homme qui devenait un ami. C'était tout ce dont j'avais vraiment besoin, et savoir qu'il ignorait qui j'étais me permettait d'être plus honnête avec lui que je ne l'aurais été avec la plupart des autres personnes.

— Je suis tellement contente qu'on soit venues ici aujourd'hui. Entre les nouveaux livres et l'application, j'ai l'impression que ça va être une super semaine.

Finley conduisit les femmes à la caisse et bavarda avec elles pendant qu'elles payaient. Je me dirigeai vers notre siège à l'arrière et m'installai dans un fauteuil en l'attendant.

Elle dit au revoir aux clientes et se tenait devant moi quand la porte se referma.

— Comment ça va ?

J'acquiesçai.

— Bien. Mais je voulais te parler.

— De mon frère ?

— Quoi ? Non. Pourquoi ?

Finley haussa les épaules et détourna le regard.

— Je pensais juste que tu étais là pour parler d'Ian. Qu'est-ce qui se passe ?

Je secouai la tête. Je voulais effectivement lui parler de lui, mais si elle savait déjà, peut-être que je n'avais pas besoin de le faire.

— J'ai, euh, des idées pour la fresque. Je voulais les montrer à Karissa ce soir, mais je voulais d'abord avoir ton avis.

Elle ouvrit et ferma rapidement les poings et dit :

— Donne, donne, donne.

Je ricanai et lui tendis les dessins que j'avais faits. J'avais imprimé des copies pour Karissa au cas où elle voudrait y réfléchir pendant quelques jours. J'espérais qu'elle aimerait mes idées, mais j'étais nerveuse.

— Wow, souffla Finley en regardant le premier. Il mettait en vedette Mme Georgia, mais il y avait aussi Earl et le logo, ainsi que des tables et des personnes indistinctes. Il donnait une impression du restaurant, mais n'était pas vraiment centré sur Mme Georgia. C'était l'une de mes premières tentatives.

Finley regarda le suivant avec L'anse MacKellar comme pièce centrale. D'autres avaient la rivière, la place ou d'autres parties de la ville, tous avec Mme Georgia intégrée au dessin.

Le dernier, que j'avais stratégiquement mis en dernier, montrait Mme Georgia qui faisait signe d'approcher. Son sourire était lumineux et accueillant. Ses yeux brillaient de joie. Derrière elle se trouvait une table avec Eddie et Karissa. Earl était dans la cuisine, une crêpe s'envolant dans les airs. L'eau bougeait derrière eux comme si les portes arrières étaient ouvertes et que la rivière faisait partie de Cracked. Les couleurs étaient vibrantes et amusantes. L'image entière respirait Mme Georgia.

Les yeux de Finley s'embuèrent et elle secoua la tête.

— Oh, merde, Blake. C'est celui-là. C'est Mme Georgia. Je la vois. Je peux même l'entendre dire : « Entre, on a toujours de la place pour toi. » Karissa va adorer ça.

— Tu es sûre ? demandai-je en me mordillant l'ongle. Je ne veux pas que ça la bouleverse.

Finley secoua la tête.

— Elle va adorer.

Je repris la pile d'images des mains de Finley et hochai la tête.

— Merci, Fin. J'apprécie ton aide.

Elle sourit et essuya les larmes sous ses cils.

— Quand tu veux.

Elle prit une profonde inspiration puis croisa mon regard.

— Alors, qu'est-ce qui se passe avec mon frère ?

Cette question directe n'aurait pas dû me surprendre, mais ce fut le cas. Finley avait laissé entendre auparavant qu'elle était d'accord avec le fait qu'Ian et moi nous rapprochions, mais je n'étais pas sûre que ce soit toujours le cas.

— Je ne sais pas.

— Est-ce que ça signifie qu'il se passe quelque chose entre vous ?

J'inspirai profondément puis expirai lentement.

— Tu sais comment est Ian. Je veux dire, c'est un gars génial, mais ce n'est pas le genre de gars qui va s'attacher. Nous... je suis allée chez lui vendredi pour lui parler, et on a fini par...

— Au lit ? demanda-t-elle, les sourcils relevés de surprise. Wow.

— Je sais, je ne suis pas son genre. Mais...

— Quoi, attends, quoi ? Est-ce qu'il t'a dit ça ?

Je secouai la tête.

— Non, mais j'ai vu les femmes avec qui il a quitté O'Kelley's au fil des ans. Elles ne me ressemblent pas.

— Et alors ?

— Donc, je ne suis simplement pas son genre. Et il n'est pas vraiment le mien non plus. Il est trop beau pour moi, et ce n'est pas un homme qui s'engage pour toujours. Ce gars avec qui j'ai matché ? C'est un homme qui s'engage pour la vie. Il est amoureux de son amie, et il m'a demandé comment il devrait lui dire. Il est gentil et drôle et c'est le genre de gars que je devrais rechercher. Pas Ian qui ne s'engagera jamais assez longtemps avec une femme pour tomber amoureux d'elle comme Woody.

— Woody ? demanda Finley, son attention se portant brusquement sur moi.

Je levai les yeux au ciel et montrai mon téléphone.

— Le gars de l'application.

Ses lèvres se pincèrent.

— Oh.

— J'aime bien Ian. Je ne sais pas si tu veux en entendre parler, mais je l'aime bien. Il a toujours été un bon gars, et... à quel point veux-tu en savoir ?

Elle haussa les épaules.

— Tu peux dire ce que tu veux. Je suis ta meilleure amie. Ce n'est pas parce que tu parles de mon frère que je ne peux pas être objective.

— Finley, je ne me suis jamais sentie comme je me suis sentie quand nous étions ensemble. Je veux dire, il fait ce truc avec sa langue et...

— Attends une minute, dit Finley avec un large sourire. On parle de sexe oral ? Comme ce que Willie ne faisait jamais ?

Je gémis.

— Tu ne peux pas commencer à l'appeler Willie, toi aussi.

Elle pouffa.

— Je l'ai toujours fait, dans ton dos. Tu sais que je ne l'ai jamais aimé. Pas pour toi. Il est trop rigide, et pas dans le bon sens.

Je ne pus m'empêcher de rire.

— Je ne devrais pas rire de ça. C'est un type bien, et il a été bon avec moi.

Finley haussa les épaules.

— Il l'était, mais on dirait qu'en juste une journée, quelqu'un d'autre pourrait être meilleur.

Elle inspira profondément et frissonna.

— D'accord, dis-moi vite parce que je ne veux vraiment pas penser à la bouche de mon frère entre tes jambes la prochaine fois que je le verrai.

Je pouffai de rire.

— C'était tellement bon, Fin. Il a dit qu'il adorait ça, et oh, mon Dieu, je ne peux même pas me souvenir combien de fois j'ai crié son nom. Et le sexe ? Je n'ai jamais eu de relations comme ça. Où on ne pouvait pas se rassasier l'un de l'autre. C'était comme tout ce dont on parlait à Hawaï. Tu te souviens ?

Elle acquiesça, un regard rêveur dans les yeux.

— Je ne pensais pas que ça existait, mais c'est le cas. Mais je sais que ça ne durera pas. C'est Ian, et il passera bientôt à autre chose. Je resterai amie avec lui, mais je ne m'attache pas. Je te le promets. Rien n'a besoin de changer. D'accord ?

Finley serra les lèvres et acquiesça. Elle m'adressa un sourire qui semblait plus qu'un peu forcé, mais avant que je puisse insister, Karissa et Laura entrèrent.

— Hé, Rissa, Blake et moi t'avons trouvé deux nouvelles abonnées aujourd'hui. Des filles super mignonnes qui se plaignaient que les hommes des livres ne sont pas réels, dit Finley.

Je n'étais pas sûre si elle ne voulait pas que les autres sachent que j'avais couché avec Ian ou si elle voulait simplement parler d'autre chose, mais je forçai un sourire et suivis le nouveau sujet de conversation. Après tout, nous n'étions pas là pour disséquer ma vie amoureuse. Nous étions là pour manger du gâteau et parler de petits amis de livres. Au moins je savais qu'avec eux, tout se terminerait bien.

$\mathcal{E}$lise a apporté un cheesecake aux fraises et l'a posé sur la table devant nous. Elle était la dernière à arriver, mais nous étions encore en train de rattraper les événements de la semaine, donc elle n'avait rien manqué.

—Ça sent divinement bon, dit Karissa. Où sont les fourchettes ?

—Pas d'assiette pour toi ce soir ? la taquina Finley.

Karissa secoua la tête. —J'ai travaillé sur les mises à jour de l'appli tout le week-end et j'ai à peine mangé. Je tourne au café et au sucre à ce stade.

—Tu as besoin de vraie nourriture, lui dit Laura.

Karissa grogna contre elle. Littéralement, elle a grogné.

On s'est toutes écartées.

—Euh, Ris ? dit Finley.

Elle soupira. —Je suis désolée. C'est juste que j'ai hâte que ça se déploie auprès de plus de personnes. Pour l'instant, ça marche très bien, mais ce n'est pas facile de créer ces applications. Surtout une comme celle-ci.

—Est-ce que ça va ? lui ai-je demandé.

Elle hocha la tête et se rassit. —Oui, juste fatiguée. Désolée, Laur. Je sais que je dois mieux manger, dormir davantage et faire tout ce que ma mère m'a toujours obligée à faire. Quand j'étais aussi plongée dans les applications avant, elle arrivait toujours avec des plats faits maison pour le congélateur et exigeait que je fasse une pause. C'est... difficile. Tu comprends ?

Le reste d'entre nous a hoché la tête. J'ai tendu la main vers celle de Karissa. Finley a pris mon autre main, et Laura a saisi celle de Karissa. Elise et Trinity se sont jointes aussi. Nous six sommes restées assises là pendant une minute, nous souriant les unes aux autres.

—Maman aurait adoré ça, dit Karissa. Elle vous aimait toutes comme ses propres filles. Et je suis sûre qu'elle t'aimait aussi, Trinity.

Nous avons toutes ri.

—Je l'aimais, dit Trinity. C'était l'une de ces personnes qui n'a été dans ma vie que pour un court moment, mais dont l'impact durera éternellement.

—En parlant d'impact qui dure éternellement, Blake a quelque chose à te demander, dit Finley.

—Fin, ai-je sifflé.

Karissa se tourna vers moi. —Qu'est-ce que c'est ?

—Je... J'ai soufflé et lancé un regard noir à Finley. —J'allais te parler après. Quand tout le monde serait parti.

Karissa s'agita sur son siège. —Euh, d'accord. C'est toi qui décides.

—Dis-lui maintenant, dit Finley. Elle prit mon dossier et le tendit à Karissa. —Arrache le pansement d'un coup.

Karissa me regarda avec espoir. —Blake ?

J'ai inspiré profondément et expiré lentement. —Earl m'a demandé de faire une nouvelle fresque sur le côté de Cracked. Il voulait quelque chose avec ta mère, quelque chose pour que les gens la connaissent. Même ceux qui ne l'ont jamais rencontrée.

Les yeux de Karissa se sont remplis de larmes. Elle a serré les lèvres et a regardé vers le plafond. Sa gorge a travaillé pour avaler difficilement. Finalement, elle a pris une respiration et a rencontré mon regard. —Tu vas le faire ?

J'ai hésité puis j'ai acquiescé. —Si ça te convient. Mais tu dois l'approuver.

—Eddie...

—Earl lui a parlé avant de me parler, ai-je dit.

Karissa a laissé échapper un rire. —Poule mouillée. C'est bien son genre de demander à Eddie et de te laisser me parler.

J'ai ri doucement. —Ouais. J'aurais dû te demander avant, mais je voulais avoir quelques idées à te montrer. Tu peux prendre tout ça chez toi et y réfléchir. Si tu dis non, c'est fini. Earl a dit la même chose.

Karissa secoua la tête. —Non, c'est bien. Maman était un pilier là-bas. Elle adorait cet endroit. C'est vraiment incroyable qu'Earl veuille l'honorer de cette façon, et que tu sois celle qui va le faire. J'aime ça.

—Merci, Rissa, ai-je dit doucement, l'émotion étouffant mes paroles.

—Est-ce que je peux choisir celle que tu feras ?

J'ai hoché la tête. —Si tu veux, absolument. Earl a le dernier mot, et il a ses préférées, mais je suis sûre qu'il ira avec ce que tu veux.

Karissa a acquiescé et a ouvert le dossier. Elle a souri au visage de sa mère et a passé un doigt sur son sourire. J'ai retenu mon souffle tandis qu'elle feuilletait lentement les images les unes après les autres. Après chacune, elle la passait à Laura, et elles circulaient dans la pièce. J'avais la première sur mes genoux quand Karissa a eu le souffle coupé.

—C'est elle, a-t-elle murmuré. Oh, mon Dieu, Blake. Tu l'as capturée là. Comment elle était avant d'être malade. Elle invitait toujours les gens à entrer, les conduisant à une table et associant les personnes pour que personne ne reste sans place. Et, oh, Blake. C'est moi et Eddie ?

J'ai acquiescé.

—Et Earl. Vous devriez tous être là aussi. La rivière. Blake, c'est celle-là. C'est celle qu'il faut. Je les aime toutes, mais c'est celle-là, s'est-elle enthousiasmée.

Je lui ai souri et j'ai accepté les éloges des autres tandis que la préférée de Karissa, et la mienne, passait de main en main. Tout le monde a convenu qu'elle ressemblait parfaitement à Georgia et que ce devait être l'image sur le côté de Cracked.

C'était aussi la préférée d'Earl, donc je ne doutais pas qu'il l'approuverait.

—Merci de faire ça, Blake, dit Karissa. Ça signifie beaucoup pour moi.

J'ai haussé les épaules. —C'était l'idée d'Earl. Je suis juste la peintre la moins chère qu'il connaisse.

Karissa a ri avec moi mais a secoué la tête. —Tu es la meilleure peintre qu'il connaisse. Est-ce que je peux garder celle-ci ?

J'ai acquiescé. —Bien sûr. J'ai la peinture originale, cependant. Si tu préfères l'avoir.

—Ça ne te dérange pas ?

J'ai secoué la tête. —Bien sûr que non. Je serais honorée que tu l'aies.

—Merci, ma belle. Tu vas lui rendre justice. Je le sais, a dit Karissa avec un sourire éclatant, qui ressemblait à celui de sa mère.

J'étais honorée qu'elle me fasse tant confiance. J'espérais juste pouvoir lui rendre justice. Que je pourrais faire revivre Mme Georgia de la même façon qu'elle faisait revivre tous ceux qui l'entouraient chaque jour.

Je me suis adossée et j'ai laissé la conversation se dérouler autour de moi. Beaucoup de pensées me traversaient l'esprit, de Mme Georgia à Ian en passant par Karissa et le reste d'entre nous. Mme Georgia a mis longtemps à retrouver Eddie. Elle a eu deux grands amours, mais est-ce que cela signifiait que quelqu'un d'autre avait manqué sa chance ? L'amour est-il limité, ou se renouvelle-t-il ?

C'était la question que Finley posait quand j'ai recommencé à écouter la conversation.

—Je dois croire que nous pouvons tous avoir autant d'amour que nous voulons, dit Elise. Sinon, à quoi bon ?

—Tous ces gens au mariage de Georgia m'ont fait penser que l'amour pourrait vraiment exister, a confessé Finley. Quand j'ai ouvert Petits ami du Livre Illimité, je voulais croire en l'amour, mais une partie de moi pensait que la seule façon dont je pourrais jamais l'expérimenter, c'était entre les pages d'un livre. Après les avoir tous rencontrés et avoir vu l'amour se déployer de tant de façons, je dois penser qu'il est là, quelque part.

—Mais aucune d'entre nous ne l'a vu, ai-je argumenté.

—J'ai aimé quelqu'un une fois. Je pensais que j'allais passer ma vie avec Xavier, dit doucement Karissa.

—Mais c'est justement mon point. L'amour est imparfait. Je veux y croire, mais je ne l'ai jamais vu. Tous ces gens, ils étaient en vacances. Ils étaient au milieu du paradis. Nous n'avons aucune idée de ce que c'est quand ils sont chez eux, ai-je dit.

Laura s'est penchée en avant et a secoué la tête. —Ils sont tous comme ça tout le temps. Quand je vivais à Winterville, ça me sidérait. J'en étais jalouse, ce qui n'est pas juste, mais c'est la vérité. Peyton parlait d'eux tous et elle était déconcertée, mais elle est devenue l'une d'entre eux.

—Mais les choses ont failli se terminer avec elle et Wyatt, ai-je ajouté.

Laura a acquiescé. —Presque, mais c'est ça l'amour. Ne pas abandonner. Rester aux côtés de la personne qu'on aime quoi qu'il arrive. Toujours les mettre au-dessus de soi. Mourir pour eux s'il le faut.

—Et c'est pour ça que tu aimes Roméo et Juliette, a plaisanté Finley. Espérons que tu n'aies pas à mourir pour trouver l'amour. Mais Blake est plus cynique. C'est Buttercup, les filles. Ce n'est pas seulement son livre préféré, elle est Buttercup. *The Princess Bride* lui parle.

—Je ne suis pas Buttercup, ai-je contesté.

—Tu l'es, pourtant, dit Karissa. Je serais prête à parier que quelqu'un pourrait venir vers toi et te dire qu'il t'aime, et tu rirais simplement en disant qu'il plaisante ou qu'il ment. Tu n'y crois pas.

J'ai secoué la tête. —Ne venions-nous pas de parler du fait que l'amour est limité ? Quelles sont les chances qu'un type au hasard vienne me voir et me dise qu'il m'aime ?

Finley haussa les épaules. —Peut-être qu'il n'est pas au hasard. Peut-être que c'est quelqu'un que tu connais déjà, mais tu ne penses pas qu'il pourrait vraiment ressentir ça pour toi. Peut-être que tu es trop occupée à chercher les défauts pour voir que tout et tout le monde est imparfait, mais que ces imperfections sont ce qui rend l'amour et la vie beaux.

—Depuis quand es-tu devenue si romantique ? demanda Laura à Finley.

Finley sourit et tendit le bras par-dessus moi pour prendre la main de Karissa. —Quand je suis allée à Hawaï et que j'ai vu l'amour unir deux personnes pour toujours.

Karissa inspira profondément et hocha la tête. —Nous devrions toutes avoir cette chance.

—Nous l'aurons, dit Elise. Je le sens.

EARL VOULAIT que je commence la fresque tout de suite, mais j'avais besoin des pourboires de mon travail à Cracked, alors nous avons convenu que je partagerais mon temps et que je travaillerais le service du matin tous les jours et que je passerais mes après-midis à faire ce dont j'avais besoin. Je voulais faire quelque chose sur la fresque chaque jour, mais avec trois emplois maintenant, c'était difficile de déterminer à quoi mon emploi du temps devait ressembler.

J'ai passé la première semaine à esquisser mon dessin en utilisant les briques du bâtiment comme guide. Earl avait fait nettoyer le bâtiment au jet haute pression et toute la peinture avait été enlevée, donc c'était prêt dès que j'étais prête.

Je n'étais pas prête.

Je fixais le mur et ce qui allait devenir le visage de Mme Georgia, incapable de commencer. J'ai sérieusement envisagé de partir pour un autre jour quand mon téléphone a sonné.

J'ai souri en voyant que le message venait de Woody. Nous discutions régulièrement, et bien que je ne sois pas près de lui révéler qui j'étais, j'appréciais d'avoir un ami à qui je pouvais dire à peu près n'importe quoi. Surtout un ami masculin qui ne me jugerait pas et pourrait me donner des conseils sur les hommes.

Si jamais je voulais demander.

WOODY

Je déteste me demander ce que quelqu'un pense. Comme maintenant, je veux vraiment savoir ce qu'elle pense, mais elle semble si inaccessible.

J'ai souri. Woody m'a parlé de la femme dont il est amoureux. J'étais un peu jalouse, mais nous étions amis donc j'étais aussi heureuse pour lui. Je n'étais pas jalouse qu'il aime quelqu'un d'autre, plutôt que je n'avais pas quelqu'un qui m'aimait comme il l'aimait.

SOURIS DE CRIQUE

Tu devrais lui demander.

WOODY

MDR. Elle est trop craintive pour ça. Elle s'enfuirait. Chaque fois que je lui dis que je l'aime bien, elle disparaît pendant un moment.

SOURIS DE CRIQUE

Parfois, on ne peut pas gérer ce genre de choses. C'est difficile de croire les gens quand on a toujours été déçu.

WOODY

Alors, que dois-je faire ?

SOURIS DE CRIQUE

Continue d'essayer.

WOODY

Merci. Je suppose que c'est tout ce que je peux faire.

J'ai pris une profonde inspiration et l'ai lentement expirée.

SOURIS DE CRIQUE

Ma mère est un désastre. Je m'occupe d'elle depuis des années. Je ne sais pas comment l'aider sans la perdre. Mon père n'a jamais été dans ma vie. J'ai un groupe d'amis incroyable, mais ils me connaissent depuis toujours. Pour moi, laisser entrer quelqu'un est douloureux. J'attends toujours qu'ils me déçoivent parce que c'est ce que j'ai toujours vécu. Si ta fille est comme moi, elle a besoin de beaucoup de réassurance que tu ne vas nulle part.

WOODY

Je t'adore ! Tu es si intelligente, et je sais que
tu as raison. Merci. Vraiment. Merci.

J'ai souri et rangé mon téléphone. Mon cœur a fait un bond
à ses mots, mais je savais qu'il ne les pensait pas de la façon
dont je voulais qu'ils soient dits. La femme qu'il aimait avait de
la chance. Elle avait un gars incroyable qui attendait juste de
l'aimer. Je voulais ça. Je tenais un grand discours et me disais,
ainsi qu'à mes amis, que je ne savais pas si l'amour existait, mais
la vérité était que je voulais qu'il existe. Je le voyais chez les
autres, et je voulais vraiment penser que ça pouvait m'arriver.

Mais me dire que ça ne pouvait pas ou n'arriverait pas
était plus facile que de voir l'espoir écrasé chaque fois que je
le laissais s'épanouir.

J'ai regardé le mur à nouveau et souris. Georgia souriait
toujours sur nous. Je savais cela sans l'ombre d'un doute. Et
j'avais le merveilleux honneur de la faire revivre pour qu'elle
puisse sourire à des centaines, voire des milliers, d'autres
personnes. J'étais prête à le faire.

J'ai accroché mon harnais et je suis montée sur l'échafaudage. J'avais décidé de peindre Mme Georgia en premier puis
de travailler sur le reste de la fresque. Je me suis laissée
absorber par la journée, faisant lentement revivre une partie
de son visage. J'étais tellement concentrée sur ce que je faisais
que j'ai à peine remarqué le monde extérieur jusqu'à ce que le
soleil descende et que les ombres grandissent sur Mme
Georgia.

—Tu as faim ? ai-je entendu d'en bas. J'ai jeté un coup
d'œil par-dessus le bord de l'échafaudage et j'ai souri. Ian se
tenait sur le trottoir en face de moi, tenant un sac de nourriture de Cracked.

—Toujours, ai-je répondu.

—Alors descends ton joli petit cul ici et dîne avec moi, dit-il.

Mes joues se sont réchauffées à ses mots, mais tout comme avec Woody, je savais qu'il ne les pensait pas de la façon dont je voulais les interpréter.

Mes mains étaient en désordre, et je ne pouvais qu'imaginer combien le reste de moi l'était encore plus. Mon estomac m'a dit de ne pas m'en soucier et je suis descendue. J'ai tiré sur les sangles de mon harnais pour le libérer, mais l'une d'elles était coincée.

—Besoin d'aide ? demanda Ian, sa voix rauque envoyant un frisson le long de ma colonne vertébrale.

—Euh, oui. Je suppose qu'en le portant si longtemps sans le desserrer, j'ai trop tiré sur quelque chose.

Il a passé un doigt le long de la sangle entre mes seins et a glissé son doigt sous l'anneau en D niché juste là. Il a tiré, m'attirant vers lui. —Je suis vraiment content que ma boutique ne donne pas sur la place. Je ne ferais rien si je pouvais te voir toute la journée. Attachée dans ce truc qui met en valeur ta poitrine et souligne ton cul. Je vais avoir des fantasmes de toi ne portant que ça.

J'ai plissé les yeux et ri. —Je pense que ça irriterait la peau.

Il m'a souri. —Je te masserais avec de la lotion et arrangerais tout.

J'ai ri à nouveau, me demandant ce qui se passait. J'essayais d'agir comme si rien n'avait changé avec Ian, mais dans ma tête, tout avait changé. Il avait été en moi. Il m'avait embrassée et touchée et m'avait fait crier son nom. Je n'avais jamais crié pendant le sexe auparavant, mais avec Ian, je ne pouvais pas m'en empêcher.

Mais c'était Ian. Mon ami. Le frère de ma meilleure amie. Un type qui était passé à autre chose après une nuit. Et cela faisait onze jours que nous avions couché ensemble.

—Aussi amusant que ce serait sûrement, je préférerais ne pas souffrir d'irritations d'abord. Et je meurs de faim.

J'ai tiré à nouveau sur le harnais, et il a glissé sa main le long de mon côté puis entre mes cuisses. Mon souffle s'est accéléré en le sentant là. La chaleur s'est répandue dans mon ventre, et le désir s'est allumé dans mes veines. Chaque nuit depuis que nous avions été ensemble, j'avais pensé à la façon dont il m'avait touchée. Et chaque nuit, j'avais été déçue de ne pas pouvoir me faire ressentir ce qu'il m'avait fait ressentir.

J'étais sexuellement frustrée d'une manière que je n'avais jamais connue dans ma vie. J'avais passé cinq ans avec William et j'avais été indifférente au sexe tout ce temps. Une fois avec Ian et je mourais d'envie d'une autre nuit avec lui. Une nuit que je savais ne jamais devoir arriver.

—Écarte les cuisses pour moi, Blake, dit Ian, le grondement grave de sa voix ne faisant que rendre toute la situation plus insupportable.

J'ai fait ce qu'il demandait et les ai resserrées immédiatement quand sa main a frôlé l'intérieur de ma cuisse, à un centimètre d'où j'avais envie qu'il me touche.

Il a ri doucement. —Je ne peux pas desserrer la sangle si ma main est coincée entre tes jambes.

J'ai pris une respiration et écarté les jambes à nouveau. J'ai compté jusqu'à dix et fermé les yeux, priant pour qu'il soit rapide. Je ne pourrais pas retenir un gémissement si ses doigts s'attardaient trop longtemps.

—Voilà, dit-il triomphalement.

Les sangles se sont détachées de mes cuisses, et le harnais entier s'est affaissé, me permettant de le passer par-dessus ma tête et de m'en libérer. —Merci.

Ian a hoché la tête mais est resté près de moi, assez près pour que je puisse encore sentir sa chaleur alors que je pliais mon harnais et le fourrais dans mon sac.

—Viens manger, bébé, dit-il quand j'ai fermé le sac. Il a pris le sac et m'a pris la main de l'autre.

Combien de fois Ian m'avait-il tenu la main sans que j'y pense ? Combien de fois m'avait-il appelée « bébé » et cela ne m'avait pas gênée ? Combien de fois m'avait-il acheté à dîner ou quelque chose et avions-nous mangé ensemble ?

Ce qui aurait dû être normal était maintenant souillé. Rien entre nous ne semblait naturel. Pas pour moi. Je continuais à me rappeler la sensation de ses mains tenant mes seins. La sensation de sa langue en moi. La sensation de *lui* en moi.

—Assieds-toi, dit-il avec force quand nous avons atteint la paire de chaises avec notre nourriture et son sweat-shirt. —Tu es dehors depuis des heures. Tu dois mourir de faim.

J'ai acquiescé. —C'est vrai. Je n'avais pas réalisé combien il était tard.

—Heureusement que je suis passé, hein ?

Je lui ai souri. —Comme toujours.

Il a soutenu mon regard pendant une longue minute, tous deux perdus l'un dans l'autre. Je voulais me pencher en avant et l'embrasser à nouveau, mais nous n'étions pas dans sa boutique. Nous n'étions pas en privé. Et il n'était pas à moi pour l'embrasser en public. Il était mon ami. Rien de plus.

—Alors, qu'as-tu apporté ?

Il a légèrement secoué la tête, se penchant en arrière. Il a détourné le regard et s'est concentré sur le sac sur ses genoux. —Tout. Omelette au brocoli et au cheddar, pommes de terre, pain perdu, bacon et milkshakes.

Mes yeux se sont écarquillés. —Des milkshakes ?

Il a acquiescé et en a sorti un du sac. —Chocolat. Bien sûr. Je sais ce que tu aimes, Blake.

Pourquoi est-ce que ça sonnait si cochon ? Et pourquoi pensais-je qu'il le pensait vraiment de cette façon ?

14

IAN

J'ai vraiment essayé de ne pas aller directement au sexe avec elle, mais c'était presque impossible.

Après m'être retenu pendant tant d'années, pouvoir enfin lui dire à quel point je la trouvais belle et lui faire savoir que je la trouvais incroyable était vraiment difficile.

Tu vois ? Coquin, très coquin. Exactement comme je voulais que soit ma fille.

Ses pupilles se sont dilatées quand je lui ai dit que je savais ce qu'elle aimait. Je n'arrivais pas à chasser de ma tête ce qu'elle aimait exactement depuis qu'elle avait quitté mon lit. J'étais dur à chaque fois que j'entrais dans ma chambre parce qu'elle sentait encore son parfum, et j'étais plus que prêt à la retrouver dans mon lit.

—Eh bien, je bois des milkshakes au chocolat depuis que j'ai découvert ce qu'était le chocolat, dit-elle, évitant encore une fois le sujet.

Je me suis penché plus près. —Ce n'est pas ce que je voulais dire, et tu le sais bien, Blake. La rougeur écarlate sur

155

ses joues était une reconnaissance suffisante pour moi. J'ai fait un signe de tête vers le mur. —Ça a l'air bien.

Elle a pouffé. —C'est juste un peu de marron sur un mur de briques.

J'ai haussé les épaules. —Oui, mais je peux le voir. Je pense que c'est bien que tu commences par Mme Georgia. Elle est le point central, et tout tourne autour d'elle.

Elle a rencontré mon regard avec surprise. —C'était exactement ma pensée aussi.

J'ai souri. —Je te connais, Blake. Un peu mieux qu'il y a quelques semaines, mais ça ne change pas le fait que je sais qui tu es.

Elle a souri et baissé le menton. Blake n'aimait pas parler d'elle-même. Elle ne l'avait jamais fait. Elle n'était pas du genre à se vanter de ce qu'elle faisait, même quand elle en avait tous les droits. Je me suis toujours demandé pourquoi, mais après avoir appris sa situation avec sa mère, je ne pouvais pas m'empêcher de penser que c'était une autre chose que Nadine lui avait prise.

—Mange, lui ai-je dit doucement, en faisant un signe de tête vers sa nourriture. Elle n'avait pris qu'une seule bouchée, et je savais qu'elle devait être affamée.

—Peut-être que je vais perdre du poids en travaillant sur cette peinture. Oublier de manger et être sur mes pieds toute la journée pourrait être bon pour la taille de mes fesses, a-t-elle dit en levant les yeux au ciel.

J'ai grogné. —Qu'est-ce que je t'ai dit à propos de ce genre de remarques ?

Elle m'a regardé, la bouche pleine et les yeux confus. Elle ne s'en souvenait pas.

—Que si tu continuais, j'allais devoir te faire taire. Tes courbes sont sexy, ma belle. Tu ne devrais rien vouloir changer.

Elle a haussé les épaules et mâché lentement.

—Tu y penses, n'est-ce pas, Blake ? ai-je demandé, baissant la voix pour que mes paroles subsistent à peine entre nous. —À toutes les façons dont je peux te faire taire. Et toutes les façons dont je peux te faire crier à nouveau.

Elle a inspiré profondément, sa poitrine se soulevant et étirant son t-shirt. La ligne subtile de ses tétons se dessinait.

—Tu es excitée, n'est-ce pas, ma belle ? Tu me veux autant que je te veux.

—Pourquoi ? a-t-elle soufflé.

—On ne va pas recommencer avec ça, Blake. Je t'ai dit que je te voulais. Pourquoi continues-tu à me demander une raison ? Tu es magnifique et être en toi était comme... tout, Blake. Je veux te baiser. Je veux te faire l'amour. Je veux te lécher jusqu'à ce que tu ne puisses plus respirer et que tout ce que tu puisses faire soit me supplier d'en avoir plus. Je te veux, Blake. Pourquoi doit-il y avoir une autre raison ?

Son pouls palpitait dans son cou, mais il y avait quelque chose dans ses yeux qui disait qu'elle n'aimait pas ma réponse. Quelque chose qui me disait que j'avais tort, encore une fois, de tout ramener au sexe. Elle me l'avait dit. Elle m'avait dit de lui parler de mes sentiments. Et pourtant, je la maintenais à distance. Je ne lui faisais pas confiance pour m'aimer en retour.

—Que fais-tu ce soir ? a-t-elle demandé après une minute.

—Eh bien, j'en suis arrivé à t'acheter à dîner, mais je n'espérais rien de plus que ça.

Elle a souri. —Tu veux venir chez moi ? On n'est pas obligés d'avoir des relations sexuelles ou quoi que ce soit. Je veux dire, on est toujours amis, non ? On peut juste passer du temps ensemble ?

—Toujours, ma belle. Qu'est-ce que tu dois faire avant de partir ? ai-je demandé, détestant qu'elle mette une barrière entre nous. Je savais que je n'étais pas censé recoucher avec elle, mais je ne voulais pas non plus que nous redevenions simplement amis.

Elle a levé les yeux vers la fresque, l'excitation et la joie dans son regard. —Je dois ranger les peintures et tout mettre à l'intérieur. L'échafaudage reste en place, mais toutes mes fournitures vont dans le bureau.

J'ai hoché la tête. —Je vais commencer à m'en occuper pendant que tu finis de manger. Y a-t-il quelque chose de spécial à faire avec les pinceaux ?

—Je vais les nettoyer. Si tu veux les rentrer, j'ai un seau pour les laver.

—Compris. Détends-toi et profite de ton dîner. Je vais faire ce que je peux.

Elle m'a souri quand je me suis levé et que je me suis éloigné en trottant. J'avais besoin de quelques minutes loin d'elle. Pour me vider la tête. Je ne voulais pas être juste ami avec Blake, mais si c'était tout ce qu'elle voulait, je n'aurais pas d'autre choix que de l'accepter. Quoi qu'il arrive, je voulais qu'elle fasse partie de ma vie, alors j'allais la laisser faire le prochain pas. Et si elle ne le faisait pas, j'aurais ma réponse.

J'ai rangé ses fournitures et je me suis dit que j'avais passé des années à garder mes mains pour moi et que je pouvais le faire pour une autre nuit. Je lui avais apporté à dîner avec l'intention de la voir, pas de la baiser, alors garder mes mains pour moi devrait être facile pendant quelques heures. Pour toujours, ce ne serait pas aussi simple, mais une fois qu'elle aurait trouvé quelqu'un d'autre, je me retirerais. Je l'avais fait quand elle était avec Willie. Je voulais qu'elle soit heureuse, et si cela signifiait qu'elle n'était pas avec moi, je ferais avec.

Et je détesterais chaque putain de seconde.

—Merde, ai-je juré dans l'évier utilitaire.

—Doucement, a-t-elle dit juste derrière moi. —Ne

massacre pas mes pinceaux. Qu'est-ce qui ne va pas ? J'en ai d'autres si quelque chose est arrivé.

J'ai secoué la tête. —Ils vont bien.

—Tu vas bien ? a-t-elle demandé, me renvoyant la question que je lui posais si souvent. J'espérais toujours qu'elle s'ouvrirait à moi quand je posais cette question, mais tout comme elle, je me refermais.

—Ça va. J'ai presque fini ici. J'ai forcé un sourire pour elle et j'ai reculé quand elle m'a poussé de côté.

J'ai placé les pots là où elle m'a dit de les mettre et je suis resté hors de son chemin pendant qu'elle finissait de nettoyer les pinceaux, puis je suis sorti avec elle.

Elle était silencieuse alors que nous traversions les rues de notre ville. Je pouvais voir les rouages tourner dans sa tête, mais je les ai laissés tourner puisque les miens tournaient aussi à toute vitesse.

—Ian ! a crié quelqu'un derrière nous. Une femme.

Je me suis retourné et j'ai tout juste rattrapé Beth avant qu'elle ne me saute dans les bras. J'ai trébuché mais j'ai souri à son rire joyeux.

—Où vas-tu ? a-t-elle demandé en se reculant. Ses jambes étaient enroulées autour de ma taille, ses gros seins touchant ma poitrine même si elle se positionnait loin de moi.

Nous avions été exactement dans la même position quand nous avions couché ensemble. C'était il y a plus d'un an, mais Beth était amusante. Elle était géniale au lit. Mais elle n'était pas Blake. Elle n'était même pas comparable à Blake.

J'ai fait un signe de tête vers Blake et j'ai essayé de poser Beth par terre, les mains sur ses hanches. Elle a refusé de dénouer ses jambes fortes tandis que je disais : —Blake et moi, on sort ensemble.

Beth a fait la moue et a sorti sa lèvre inférieure. Elle était l'une de ces femmes qui utilisaient leur sexualité pour obtenir ce qu'elles voulaient. —Tu devrais venir traîner avec moi. Je ne t'ai pas vu depuis une éternité.

J'ai essayé encore de la repousser, mais elle n'a toujours pas bougé. —Pas ce soir, Beth. Peut-être une autre fois.

—C'est bon, a dit Blake avec un sourire forcé. —Ça ne me dérange pas.

—Tu vois ? a dit Beth. —Elle s'en fiche. Viens t'amuser avec moi. On boit des shots. Peut-être que si tu es vraiment sage, je te laisserai en boire un sur moi. Elle a regardé ses seins, son décolleté pleinement exposé.

Oui, j'avais pris plus d'un verre à shot entre ses seins. Et quelques shots de son nombril. Et léché son cou une ou deux fois. Beth était amusante. Mais je ne voulais pas de sexe sans signification. Ce que je voulais s'éloignait de moi à grands pas.

—Blake ! ai-je appelé.

Elle a juste fait un signe de la main et a continué à marcher.

—Ne t'inquiète pas pour elle, a dit Beth. —Je suis célibataire à nouveau, et on peut s'amuser.

J'ai regardé Beth et j'ai serré la mâchoire. Elle n'était pas stupide et ce n'était pas une mauvaise personne. Mais quand je l'ai regardée, j'ai pu voir la douleur dans ses yeux.

—Tu devrais aller voir Ricky.

Elle a pâli et s'est éloignée de moi.

—J'ai entendu dire qu'il est lamentable sans toi, et je pense que tu ressens la même chose, Beth. Ne gâche pas ce que vous aviez pour une nuit avec moi ou avec un autre type qui n'est pas digne de toi. Arrange les choses avec celui que tu aimes.

Elle a inspiré profondément et a enfin dénoué ses jambes. Ses yeux étaient brillants alors qu'elle les détournait de moi. —Je...

—Essaie, Beth. Tu seras plus heureuse.

Elle m'a regardé à nouveau et a hoché la tête. —Merci, Ian. Et je suis désolée.

J'ai haussé les épaules. —Je peux encore la rattraper.

Beth a regardé dans la rue après Blake puis m'a regardé à nouveau. —Je pense qu'elle sera bonne pour toi. J'espère que ça marchera.

J'ai hoché la tête, détestant à quel point j'étais transparent pour tout le monde sauf Blake. —Moi aussi.

J'ai attendu que Beth se retourne avant de partir à la poursuite de Blake. Elle avait déjà quitté la rue, ce qui signifiait qu'elle était presque chez elle. Passer une porte verrouillée était plus difficile que d'entrer avec elle.

Je ne pouvais pas la voir quand je me suis approché de sa maison, et j'ai presque abandonné. Mais c'était Blake. Et si je voulais découvrir s'il pouvait y avoir quelque chose entre nous, je devais continuer d'essayer.

J'ai sonné à sa porte et j'ai attendu. Je voulais marteler la porte, mais c'était elle qui contrôlait. Je devais m'en souvenir.

J'ai sonné à nouveau, et elle a finalement ouvert la porte. Elle s'était changée pour un pantalon de pyjama et un débardeur, un qui épousait étroitement ses seins et mettait en valeur ses tétons. Bon Dieu, cette femme allait me tuer.

—Où est Beth ? a-t-elle demandé.

J'ai secoué la tête. —Elle ne me voulait pas. Elle voulait juste effacer Ricky.

Ses sourcils ont bondi pendant une seconde. Ses lèvres se sont pincées. Elle a hoché la tête une fois. —Je vois. Eh bien, il y a plein d'autres options pour toi.

—Qu'est-ce que j'ai dit ?

Elle a forcé un sourire. —Rien, Ian. Je suis fatiguée. Je vais me coucher.

—Blake, parle-moi. Qu'est-ce que j'ai dit ?

Elle a commencé à fermer la porte sans un mot de plus, mais j'ai bloqué avec mon pied. Ça a fait un mal de chien quand la lourde porte a heurté mon pied, mais je n'allais pas le bouger tant qu'elle ne me laisserait pas entrer.

—S'il te plaît, Ian. Je suis épuisée. Je n'ai pas le temps d'être l'une de tes femmes. Je n'ai pas l'énergie.

—De quoi tu parles ? ai-je demandé.

Elle a soupiré. —Tu collectionnes les femmes, Ian. Je serais prête à parier que tu as été avec au moins une ou deux femmes depuis qu'on a couché ensemble. Je sais qui tu es, et je ne vais pas te demander de changer, mais je n'ai pas l'énergie de me disputer avec toi à ce sujet ce soir. Ni de coucher avec toi en sachant que la seule raison pour laquelle tu n'es pas avec Beth c'est parce qu'elle a changé d'avis.

J'ai serré la mâchoire si fort qu'elle a craqué. J'étais vraiment en colère. Elle n'avait aucune idée, et la seule façon de la mettre au courant était de lui dire la vérité. Fait chier.

—Beth a changé d'avis parce que je lui ai *dit* d'aller voir Ricky. Parce que je préfère être ici avec toi qu'avec elle. Donc, premièrement, clarifions cela. Je ne suis pas le genre de mec qui pense à une femme pendant que je suis à l'intérieur d'une autre. C'est une chose merdique à faire. Et je n'ai été avec personne d'autre depuis toi. Je n'ai été avec personne d'autre depuis Hawaii parce que c'est toi que je veux, Blake. Je ne sais pas ce qu'il va falloir pour que ça te rentre dans la tête, mais c'est à ta porte que je suis planté, te suppliant de me laisser entrer. C'est à toi que je pense quand j'enroule ma main autour de moi-même. C'est à toi que je pensais quand tu m'as surpris à Hawaii. Et la seule raison pour laquelle je ne t'ai pas demandé de me rejoindre à ce moment-là, c'est parce que tu étais en couple. J'ai essayé de te donner une chance de passer à autre chose après Willie, mais j'en ai marre d'attendre, Blake. Je te veux. Je te veux dans mon lit. Je te veux dans ma vie. Et si tu ne ressens pas la même chose, achève-moi et dis-le moi maintenant.

Le souffle entrait et sortait de moi, soulevant et abaissant ma poitrine. Blake me fixait juste. Sa bouche s'est entrouverte pendant ma tirade. Son regard était rivé sur moi. Mais je n'avais aucune idée de ce que tout cela signifiait.

Puis elle a ouvert la porte et m'a sauté dessus. J'ai gémi en l'attrapant, glissant mes mains sur ses fesses et entrant. J'ai fermé la porte derrière nous d'un coup de pied et suis allé droit au canapé, l'embrassant tout du long.

Je me suis assis avec elle sur mes genoux et j'ai passé mes mains sur son corps. J'adorais la toucher. Ses courbes me rendaient fou, et pouvoir les sentir à travers son minuscule débardeur rendait encore plus difficile de garder mon contrôle. J'ai passé mes pouces sur ses tétons tendus et j'ai mérité un gémissement. J'ai tiré ses cheveux pour tourner sa tête où je le voulais et elle a soupiré dans ma bouche.

Embrasser Blake était une expérience impliquant tout le corps. Elle y participait autant que moi, ses mains courant le long de ma poitrine, puis remontant pour s'agripper à mes cheveux. J'ai grogné et l'ai attirée plus près, ayant besoin de sentir chaque centimètre d'elle pressée contre moi.

Elle a gémi à nouveau et a reculé ses hanches, frottant son centre contre moi. J'ai senti sa chaleur pulser à travers moi, et chaque cellule de mon corps brûlait de la remplir.

J'ai fait glisser les petites bretelles de son débardeur le long de ses bras jusqu'à ce qu'elles s'arrêtent à ses coudes. J'ai tiré son haut vers le bas, exposant ses seins, et j'ai traîné ma langue le long de son cou jusqu'à ce que je puisse lécher un téton. Elle a maintenu ma tête en place, se balançant doucement sur moi pendant que je savourais la sensation d'elle.

Mon pouce a frôlé sa peau nue à sa taille et s'est glissé sous son t-shirt. Sa peau était douce, lisse et chaude. J'ai aspiré son téton dans ma bouche, prenant presque tout son sein, et j'ai écarté mes doigts sur son dos pour qu'elle ne puisse pas bouger.

Elle a gémi et a poussé contre moi. —Ian, a-t-elle crié.

Je l'ai ignorée et suis passé à son autre téton. J'ai mordu légèrement le côté de son sein en chemin et j'ai donné un coup de langue sur la pointe de son téton dressé. Elle a haleté et s'est penchée en arrière, me laissant supporter son poids pendant que je faisais ce que je voulais d'elle.

—Ian, a-t-elle gémi doucement.

Ma queue a palpité. La façon dont elle disait mon nom rendait impossible de résister à la toucher. Je voulais la sentir. La rendre aussi folle qu'elle me rendait.

—Si belle, ai-je murmuré contre sa chair.

Elle a pouffé.

Je l'ai mordue.

—Aïe !

—Tu es belle, Blake. La plus belle femme que j'aie jamais vue.

Elle a secoué la tête. —Beth et toutes les autres femmes avec qui tu as couché...

—N'ose même pas me dire que tu n'es pas aussi sexy qu'elles toutes réunies, ai-je grogné. —Je ne te laisserai pas parler de toi comme ça. Tu les surpasses toutes d'un kilomètre, Blake.

Elle a levé les yeux au ciel rapidement, comme si elle pensait que je ne le remarquerais pas.

Je l'ai mordue à nouveau.

—Arrête de faire ça !

—Arrête de faire comme si tu n'étais pas magnifique, ma belle. Je suis ici avec toi parce que je veux l'être. Parce que je te trouve incroyable. Parce que tu es la seule avec qui je veux être. Je sais que tout ce que tu vois, ce sont ce que tu considères comme des défauts, mais je vois une femme forte, sexy, intelligente qui me rend fou et me fait oublier tout ce qui n'est pas nous.

—Comment fais-tu ça ? a-t-elle soufflé.

—Faire quoi ?

—Me faire oublier que je ne suis pas parfaite ? Tu l'as fait quand on était chez toi aussi. Je ne me sens pas comme si j'étais... la même Blake quand je suis avec toi. J'ai l'impression d'être quelqu'un d'autre. Quelqu'un de différent.

J'ai secoué la tête. —Tu es toujours la même Blake. Tu te permets simplement de voir la femme que je vois au lieu de la femme que tu vois toujours. Vois-toi à travers mes yeux, Blake.

J'ai laissé mon regard glisser sur son corps et j'ai laissé toutes les façons dont elle m'excitait se montrer sur mon visage. Lui donner ce regard dans ma tête était terrifiant, mais ça en valait sacrément la peine quand des frissons ont parcouru sa chair nue et qu'une rougeur rouge s'est étendue de sa gorge à ses tétons. Sa poitrine parfaite montait et descendait rapidement avec sa respiration rapide. Ses doigts se sont resserrés dans mes cheveux, tirant sur les mèches courtes, mais je m'en fichais. Tout ce qui m'importait était le regard dans ses yeux. Celui qui disait qu'elle comprenait à quel point je la désirais et qu'elle n'allait pas fuir face à cela.

Jusqu'à ce qu'elle recule, s'éloignant de moi et me faisant douter de tout.

15

*J*e l'ai regardée, le souffle suspendu, tandis qu'elle s'éloignait de moi. J'avais envie de la rattraper, de la ramener contre moi, mais je n'allais pas la forcer à rester.

J'ai retiré mes mains de son dos et je l'ai laissée s'échapper. Elle s'est accroupie sur le sol en face de moi et a levé les yeux, et mon cerveau a enfin compris avec un retentissant *putain, oui*.

Ses mains se sont dirigées vers mon short et ont tâtonné avec le bouton. J'ai retenu mon souffle, impatient de sentir son toucher. Elle a finalement défait le bouton et baissé la fermeture éclair, puis a glissé sa main dans mon caleçon et a enveloppé mon sexe.

— Nom de Dieu, ai-je soufflé, tressaillant sous sa caresse.

Elle m'a caressé lentement, serrant au niveau du gland et redescendant jusqu'à la base. J'ai soulevé mes hanches et baissé mon short et mon caleçon jusqu'à mes chevilles, mourant d'envie de voir sa main sur moi.

Ses ongles courts étaient tachetés de peinture brune. Sa petite main m'enveloppait à peine complètement. J'ai humecté mes lèvres tandis qu'elle amenait sa main jusqu'au bout, puis j'ai gémi quand elle a étalé mon liquide pré-éjaculatoire avec son pouce. Elle m'a regardé et a maintenu mon regard pendant qu'elle approchait ses lèvres.

— Blake, ai-je gémi. Putain, Blake.

Elle s'est léché les lèvres une seconde avant de les entrouvrir. J'ai regardé mon sexe disparaître dans sa bouche chaude et humide. Elle a sucé fort puis a fait tourner sa langue autour de mon gland. Puis m'a pris jusqu'à toucher le fond de sa gorge, s'est retirée et a recommencé.

J'ai passé mes doigts dans ses cheveux et les ai tirés en arrière pour dégager son visage afin de pouvoir la regarder. Mon sexe glissait dedans et dehors, et cette femme était une experte. À chaque mouvement de sa bouche, elle léchait, suçait et faisait même glisser ses dents. Je voulais exploser dans sa bouche, mais je voulais, non j'avais besoin, de la sentir palpiter autour de moi avec son propre orgasme avant.

— Blake, ma belle. Tu dois t'arrêter. Je suis presque là.

Elle a secoué la tête.

— Blake, ai-je gémi.

— Laisse-moi te goûter, a-t-elle murmuré autour de mon sexe. S'il te plaît, Ian.

Elle a redoublé d'efforts, bougeant sa tête de plus en plus vite jusqu'à ce que je ne puisse plus me retenir. J'ai bougé mes hanches et baisé sa bouche. Rien n'avait jamais été aussi bon que Blake. Rien.

— Blake, ai-je gémi. Putain, Blake. Oui, bébé. Suce-moi. Fort. Prends-moi entièrement. Ah, putain, ma belle. Dieu, j'adore ta bouche. Aargh !

Ses ongles se sont enfoncés dans mes cuisses alors que je jouissais dans sa bouche. J'ai cessé de respirer et perdu conscience pendant une seconde, sachant que c'était le plus proche du paradis que je pourrais atteindre sur terre. Blake. Tout Blake.

J'ai relâché l'emprise que j'avais sur ses cheveux et baissé les yeux vers elle. Elle me regardait. Nom de Dieu, le regard dans ses yeux faisait à nouveau frémir mon sexe.

Elle s'est reculée lentement et a avalé, puis s'est assise sur ses talons. Je ne supportais pas qu'elle soit si loin. Je l'ai attirée, la soulevant sur mes genoux et la serrant contre moi. J'ai enfoui mon visage dans son cou et respiré son parfum, mémorisant son odeur et sa sensation. Blake. Ma Blake.

— C'était incroyable, ai-je finalement dit contre son cou.

Elle a frissonné et embrassé ma joue. — Merci.

J'ai ri. — C'est moi qui devrais te remercier. S'il te plaît, ne me dis pas où tu as appris à faire ça. Je pourrais être obligé de casser la gueule à Willie la prochaine fois que je le verrai. Ou l'embrasser pour avoir été assez con pour te laisser partir.

Elle a secoué la tête. — Nous n'étions pas faits l'un pour l'autre.

— Non, ai-je dit, en me reculant pour rencontrer son regard. Vous ne l'étiez pas. Pas du tout.

Elle m'a souri doucement, et je n'ai pas pu résister à l'embrasser. Le goût salé de mon sperme était encore sur sa langue, et cela m'a rendu à nouveau prêt pour elle.

J'ai joué avec ses tétons, pinçant l'un et effleurant l'autre. Elle tressautait, frémissait et gémissait tout le temps. Je la poursuivais de baisers, ramenant ses lèvres aux miennes chaque fois qu'elle se reculait pour gémir.

Avec mon short par terre, la seule chose qui nous séparait était son fin pantalon de pyjama et sa culotte. La chaleur de son corps enveloppait le mien. J'avais besoin d'elle. Encore.

— Tu portes beaucoup trop de vêtements, lui ai-je dit avec un sourire. Je pense qu'il est temps d'en enlever quelques-uns.

Elle a secoué la tête. — Je n'ai pas de préservatifs.

J'ai souri. — Eh bien, il faut remédier à ça, mais pour l'instant, j'en ai un.

Elle n'avait pas l'air aussi heureuse que je pensais. Elle a pris une inspiration, puis m'a offert un sourire forcé. — Tu dois me dire quel genre tu aimes. Je sais qu'il y en a beaucoup.

J'ai relevé son menton et embrassé son nez. — Peu importe tant que je peux les utiliser avec toi.

Elle a souri, mais ce regard était toujours dans ses yeux. Comme si elle ne me croyait pas tout à fait. Ou n'était pas sûre que je pensais ce que je disais.

J'ai tendu le bras derrière elle pour prendre mon porte-feuille et récupéré le préservatif que j'y avais glissé plus tôt. Je n'étais pas plein d'espoir, mais j'allais toujours être prêt. Surtout quand il s'agissait de Blake.

Elle s'est levée pendant que je déroulais le préservatif, ses yeux fixés sur moi.

— Je ne sais pas pourquoi c'est si excitant.

Je lui ai souri et tendu la main. Lentement, j'ai fait descendre son pantalon et sa culotte le long de ses hanches, révélant centimètre par centimètre. La masse sombre de boucles au creux entre ses cuisses. Ses cuisses et mollets épais, puis elle est sortie du pantalon.

J'ai poussé le mien du pied avec le sien, nous laissant tous les deux nus du bas. J'ai tendu le bras et enlevé ma chemise, puis tiré la sienne vers le bas pour que nous soyons complètement nus. Et je l'ai simplement contemplée.

Elle a croisé les jambes, se cachant de moi. Elle a enroulé une main sur sa taille et l'autre sur sa poitrine. Elle me cachait chaque centimètre.

J'ai levé les yeux vers elle. — Je te veux, Blake. Je veux tout voir de toi. Te regarder perdre la tête. Savoir que c'est moi qui te fais ça.

Elle a inspiré profondément et ses muscles se sont légère-ment détendus.

— Vois-toi à travers mes yeux, Blake. Vois-toi comme je te vois. Laisse-moi te voir.

Elle mordillait sa lèvre tandis que je la regardais. Ses jambes se sont écartées d'abord. Ses cuisses se frôlaient l'une l'autre, comme toujours. J'adorais qu'elle soit si généreuse, si courbe. Quand elle me laissait entre elles, je savais que c'était parce qu'elle m'y voulait. Elle m'accueillait.

J'ai brossé mes phalanges sur ses cuisses. Elle a tressailli et écarté davantage ses cuisses. De ma position, je pouvais presque voir son clitoris. J'ai glissé mes mains plus haut et incité ses cuisses à s'écarter davantage.

— Tu ne t'es pas rasée, ai-je dit doucement.

— Je suis désolée. Je ne pensais pas que ça se reproduirait.

Je l'ai regardée et souri. — Je te préfère comme ça. Juste comme tu es censée être. Comme tu es à l'aise.

— Eh bien, William...

— Je suis Ian, ai-je grondé. Ne prononce pas le nom d'un autre homme quand tu es nue devant moi.

Elle a souri, puis gloussé.

— Pourquoi tu ris ?

— Parce que tu as l'air jaloux. Elle a ri à nouveau.

— J'ai tous les droits d'être jaloux. Il t'a eue pendant cinq ans et ne t'a pas satisfaite. Je ne vais pas faire la même erreur. Je vais m'assurer que chaque once de plaisir soit tirée de toi à chaque occasion que tu me donneras, Blake. Jusqu'à ce que tu en aies fini avec moi.

— Tu en auras fini avec moi avant que j'en aie fini avec toi, a-t-elle dit doucement.

— C'est peu probable, ma belle, ai-je admis, embrassant sa cuisse en prononçant ces mots.

J'étais sûr qu'elle aurait une question ou une réplique, alors avant qu'elle ne dise quoi que ce soit, j'ai enfoncé deux doigts en elle.

Elle a crié à l'intrusion, puis gémi et écarté ses cuisses. — Plus, a-t-elle supplié. S'il te plaît, Ian.

Je l'ai baisée avec ma main tandis que je me rasseyais sur le canapé et la regardais se défaire. Les mains qui couvraient son corps soulevaient ses seins et taquinaient ses tétons, les pinçant et les serrant pendant que je la doigtais.

Elle se cambrait et gémissait et se laissait aller. — Ian, je vais tomber.

— Non, tu ne vas pas tomber. Tiens-toi là et jouis pour moi. Je veux te regarder. Je veux voir ta mouille couler le long de tes cuisses. Te regarder frémir juste avant que tu perdes tout contrôle. Concentre-toi sur le fait de rester debout, Blake. Reste sur tes pieds et jouis pour moi.

Avec mon autre main, j'ai exposé son clitoris et l'ai pincé. De plus en plus fort, j'ai enfoncé mes doigts en elle, pinçant et taquinant son clitoris avec l'autre main jusqu'à ce qu'elle fasse exactement ce que j'avais dit et jouisse avec un long cri bruyant.

— Ian ! Oh, mon Dieu. Ian ! Oui, oui. Ian. Je jouis, Ian. Je jouis !

J'ai attendu que ses genoux flanchent, puis je l'ai rattrapée et allongée sur le canapé sur moi. Je voulais m'enfoncer en elle, mais je voulais regarder dans ses yeux quand je le ferais. J'avais besoin de la voir, de savoir qu'elle était avec moi quand je la remplissais.

Elle haletait et frémissait en redescendant de son orgasme. Elle a finalement pris une profonde respiration et s'est éloignée de moi. — Tu as des mains magiques.

J'ai effleuré mes mains le long de son dos et l'ai embrassée doucement. Quand nos regards se sont à nouveau rencontrés, les mots que je brûlais de lui dire ont failli sortir. Cela faisait des années que je savais que je l'aimais, mais je n'avais jamais pensé avoir la chance de le lui dire. Assis là, enlacés sur son canapé, quelques secondes après son orgasme, j'ai failli le dire. Je le voulais. Le moment était parfait, et elle était heureuse.

Mais quelque chose me chuchotait qu'elle n'était pas prête. Peut-être que je n'étais pas prêt non plus. Ce que nous avions était amusant. C'était facile. C'était un sexe incroyable, et une connexion que je n'avais jamais ressentie avec personne d'autre, mais l'amour, c'est bien plus que ça. Et si je brûlais les étapes avec Blake, je pourrais la perdre pour toujours. Pas seulement comme amante, mais comme amie.

— Merci, a-t-elle dit après une longue minute.

J'ai ravalé mes mots et l'ai embrassée à nouveau. Je me suis laissé emporter par le baiser, aspiré par tout ce qui était Blake. La sensation de ses cuisses autour des miennes. La sensation de ses tétons tendus contre ma poitrine. Le goût de ses lèvres sur les miennes. Tout avec elle était nouveau, spécial et incroyable, même si nous étions déjà passés par là.

Elle a bougé ses hanches et essayé de nous aligner. Quand je me suis calé en elle, j'ai poussé vers le haut, et elle s'est éloignée de notre baiser avec un soupir heureux.

— Mon Dieu, je... tu te sens si bien en moi, a-t-elle dit. Grand. Et épais. Et incroyable.

J'ai souri d'un air suffisant. Je ne pouvais pas m'en empêcher. Quel homme n'aimait pas entendre qu'il avait un sexe plus grand que le dernier avec qui une femme avait couché ?

— Tais-toi, a-t-elle dit avec une légère tape.

— Je n'ai rien dit, ai-je protesté.

— Ton visage l'a fait, a-t-elle répondu avec une moue sur le visage.

J'ai poussé fort en elle et effacé cette expression. Ses lèvres se sont entrouvertes et ses yeux ont roulé dans sa tête. C'était mieux.

— Mon Dieu, tu te sens si bien.

— J'ai besoin de toi, Blake. Si bon, ai-je murmuré, la tenant près de moi.

Assise sur son canapé, elle avait plus de levier que sur mon futon, et elle pouvait soulever ses hanches et glisser vers le bas. Je rencontrais chacun de ses mouvements, retenant à peine le besoin de la retourner et de la pilonner.

— Ne... t'arrête pas, a-t-elle haletée. S'il te plaît, Ian. Si proche.

— Plus fort ? ai-je demandé, serrant les dents.

— Oui, oh, s'il te plaît, oui.

Je l'ai poussée de mes genoux, et elle a crié. — Non, ne t'arrête pas. S'il te plaît.

— Allonge-toi, lui ai-je ordonné, me levant avec elle.

Elle s'est allongée rapidement, écartant ses cuisses pour m'accueillir. J'ai failli jouir quand elle a fait ça. Aucune hésitation, aucune réticence, aucune peur.

Je me suis enfoncé en elle fort, et elle a gémi. — Oh, oui.

Je l'ai refait, soulevant sa jambe et la posant sur le dossier de son canapé, écartant ses cuisses pour pouvoir m'enfoncer plus profondément.

— Oui, Ian. Oh, mon Dieu. Oui. Je suis si proche.

Je l'ai pilonnée de plus en plus fort. Chaque cellule de mon corps aspirait à jouir. Mes testicules se sont contractés. Ma colonne vertébrale picotait. Ma vision s'assombrissait sur les bords. Mais par-dessus tout il y avait Blake. Blake étalée sous moi et me suppliant de la faire jouir.

Je me suis redressé et j'ai changé d'angle. Mon mollet s'est crispé à cause de la position dans laquelle j'étais, touchant à peine le sol. Mais je m'en fichais. C'était Blake.

— Ian, a-t-elle gémi. S'il te plaît.

J'ai refoulé chaque parcelle de besoin et me suis concentré sur le fait de la faire crier. J'ai bougé à nouveau et elle a haletée.

— Oh, oui, juste là. Ne t'arrête pas.

— Mon nom. Dis-le, Blake.

— Ian ! Baise-moi, Ian. Plus fort, Ian. Plus, Ian. J'aime...
Oui !

Son intimité s'est resserrée sur moi. Une poussée de plus
et je l'ai suivie, laissant son corps m'attirer et prendre ce dont
elle avait besoin de moi.

Je me suis effondré sur elle, tous deux respirant lourde-
ment. Nos corps en sueur se refroidissaient à mesure que
notre respiration ralentissait, mais je ne voulais pas me lever.
Je voulais rester enveloppé autour de Blake pour toujours.

Elle a poussé mes épaules, et je me suis finalement déplacé. — Désolé. Je n'ai pas pensé à quel point je devais être
lourd sur toi.

Elle a secoué la tête. — Tu ne l'es pas. J'ai juste besoin de
faire pipi.

J'ai hoché la tête et me suis levé pour qu'elle puisse aller
dans le couloir. J'ai jeté le préservatif à la poubelle et remis
mon short et mon caleçon. Quand Blake est revenue, elle
portait un peignoir.

— C'est pour quoi ça ? lui ai-je demandé.

— Mes vêtements étaient ici.

— Et alors ?

Elle a ri. — Je ne vais pas me promener nue.

— Tu devrais totalement le faire. Rendre toutes les autres
femmes de la ville jalouses. Attends, non. À la réflexion, ne le
fais pas, parce qu'alors tous les hommes de la ville te verront,
et je veux te garder pour moi tout seul.

Elle a roulé des yeux, mais elle n'a rien dit. Femme intelligente.

— Merci pour le dîner. Et... euh...

— Le dessert ? ai-je dit avec un sourire en coin.

Un rire a éclaté d'elle. — Oui, ça aussi.

— Et maintenant tu me mets dehors ?

Elle a hésité une seconde puis hoché la tête. — Oui. Je
dois me lever tôt pour aller travailler.

— Un jour, je pourrai passer toute une nuit avec toi.

Elle a souri. — Tu ne dors pas chez les autres. Tu ne l'as jamais fait.

J'ai enfilé ma chemise et me suis avancé dans son espace personnel. J'ai attendu qu'elle lève les yeux vers moi pour dire : — Je le ferais avec toi, Blake.

Elle a souri à nouveau, puis m'a poussé vers la porte. — Pas ce soir, Roméo.

— Comme tu voudras, ai-je dit automatiquement.

Elle a haleté, et je me suis souvenu que «The Princess Bride» était son livre préféré. Le mien aussi, si j'étais honnête. Mais c'était aussi probablement la raison pour laquelle nous avions été associés dans l'application de Karissa. Ce qu'elle ne savait toujours pas, et que je ne pouvais pas lui dire.

— Bonne nuit, Blake, ai-je dit, l'embrassant jusqu'à ce qu'elle soit essoufflée, et espérant qu'elle oublierait mon lapsus.

Elle est restée à la porte à me regarder jusqu'à ce que je sois devant la maison de son voisin. Quand sa porte s'est fermée, j'ai essayé de me dire que ce n'était pas définitif.

TRUE LOVE ÉTAIT un nom débile pour le bateau, mais c'était ce que Robert voulait inscrire. C'était probablement parce que le bateau était la seule chose qu'il aimait vraiment. C'était une chance pour lui de montrer au monde combien d'argent il avait, et à quel point il était un con. Bien sûr, il ne voyait pas la deuxième partie. Il voyait juste l'occasion de se vanter.

J'avais enfin presque fini le bateau, et c'était une bonne nouvelle pour moi. J'avais plus de clients que je ne pouvais gérer, et faire un bateau sur mesure comme True Love, avec des changements et des retards hebdomadaires à cause de cela, m'épuisait. Bien sûr, je facturais aussi à Robert des suppléments pour les changements, ce contre quoi il protestait, mais c'était dans le contrat qu'il avait signé, donc il n'avait aucun moyen d'éviter de payer.

Je rêvassais aux façons dont je pourrais célébrer avec Blake quand la porte s'est ouverte. Pendant une demi-seconde, j'ai espéré que c'était elle, mais les pas n'étaient pas les siens. Ils étaient familiers, cependant.

Finley a sifflé avant de contourner l'extrémité du bateau. — Beau travail, grand frère. C'est un bateau de luxe.

— Avec un prix de luxe et un propriétaire casse-couilles qui va avec.

— Aïe, a-t-elle dit. Est-ce pour cela que tu ne m'as pas dit que Blake et toi aviez été associés sur À la Recherche du Héros Littéraire Parfait ? Parce que tu étais trop concentré sur le bateau ?

Mon sourire s'est évanoui, et je me suis détourné d'elle pour me concentrer sur le bateau. — Je ne sais pas de quoi tu parles.

Je pouvais sentir qu'elle levait les yeux au ciel. — Ne me raconte pas d'histoires. Elle m'a dit que vous étiez associés.

— Blake le sait ? ai-je haleté.

Finley a souri d'un air suffisant et secoué la tête. — Elle ne sait pas que c'est toi, non. Mais elle a mentionné qu'elle avait été associée à un gars nommé Woody. J'ai configuré ton profil. Tu croyais vraiment que je ne connaissais pas ton pseudo ?

— Merde, ai-je soufflé. Qu'est-ce que tu vas faire ?

Finley a croisé les bras et m'a étudié. Nous nous entendions assez bien depuis que nous étions devenus adultes. Comme enfants, cependant ? Elle était ma petite sœur embêtante, et je la détestais. Toutes les fois où je l'avais embêtée me sont revenues, et j'ai commencé à transpirer.

— Il y a tant d'options. Je pourrais te faire nettoyer mon

magasin. Ou nettoyer mon appartement. Je pourrais te demander de me construire mon propre bateau. Ou peut-être que je pourrais simplement te dire que je te tuerai si tu blesses ma meilleure amie.

J'ai fait un pas en arrière. — Ouais, c'est ça. Qu'est-ce que tu vas vraiment faire ?

Elle a fait un pas en avant et tapoté ma poitrine. — Je pense que je vais espérer que tout se passe bien. Parce que Blake mérite une bonne relation. Elle devrait avoir quelqu'un dans sa vie qui l'aime.

— Je...

Finley m'a souri. — Blake a été ma sœur de cœur depuis toujours.

— Elle ne m'aime pas, ai-je lâché.

Finley a ri. — Elle ne te fait pas confiance, Ian. C'est différent. Si elle pense qu'elle peut te faire confiance, elle sera ouverte à t'aimer. Pour l'instant, elle pense que tu t'amuses juste.

— Elle t'a parlé de nous ?

Finley a hoché la tête. — Nous vous avons tous vu partir ensemble. Et après ça, oui. Elle a mentionné que vous étiez ensemble. Si tu ne fais vraiment que coucher avec elle, ne lui fais pas croire autre chose. Elle n'est pas le genre de femme qui peut gérer une aventure.

— Je ne le fais pas, ai-je dit avec force.

— Bien. Alors assure-toi qu'elle sache qu'elle peut te faire confiance pour ne pas lui briser le cœur. Si elle le sait, je pense qu'elle te le donnera.

— Je ne veux pas qu'elle me le donne parce que je suis sans danger, Fin, ai-je dit durement. Je ne veux pas qu'elle se contente de moi.

Elle a souri à nouveau. — Il n'y a rien de sans danger chez toi, Ian. Pas pour Blake. Je pense qu'elle allait rompre avec William à cause de toi. Je pense qu'elle t'aimait bien longtemps avant tout ça. Elle est restée avec William pendant cinq ans parce qu'il était sans danger. Si elle se laisse tomber amoureuse de toi, ça lui fera une peur bleue.

Finley a commencé à s'éloigner, mais j'avais besoin de savoir une dernière chose.

— Tu es au courant pour sa mère ? ai-je demandé avant d'y réfléchir à deux fois.

Finley s'est retournée et est revenue vers moi lentement. — Quoi, à propos de sa mère ?

— À propos de son alcoolisme ? ai-je dit doucement.

— Blake te l'a dit ?

J'ai secoué la tête. — Elle est apparue après la fête de Georgia quand j'étais là.

— Blake n'en parle pas. Jamais. Elle le cache à tout le monde, mais je pense que tout le monde est au courant. C'est pourquoi je l'invitais toujours chez moi les week-ends quand nous étions enfants. Même maintenant, j'essaie de la faire rester avec moi parfois, mais elle ne le fait jamais.

— Elle ne devrait pas avoir à gérer ça, ai-je dit.

Finley a secoué la tête. — Non, elle ne devrait pas, mais c'est Blake. Blake aime sa mère autant qu'elle la déteste, et pour elle, les deux émotions se chevauchent. C'est pourquoi ce qui est sans danger lui convient. Sans danger signifie qu'elle n'aime pas, et cela signifie qu'elle ne déteste pas. Mais cela signifie aussi qu'elle n'est pas vraiment heureuse. Je pense que tu la rends heureuse, Ian. Mais si tu fous tout en l'air, je te tuerai moi-même.

Finley est partie sur cette dernière remarque.

— Merci, sœurette !

Elle a fait un signe de la main au-dessus du bord du bateau, et je devais admettre que je me sentais mieux.

16

BLAKE

Les deux semaines suivantes ont défilé à toute vitesse. Je passais mes matinées au Cracked à servir le petit-déjeuner aux habitants et aux quelques touristes matinaux. L'anse MacKellar commençait à s'animer avec l'arrivée de juin et l'approche de l'été. D'ici juillet, tous les hôtels locaux seraient remplis de touristes venus s'évader de leur quotidien pour profiter de la beauté et de la sérénité de l'endroit que j'appelais ma maison.

Mes après-midis étaient tout aussi chargés, consacrés à peindre Mme Georgia et le reste de la fresque. Jour après jour, elle prenait vie sous mes yeux. Son sourire m'accueillait après ma pause déjeuner, et je voulais lui rendre justice. Je lui devais de la faire vraiment briller.

À ma grande surprise, Ian faisait partie de nombreuses de mes soirées. Je ne m'attendais pas à ce qu'il continue de revenir. Chaque fois qu'il se présentait sur le pas de ma porte avec un dîner, des bières ou une blague, je le considérais comme un cadeau.

Quand je n'étais pas avec Ian ou au travail, j'apprenais à connaître Woody. Il continuait à me parler de cette amie dont il était amoureux, et une part de moi devenait de plus en plus jalouse. Je ne comprenais pas pourquoi cette femme ne voyait pas ce qu'elle avait. Un homme merveilleux l'aimait et elle le maintenait à distance, alors que moi, je tombais amoureuse d'un type que je savais ne pas rester longtemps. Dommage qu'on ne puisse pas échanger nos places.

Earl voulait que la fresque soit terminée pour le Festival du 4 juillet, alors j'ai dû accélérer un peu le rythme. Les journées s'allongeaient, alors j'ai décidé de travailler tard quelques jours par semaine et de me lever tôt les samedis matin. La procrastinatrice en moi disait que je finirais par y arriver, mais je ne pouvais pas compter sur un temps parfait ni sur tout qui se déroulerait comme prévu.

Même si j'étais épuisée, Finley m'a convaincue de retrouver Karissa, Trinity et elle au O'Kelley's vendredi soir. Je n'avais pas passé assez de temps avec mes amies dernièrement, alors j'ai accepté. J'ai mis un short violet et un haut géométrique léger et ample qui faisait paraître ma poitrine plus généreuse et ma taille plus fine. J'ai laissé mes cheveux détachés, mais je les ai séchés pour leur donner un peu plus de volume, et j'ai ajouté du mascara et du gloss. J'ai attaché mes sandales préférées, celles avec des lanières qui se croisent sur mes mollets et me donnent un air sexy.

Une part de moi espérait qu'Ian serait là, mais je n'en avais aucune idée. Je ne savais jamais quand il allait se présenter chez moi ni ce qu'il faisait. On traînait ensemble et on couchait ensemble, mais il était clair qu'il n'était pas intéressé à construire une relation. Pas quand j'avais plus de conversations avec un inconnu qu'avec l'homme avec qui je partageais mon corps quelques fois par semaine.

En marchant à travers L'anse MacKellar vers O'Kelley's, je me suis dit que ça n'avait pas d'importance qu'Ian soit là ou non. J'allais voir mes amies, et s'il se trouvait être là, très bien. Mais sinon, je n'allais pas m'en faire.

Quand je suis arrivée, Trinity était assise seule à une table avec un pichet de bière et six verres. Elle m'a fait signe et a souri. Elle s'intégrait parfaitement à notre groupe, ce qui était agréable. Je savais que Mme Georgia ne l'aurait pas envoyée sur une mauvaise voie.

— Salut ! J'étais tellement excitée quand Finley m'a dit que tu sortais ce soir, m'a-t-elle accueillie.

J'ai acquiescé. — J'ai trop manqué de choses dernièrement.

— On dirait que les choses se passent bien avec Ian.

J'ai haussé les épaules. — Je ne sais pas. Je suppose. Peut-être.

— Euh, ça n'a pas l'air bon, a dit Trinity. Sa masse de boucles a bougé quand elle a incliné la tête. J'aurais aimé avoir des cheveux comme les siens. Beaux, riches et bouclés. Mes mèches brun terne étaient raides comme des bâtons et ternes. Mais tout chez Trinity disait *regarde-moi*. Sa silhouette pulpeuse formait ce sablier parfait dont nous rêvons toutes. Elle portait un haut gris décolleté avec l'un de ses colliers colorés niché entre ses seins. Le haut était attaché sur ses épaules par de minuscules bretelles qui indiquaient qu'elle portait soit un soutien-gorge sans bretelles, soit aucun. Je n'avais pas le courage pour l'un ou l'autre, même si ma poitrine était beaucoup plus petite. Trinity était le genre de femme que j'enviais pour sa confiance, mais c'était bien mérité. Et ça la rendait plus facile à apprécier car elle n'était ni méchante ni sarcastique. Je l'aimais vraiment bien.

C'était l'une des raisons pour lesquelles je lui avais parlé de ma relation avec Ian. — C'est juste difficile. Je souhaite presque qu'on ne se soit jamais impliqués. Pas parce que ce n'est pas génial, mais parce que je… je ne veux pas que ce soit uniquement du sexe.

— Comment sais-tu que c'est seulement du sexe ? a demandé Trinity.

J'ai souri. — Parce que c'est Ian. Il est incroyable, mais il ne s'implique pas.

— Je comprends. Tu l'as déjà mentionné. Mais comment sais-tu que ce n'est pas différent pour lui cette fois ? Tu as dit que tu savais qu'un jour il arrêterait de venir, mais il ne l'a pas encore fait. Ça fait quoi, un mois ?

J'ai acquiescé. — Six semaines.

— Peut-être que la raison pour laquelle il n'a pas eu de relation dans le passé, c'est qu'il n'était pas dans une relation avec toi.

J'ai secoué la tête. — Je connais Ian depuis toujours. Ce n'est tout simplement pas quelqu'un qui aime être impliqué avec une seule femme longtemps. Je veux dire, tu as raison que je ne l'ai jamais vu être avec la même personne aussi longtemps qu'avec moi, mais on ne parle pas de ces choses-là. On se voit soit comme des amis, soit pour avoir des rapports. On ne sort pas en rendez-vous. Il ne m'invite pas chez lui. On agit normalement.

— Sauf que vous couchez parfois ensemble, a dit Trinity avec un sourire narquois.

— Oui, à part ça, ai-je admis.

Karissa et Finley se sont assises alors que je parlais. Karissa s'est immédiatement versé une bière et en a avalé la moitié.

— Wow, a dit Trinity. Dure journée ?

Karissa a acquiescé. — Ouais. Parlez-moi d'autre chose. Changez-moi les idées. De quoi parliez-vous juste avant ?

— Blake et Ian, a dit Trinity sans hésitation.

J'ai regardé Finley. Nous avions parlé d'Ian et moi il y a quelques semaines, mais je craignais toujours qu'elle n'aime pas l'idée de nous voir ensemble. Elle m'a souri. — Comment ça se passe ?

J'ai haussé les épaules. — Bien. Correct. Rien à redire.

— Elle pense qu'ils font juste l'amour, sans construire de

relation, parce qu'Ian n'a jamais été avec quelqu'un d'autre aussi longtemps, alors elle attend qu'il arrête simplement de se présenter chez elle, a expliqué Trinity à ma place.

Les sourcils de Finley se sont froncés. — Vous ne vous êtes pas vus cette semaine ?

J'ai acquiescé. — Si, on s'est vus. Je le vois trois ou quatre fois par semaine, mais je… ça ne va pas durer.

— Tu ne veux pas que ça dure ? a demandé Finley.

J'ai secoué la tête. — Non, ce n'est pas ce que je dis. Je sais juste que ça ne durera pas.

— Voilà notre Blanche-Neige qui frappe encore, a dit Karissa.

Je l'ai fusillée du regard.

Karissa a haussé un sourcil et m'a adressé un sourire narquois. — Tu as un mec mignon qui passe du temps avec toi, et au lieu de faire un effort pour construire quelque chose, tu restes assise à te plaindre que ça ne va pas durer. Pourquoi est-ce que ça durerait ? On sait tous qu'Ian n'a jamais tenu le coup, mais il tient avec toi. Vous êtes ensemble depuis plus d'un mois. Et tu as admis la semaine dernière que c'est toujours lui qui se présente. C'est lui qui vient à toi. Tu le laisses faire au lieu de faire le moindre effort toi-même. Karissa s'est penchée en avant. Son regard s'est adouci. — Tu as un gars qui fait tout ce qu'il faut, et au lieu d'aller à sa rencontre, tu attends qu'il s'en aille. Si ça arrive, ce sera à cause de toi, Blake. Pas de lui.

— Mais je…

— Blake, a dit Trinity, je pense qu'elle a raison. Je ne vous connais pas aussi bien que Karissa, mais t'entendre parler de lui me dit que tu tiens à lui. Et la façon dont vous parlez toutes d'Ian, je ne pense pas que ce soit une simple affaire pour lui.

Je voulais les croire, mais Finley ne disait rien. Je voulais lui demander, mais je n'étais pas sûre de pouvoir supporter qu'elle confirme ce que je savais déjà être vrai. Qu'un jour, Ian cesserait de venir.

— Merci les filles. On verra, ai-je dit doucement, en forçant un sourire.

Heureusement, elles ont changé de sujet et sont passées à autre chose que ma vie amoureuse. J'ai participé quand je le pouvais, mais je suis surtout restée en retrait à écouter. Je me sentais déséquilibrée. Une partie de moi voulait croire tout ce que Karissa et Trinity disaient. Qu'Ian attendait peut-être que je lui montre que je voulais quelque chose de plus. Je n'avais jamais été l'instigatrice dans aucune relation que j'avais eue. Je n'avais jamais été celle qui demandait un rendez-vous ou qui poussait pour quoi que ce soit. Même avec Ian, je l'avais laissé prendre les devants depuis la première fois qu'il m'avait embrassée. Je m'étais toujours considérée comme chanceuse si un homme s'intéressait à moi.

Mais Ian m'avait répété à maintes reprises à quel point il me désirait. Si ce n'étaient pas que des paroles en l'air, alors peut-être qu'elles avaient raison.

Mais si c'était le cas, pourquoi Finley ne disait-elle rien ? Pourquoi restait-elle en retrait ? Savait-elle quelque chose ? Si c'était le cas, me laisserait-elle m'engager dans une voie en sachant que je serais blessée ?

J'avais aussi du mal à croire cela.

C'était pourquoi sortir avec William était si facile. Il n'y avait rien de tout ce bazar émotionnel et confus. Tout était sûr. Je tenais à lui, mais pas assez pour avoir le cœur brisé quand les choses se terminaient. Ou pour être contrariée quand les plans changeaient et qu'il ne pouvait pas venir à quelque chose. William était sûr. William était facile. William était...

Ennuyeux à mourir.

Être avec Ian était tout ce que n'était pas être avec

William. Je devais juste décider si les risques en valaient la peine.

En sortant du O'Kelley's, Finley m'a prise à part.

— Si mon frère te fait du mal, je le tuerai. Tu le sais, n'est-ce pas ?

J'ai ri doucement. — C'est ton frère.

— Et tu es ma sœur, a-t-elle dit avec force.

J'ai souri et je l'ai serrée dans mes bras. — Je te demanderais ce que tu me ferais si je lui faisais du mal, mais on sait que ça n'arrivera jamais.

Elle s'est reculée et a évité mon regard pendant une seconde. J'ai failli lui demander ce que signifiait cette expression, mais elle a dit : — Donne-lui une chance, Blake. J'aime mon frère, mais c'est un idiot.

J'ai acquiescé, me demandant de quoi elle parlait. *Donne-lui une chance* a résonné dans ma tête pendant tout mon retour à la maison. Ian n'était pas au O'Kelley's, et mon téléphone n'affichait aucun message de lui. Je voulais lui donner une chance, mais cette idée me faisait peur. Me terrifiait. J'avais l'impression de lui donner une chance. Plusieurs même. Mais il ne me demandait rien de plus que du sexe. J'étais d'accord avec ça, jusqu'à un certain point, mais je commençais à m'attacher. Je commençais à tomber amoureuse de lui.

Oh, bon sang. À qui est-ce que je mentais ? J'étais déjà tombée amoureuse d'Ian. Mais je n'étais pas prête à l'admettre à qui que ce soit. Parce que le dire rendrait la chose réelle, et si c'était réel, ça ferait d'autant plus mal quand ça se terminerait. Et ça allait définitivement se terminer.

J'ai envisagé d'envoyer un texto à Ian une fois que j'étais rentrée et changée en pyjama, mais il était tard et je ne voulais pas le déranger s'il dormait. Il avait presque terminé *True Love* et avait dit qu'il espérait le remettre au début de la semaine prochaine, alors je ne voulais pas risquer de le réveiller et de perturber son emploi du temps. Et je me levais tôt pour travailler sur la fresque, alors j'avais besoin de dormir moi aussi.

Je venais de finir de préparer ma cafetière pour le matin et j'éteignais les lumières quand ma sonnette a retenti. J'ai crié et sursauté, plaquant ma main sur ma poitrine pour empêcher mon cœur de battre à se rompre.

Je suis allée à la porte et j'ai regardé par le judas. Je ne pouvais pas voir la personne de l'autre côté, mais elle s'appuyait contre le poteau comme si c'était la seule chose entre elle et le sol, et j'ai su que c'était encore ma mère.

J'ai fermé les yeux et pris une profonde inspiration, puis j'ai ouvert la porte pour la laisser entrer.

— Je vais être malade, a-t-elle dit en se tournant vers moi.

— La salle de bain est par ici, lui ai-je dit d'un ton apaisant, en entourant ses épaules de mon bras.

Elle est entrée et s'est appuyée contre mon canapé. Je me suis arrêtée pour fermer et verrouiller la porte, et quand je me suis retournée, elle se tenait au bord de mon canapé. J'ai crié : « Attends ! » mais c'était trop tard.

Ma mère a vomi sur tout mon canapé.

J'ai failli pleurer. Ou crier. Ou vomir moi-même. J'avais envie de la mettre dehors sur-le-champ.

Quand elle a eu fini, elle s'est redressée et m'a regardée. — Tu as l'air minable, Blake. Tu as vraiment besoin de dormir plus.

Tout ce que je pouvais faire était de rester là. J'étais tellement choquée et en colère que je ne pouvais rien faire d'autre que la regarder.

— Quoi ? Pourquoi me regardes-tu comme ça ?

Je ne lui ai pas répondu parce que je savais que si j'ouvrais la bouche, j'allais lui crier dessus.

Elle s'est retournée vers le canapé et a froncé le nez. — Dégoûtant, Blake. Je ne peux pas dormir là. Je suis épuisée. Je vais dormir dans ta chambre cette nuit. Tu devrais vraiment m'avoir un lit. J'en ai un en plus pour toi. Pourquoi n'as-tu pas de lit pour moi ?

Sa voix s'est estompée alors qu'elle marchait dans le couloir vers ma chambre. J'ai serré et desserré les poings. Mon pouls rugissait dans mes oreilles et la colère remplissait mes veines.

Elle était le parent, mais c'était moi qui nettoyais constamment derrière elle. J'ai regardé mon canapé ruiné jusqu'à ce que les larmes brouillent ma vision. Je n'en pouvais plus. Je ne pouvais plus continuer à m'occuper d'elle. J'étais fatiguée, et j'en avais assez.

J'ai laissé les larmes couler pendant une minute, puis j'ai pris une profonde inspiration, et je l'ai immédiatement regretté. J'ai allumé les lumières et j'ai essayé de déterminer si je pouvais sauver mon canapé. Il n'était pas neuf, mais il était à moi. C'était l'une des premières choses que j'avais achetées quand j'avais emménagé dans ma maison. Il était confortable et parfait, et je l'adorais.

J'ai attrapé mes produits de nettoyage et une poubelle et je me suis mise au travail. J'ai frotté pendant des heures, espérant que l'odeur finirait par disparaître. Comme mon canapé était gris foncé, je ne pouvais pas utiliser d'eau de Javel, mais j'ai utilisé tout le reste auquel je pouvais penser.

Quand le soleil a pointé à travers mes fenêtres de devant, j'ai accepté que je ne pouvais rien faire de plus. Le canapé devait partir, et je n'allais pas pouvoir travailler. J'avais besoin d'une douche, de quelques heures de sommeil et d'un jour de congé.

Je n'ai même pas essayé d'être respectueuse quand je suis

entrée dans ma salle de bain et que j'ai allumé les lumières. Je suis entrée dans la douche et j'ai lavé la journée, et la nuit. J'avais envie de pleurer, mais je n'allais pas lui donner cette satisfaction.

Elle est entrée en trébuchant dans la salle de bain pendant que j'étais encore sous la douche. — Qu'est-ce que tu fais, Blake ? Je dormais.

— Dans mon lit, maman. Parce que tu as vomi partout sur mon canapé.

— Je ne vomis jamais, Blake.

J'ai ricané. — Ouais, eh bien, dis ça à mon canapé.

Elle a soupiré comme si j'étais une enfant capricieuse. J'ai fermé les yeux et compté jusqu'à dix.

— Je devrais y aller. Je suis réveillée de toute façon. Je vais te laisser tranquille.

— Ce serait bien, ai-je dit, sans chercher à cacher ma colère.

Je pouvais la sentir là encore une minute. Finalement, ses pas l'ont éloignée de moi. Ce n'est que lorsque j'ai su que j'étais complètement seule que j'ai éteint la douche et que je suis sortie. J'ai enfilé un débardeur et une culotte et je suis tombée dans mon lit, épuisée, en colère et blessée.

Il n'était pas encore midi quand je me suis réveillée. Mon estomac me faisait mal à cause de l'anxiété, et j'avais faim. J'ai enfilé un short et changé pour un t-shirt confortable de L'anse MacKellar que j'avais depuis le lycée. Je suis allée faire mon café et préparer le petit-déjeuner, mais l'odeur m'a frappée.

L'anse MacKellar était le genre de ville où l'on pouvait laisser sa porte d'entrée déverrouillée sans s'inquiéter que quelqu'un ne vole quoi que ce soit. Les gens étaient amicaux et bons voisins et veillaient toujours les uns sur les autres. C'était la seule raison pour laquelle je savais que je pouvais ouvrir toutes les fenêtres de ma maison et partir. Je ne pouvais pas y rester, et jusqu'à ce que je puisse me débarrasser du canapé, je devais l'aérer.

J'ai versé mon café dans un mug de voyage et je suis partie. J'avais besoin de marcher, de m'éloigner de ma mère. J'ai siroté mon café en marchant dans la ville, sans me soucier ni prêter attention à l'endroit où j'allais.

Jusqu'à ce que je me retrouve devant Jameson Wooden Boats.

J'aurais dû faire demi-tour et partir, mais mes pieds m'ont emmenée directement jusqu'à la porte. J'ai tiré sur la poignée et j'ai été surprise quand la porte s'est ouverte.

Je suis entrée silencieusement, même si je savais qu'Ian était réveillé. Il n'ouvrait jamais la porte avant d'être levé. Sauf si Devon était là.

Le murmure doux de deux voix a finalement atteint mes oreilles. Je les ai suivies jusqu'à ce que j'arrive à l'extrémité du bateau. Ian et Devon étaient regroupés ensemble, regardant quelque chose.

— Je pense que ça marchera, a finalement dit Ian. Bon plan.

— Merci, a répondu Devon, rayonnant. Il semblait être un bon gamin, mais il était jeune. Il lui restait encore une année d'université, et même s'il avait du talent, rien ne laissait penser qu'il reviendrait à L'anse MacKellar. Euh, patron ? a dit Devon, me désignant d'un signe de tête quand il m'a vue.

Ian s'est retourné et a souri lentement.

— Salut. Je ne m'attendais pas à te voir ce matin.

J'ai hoché la tête.

— Est-ce que tu as un bateau que je pourrais emprunter ? ai-je demandé, sans prendre la peine d'échanger des politesses.

Ian a lentement acquiescé et a tendu la main vers moi. J'ai accepté qu'il prenne mon coude et m'éloigne de Devon.

— Ça va ?

Je voulais lui mentir, mais je me suis retrouvée à secouer la tête.

— J'ai vraiment envie d'aller pêcher.

— D'accord. Pas de problème. Laisse-moi prendre les clés. Attends ici.

J'ai acquiescé et croisé les bras. Il a soutenu mon regard pendant une seconde, comme s'il pensait que j'allais m'enfuir dès qu'il partirait, puis il s'est retourné et a couru. Il a dit quelque chose à Devon, puis est revenu quelques minutes plus tard, faisant dangler des clés entre ses doigts.

— Allons-y.

J'ai secoué la tête.

— Tu es occupé. Je ne voulais pas gâcher ta journée.

Il a souri et a passé un bras autour de ma taille.

— Ça va. Devon a tout sous contrôle. Quelques heures de pêche me feraient du bien.

J'ai résisté, mais l'idée de l'avoir là-bas avec moi était plus attrayante que d'y aller seule.

Grandir au bord du fleuve Saint-Laurent signifiait apprendre à pêcher, nager et plonger dès le plus jeune âge. Je n'étais pas une grande fan de plongée, mais la pêche était devenue une retraite pour moi. Une chance de s'évader. Sauter dans un bateau et partir sur l'eau. Le fleuve n'était pas assez large là où nous vivions pour vraiment s'éloigner, mais il ne fallait pas grand-chose pour avoir l'impression d'être isolés.

Je me suis assise sur le siège en cuir souple du bateau

préféré d'Ian et j'ai laissé le grondement du moteur et les claques du vent me remplir. Il a conduit au-delà des plus grandes îles proches de l'Anse et a continué vers le nord où le fleuve se rétrécissait à nouveau. Il n'y avait pas beaucoup d'îles dans cette partie des Mille-Îles, mais l'eau était peu profonde par endroits et les poissons aimaient s'y attarder. Ian et moi pêchions dans la région avec Finley depuis que Fin et moi étions au lycée.

Ian m'a tendu une des cannes à pêche et a ouvert la boîte à leurres. Il a attendu que je choisisse un des leurres et que je l'attache à ma ligne avant de choisir le sien et de fermer la boîte. Nous nous sommes tenus côte à côte à l'arrière du bateau, lançant nos lignes dans l'eau peu profonde et regardant les flotteurs.

Nous nous sommes assis pour attendre et observer, l'allée entre nous semblant plus large que le fleuve autour de nous. Je me sentais seule.

Puis Ian a tendu la main à travers l'allée et a saisi la mienne. Il n'a rien dit, a juste entrelacé ses doigts avec les miens et tenu fermement.

Je suis restée là, fixant la ligne et essayant de ne pas pleurer, mais j'ai tenu assez longtemps.

Mes épaules ont tremblé sous un sanglot silencieux, et Ian m'a tirée à travers l'allée pour me mettre sur ses genoux. Je me suis recroquevillée contre lui et l'ai laissé me tenir pendant que je pleurais. Il n'a rien dit. Une main glissait de haut en bas le long de mon dos et l'autre me tenait serrée contre lui. Et j'ai simplement laissé sortir toutes les émotions qui me tourmentaient depuis que ma mère était apparue à ma porte quelques heures plus tôt.

Je ne savais pas depuis combien de temps nous étions assis là, et je m'en fichais complètement. Quand j'ai finalement retrouvé mon calme pour le regarder, ses sourcils étaient froncés, ses yeux noisette inquiets. Il a essuyé les larmes de mes joues et a porté ma main à ses lèvres.

— Ça va ?

J'ai secoué la tête.

Il m'a attirée contre lui à nouveau et a niché ma tête sous son menton, me serrant fort. Je me sentais en sécurité et aimée, comme si rien de mal ne pouvait m'arriver tant que j'étais avec Ian.

— Tu peux me parler si tu veux, mais si tu préfères juste rester assise ici, ça me va aussi.

— Je ne veux pas parler pour l'instant.

Il a acquiescé.

— D'accord.

Nous sommes restés assis là, lui me berçant et moi fixant l'eau. Nos deux flotteurs ont plongé sous la surface, mais aucun de nous n'a bougé pour vérifier les lignes.

Le soleil s'est élevé plus haut dans le ciel, et j'ai finalement pensé que je devrais soulager ses jambes. Je suis descendue de ses genoux et suis retournée au siège où j'avais commencé.

— Je suis désolée, ai-je dit.

Ses sourcils se sont à nouveau froncés.

— Pour quoi ?

J'ai fait un geste vers sa chemise tachée de larmes.

— Pour avoir pleuré sur toi.

Il a secoué la tête.

— Je me fiche de la chemise. Je me soucie uniquement de toi. Ça va ?

J'ai inspiré de façon tremblante et haussé les épaules.

— Pas vraiment, je suppose.

— Tu veux que je te ramène ? Tu peux parler à Fin ou à une des filles ?

J'ai secoué la tête.

— Non. Je ne veux voir aucune d'entre elles.

— Mais tu voulais me voir, moi ? a-t-il demandé, clairement surpris.

— Je... Je n'avais pas de réponse. J'avais atterri chez lui parce qu'il me faisait toujours me sentir bien. Comme si j'étais plus pour lui.

— Merci, a-t-il dit après un moment. De me faire assez confiance pour venir me voir. Je suis toujours là pour toi, Blake. Peu importe ce dont tu as besoin.

J'ai ri sans joie.

— Comme déplacer mon canapé ?

Il a acquiescé.

— N'importe quoi, ma belle. Tout. Ce dont tu as besoin.

J'ai hoché la tête, la gorge nouée pour une raison différente.

Il m'a tirée sur ses genoux à nouveau et m'a embrassée doucement.

— Parle-moi, Blake. Que s'est-il passé ?

J'ai inspiré profondément et me suis laissée envelopper par son contact.

— Ma mère. Sauf que cette fois, elle a pris mon canapé pour les toilettes.

Son étreinte s'est resserrée.

— Merde.

J'ai acquiescé.

— Ouais. J'ai essayé de le nettoyer, mais ça pue toujours. J'ai besoin d'un nouveau canapé. Ma maison empeste. J'ai laissé toutes les fenêtres ouvertes, mais ma maison va sentir pendant un moment.

— On va le sortir aujourd'hui, a-t-il dit.

J'ai secoué la tête.

— Je dois appeler et planifier un ramassage spécial.

— Je le porterai jusqu'à une benne à ordures s'il le faut. Tu ne vas pas vivre avec ça dans ta maison. Et tu peux rester avec moi si tu en as besoin. Si l'odeur est trop forte.

J'ai secoué la tête.

— Je suis sûre que je peux rester chez Fin et Rissa si j'en ai besoin. J'espère que ce n'est pas si terrible, quand même.

Il a acquiescé une fois.

— Ce que tu veux, ma belle.

J'ai soupiré.

— Je veux qu'elle arrête de boire. Peut-être que ça fait de moi une enfant, mais j'en ai assez.

— Ça ne fait pas de toi une enfant. Si elle ne peut pas le gérer, elle devrait arrêter. Elle n'est pas juste envers toi. Et tu ne devrais pas avoir à gérer ça.

J'ai haussé les épaules.

— C'est ma mère. Il n'y a personne d'autre pour s'occuper d'elle.

Il m'a serrée plus fort et a respiré dans mes cheveux.

— Je suis désolé, Blake. J'aimerais pouvoir faire quelque chose.

J'ai secoué la tête.

— Tu le fais déjà, Ian. Être simplement avec toi me fait me sentir mieux.

Il a souri et a écarté mes cheveux sauvages de mes lèvres.

— Bien.

Il m'a embrassée doucement, à peine un baiser. Une partie de moi voulait me perdre en lui, mais ce n'était pas juste pour Ian. Si je le faisais, je l'utiliserais pour oublier ma mère. Je ne voulais pas que les choses soient ainsi entre nous.

Il s'est reculé et m'a tenue contre lui. Je me demandais s'il pensait la même chose. Nous avions été amis pendant des années, mais je n'étais jamais venue le voir quand j'étais bouleversée par quoi que ce soit. Peut-être que Karissa et Trinity avaient raison et que je devais m'ouvrir à lui. Lui faire confiance. Le laisser entrer.

Nous sommes restés sur l'eau pendant quelques heures. Nous avons lancé nos lignes de pêche, mais nous n'avons pas vraiment essayé. Le temps qu'Ian nous ramène à Jameson Wooden Boats, je mourais de faim.

— Tu veux aller dîner ? lui ai-je demandé.

Il a semblé surpris par ma question. Quand il a secoué la tête, j'ai été plus que légèrement déçue.

— Et si je cuisinais pour nous ? a-t-il dit.

— Tu n'es pas obligé de faire ça, ai-je protesté.

Il a secoué la tête à nouveau.

— Je n'ai pas dit que j'étais obligé. J'ai juste pensé que ce serait bien si nous n'avions pas à sortir. Tu peux te détendre et ne pas t'inquiéter de voir d'autres personnes.

Mes épaules se sont affaissées. Il avait raison. L'idée d'être dehors et de devoir prétendre que j'allais bien était épuisante rien que d'y penser. Une soirée à la maison semblait parfaite.

— Tu as raison. Mais je me sens mal de te demander de tout faire.

Il a souri et m'a fait un clin d'œil.

— C'est moi qui ai proposé, ma belle. Reste ici un moment. Je vais sortir chercher quelques trucs dont j'ai besoin pour faire le dîner, mais je ne serai pas long.

— Je peux venir avec toi.

Il m'a embrassée alors. Un baiser qui m'a traversée jusqu'aux orteils. Ses mains m'entouraient et me tenaient fermement. Sa langue s'est glissée dans ma bouche et a caressé ma langue en mouvements passionnés. Sa poitrine montait et descendait avec la mienne, nos souffles se mêlant tandis qu'il me faisait oublier tout ce qui m'avait amenée à sa porte.

— Reste ici, a-t-il dit doucement. Je ne serai pas long. Et quand je reviendrai, tu pourras m'aider à cuisiner si tu veux. Ou tu peux te détendre et regarder Netflix ou autre chose.

J'ai acquiescé, tombant un peu plus profondément amoureuse de lui. Il savait exactement ce dont j'avais besoin. Quelqu'un d'autre m'avait-il jamais aussi bien comprise ? Quelqu'un d'autre s'en était-il jamais soucié ?

La seule télé était dans la chambre d'Ian, alors j'y suis allée et me suis étendue sur son futon. J'ai relevé ma tête et fait défiler les options jusqu'à ce que je tombe sur un film qui avait l'air mignon. Un film sur une fille qui tombe amoureuse du frère aîné de sa meilleure amie.

Je pouvais définitivement m'identifier à elle.

Mes paupières se sont fermées pendant que je regardais le film. C'était drôle et mignon, mais j'étais épuisée. J'ai essayé de rester éveillée, mais je n'ai pas pu y arriver.

La chose suivante que j'ai su, c'est qu'Ian m'embrassait. J'ai gémi contre ses lèvres et murmuré son nom.

— Tu es prête à manger ? a-t-il demandé.

— Toi ? Oh que oui, ai-je dit avec un sourire.

Il a ri, mais ce n'était pas un rêve comme je le pensais.

J'ai ouvert les yeux et l'ai trouvé assis à côté de moi, souriant.

— Je viens de dire ça à voix haute, n'est-ce pas ?

Il a souri d'un air narquois.

— Peut-être que je peux être ton dessert.

Je l'ai poussé, et il a simplement ri.

— Allez, Belle au bois dormant. Tu as besoin de manger.

— Je ne sais pas si j'ai l'énergie de cuisiner maintenant, ai-je gémi.

— Pas besoin, a-t-il dit en me tirant sur mes pieds. J'ai déjà cuisiné. Tu dormais profondément, mais je ne voulais pas te laisser dormir toute la nuit sans manger quelque chose.

— Tu as déjà cuisiné ?

Il a acquiescé.

— Oui. Viens manger.

Je l'ai laissé me conduire jusqu'à son coin cuisine et me

suis arrêtée net quand j'ai vu la table aux chandelles et senti les plats incroyables qu'il y avait posés.

— Ian ? ai-je demandé d'un ton interrogateur.

— Je pensais que les lumières du plafond pourraient être trop fortes quand tu viens juste de te réveiller, a-t-il dit, en piétinant et évitant mon regard.

Je me suis approchée de lui et me suis tenue devant lui jusqu'à ce qu'il me regarde.

— Merci pour ça. Je n'ai jamais eu de dîner aux chandelles.

Il a souri.

— Moi non plus. Il semble que nous en ayons tous les deux besoin depuis longtemps.

Il a tiré ma chaise pendant que je m'asseyais, puis l'a guidée vers la table. Il avait ma bière préférée et avait préparé un filet grillé, des macaronis au fromage et des haricots verts. Il y avait un cheesecake de la Cove Bakery sur le comptoir.

— Tu as fait tout ça pour moi ? ai-je soufflé.

Il a acquiescé.

— Je ferais n'importe quoi pour toi, Blake. Tu mérites d'être traitée comme ça tous les jours.

— Ian, ai-je dit doucement.

Il a soutenu mon regard pendant une longue minute. Ses yeux noisette brillaient de quelque chose qui ressemblait terriblement à de l'amour, mais Ian Jameson ne faisait pas dans l'amour. Ian Jameson ne faisait pas non plus dans les dîners aux chandelles et la romance, mais j'appréciais les deux en ce moment.

Nous avons parlé de l'été et de tous les événements à venir pendant que nous mangions. Le Festival du 4 juillet lançait vraiment les choses pour L'anse MacKellar. C'était dans trois semaines, et toute la ville s'y préparait.

— Quelle est ta partie préférée du Festival ? m'a-t-il demandé.

J'ai haussé les épaules. Ces cinq dernières années, j'étais allée au Festival avec William. Il n'aimait pas la plupart des activités, ce qui signifiait que je n'en avais pas profité depuis trop longtemps. Une partie de moi ne pouvait même plus se souvenir de tout ce qui s'y passait.

— Mon préféré est le bal des feux d'artifice, a dit Ian quand je n'ai pas répondu. J'espère vraiment avoir une cavalière.

J'ai ri.

— D'habitude, tu préfères être célibataire pour ce genre de choses.

Il a secoué la tête.

— Plus maintenant, Blake. Je te veux à mes côtés. Si ça t'intéresse.

J'ai hoché la tête.

— Ça a l'air amusant. J'ai raté beaucoup de choses ces dernières années.

— Reste avec moi, a-t-il dit avec un sourire. Je m'assurerai que tu ne rates rien d'amusant.

Je lui ai souri et j'ai su que c'était vrai. Ian n'était pas le genre de gars à être l'âme de la fête, mais il savait toujours où était le plaisir et ne le ratait jamais. J'avais définitivement besoin de plus de ça dans ma vie. Plus d'Ian.

Une fois que nous avons fini de dîner et rangé, j'ai dit que je devais rentrer chez moi et m'occuper de mon canapé.

— Pourquoi ne restes-tu pas ? a-t-il demandé.

J'ai secoué la tête.

— Non. Je ne vais pas te demander ça.

— Blake, je te veux ici. Je veux que tu restes.

Mon cœur a bondi à ses mots. Son ton, ses yeux, tout disait qu'il le pensait. Mais je n'arrivais pas à sortir de ma tête l'Ian Jameson que j'avais connu depuis toujours. Le gars qui ne passait jamais la nuit. Le gars qui ne restait jamais. Le gars qui ne s'attachait jamais.

— Blake, a-t-il dit d'une voix rauque, déglutissant puis s'avançant vers moi. Ma belle, tu es différente pour moi. Je sais que tu as peur à cause de mon passé, mais je ne veux pas que tu le sois. Je n'ai pas été digne de toi, et je ne le suis toujours pas, mais je veux que tu saches que je ne retiens pas ce que je veux avec toi. Je ne vais pas te laisser penser que c'est une autre aventure pour moi. Parce que ce n'est pas le cas, Blake. Tu ne l'es pas. Je... je tiens à toi. Beaucoup. Et si tu restes ici, ce n'est pas parce que c'est pratique ou parce que ton canapé pue. C'est parce que je veux me réveiller avec toi dans mes bras. Je veux m'endormir avec tes cheveux dans mon visage. Je veux sentir ton corps contre le mien toute la nuit. On n'est pas obligés de faire l'amour. On n'est pas obligés de faire quoi que ce soit. Je veux juste être avec toi, Blake.

— Ian, ai-je soufflé. Je ne...

Son sourire plein d'espoir est tombé, et il a fait un pas en arrière.

— Oh. Je vois.

J'ai ri et suis entrée dans son espace, attendant qu'il croise mon regard.

— J'allais dire que je ne sais pas quoi dire. Je ressens les mêmes choses, Ian. Je n'ai juste jamais pensé que j'aurais la chance de te le dire. Mais cette histoire de "pas de sexe" est définitivement quelque chose sur laquelle je dois discuter avec toi.

Son sourire est passé de joyeux à purement pécheur en un éclair. Il m'a soulevée et embrassée, sa langue s'enfonçant entre mes lèvres tandis qu'il nous portait vers son lit.

Et quand il a fermé la porte d'un coup de pied et nous a tous les deux déshabillés, Ian n'a rien retenu. Comme il l'avait promis. Il m'a aimée toute la nuit jusqu'à ce que nous nous endormions tous les deux sous le ciel nocturne qui veillait sur nous.

Peu importe ce que je me disais, je ne pouvais convaincre aucune partie de moi que je n'étais pas follement amoureuse d'Ian Jameson. Mais pour la première fois de ma vie, cette idée ne me donnait pas envie de me lever et de fuir.

18

IAN

Me réveiller avec Blake dans mes bras était la plus douce des tortures. Je n'ai jamais été un lève-tôt, mais j'étais debout avec le soleil pour la regarder dormir malgré mon sérieux manque de sommeil. Ça valait largement la peine d'avoir passé la nuit à lui montrer à quel point je l'aimais et de pouvoir la regarder pendant qu'elle dormait.

Quand elle a finalement bougé, ses fesses ont d'abord frôlé mon corps. Elle s'est figée un instant et ses yeux se sont ouverts d'un coup. Puis un magnifique sourire a courbé ses lèvres et elle a refermé les yeux. Elle s'est étirée et a pressé son derrière contre moi une nouvelle fois, et je n'ai pas pu retenir un gémissement de désir.

J'ai glissé ma main plus fermement autour de son ventre avant de dériver vers son sein. Un souffle tremblant l'a parcourue quand j'ai caressé son mamelon de mon pouce.

— Ian, a-t-elle murmuré.

J'adorais putain la façon dont elle prononçait mon nom. Ce ton sensuel et haletant qui disait qu'elle était aussi perdue que moi devenait rapidement aussi addictif que cette femme que je ne voulais jamais laisser sortir de mon lit.

J'ai embrassé son épaule et fait courir ma langue le long de son dos. J'ai mordillé les fossettes juste au-dessus de ses fesses et l'ai incitée à se mettre sur le dos pour pouvoir la déguster au petit-déjeuner.

Elle était déjà humide et prête quand j'ai pris ma première gorgée d'elle. Elle a gémi et a relevé ses hanches contre mon visage. Ma nana avait besoin de jouir dès le matin. J'aimais ça.

Je l'ai léchée et sucée jusqu'à ce que ses gémissements remplissent l'air autour de nous. Puis j'ai enfoncé deux doigts en elle et elle s'est brisée pour moi, criant mon nom tandis qu'elle jouissait intensément.

Je me trompais. C'était ma façon préférée dont elle disait mon nom. Mais celle toute haletante arrivait en seconde position. Parce que les deux m'étaient réservées. Personne d'autre n'entendrait jamais mon nom sortir de sa bouche de cette façon.

J'ai remonté son corps en l'embrassant, la laissant reprendre ses esprits avant de chercher un préservatif et de glisser en elle. Elle a eu un hoquet de surprise, puis a soupiré et a enroulé ses jambes autour de mes hanches.

— On devrait faire ça plus souvent, a-t-elle dit avec un sourire béat.

— Faire quoi ? ai-je grogné, trouvant difficile de maintenir une conversation alors que j'étais enfoncé jusqu'aux couilles dans la femme que j'aimais.

— Des soirées pyjama. Surtout si elles sont comme celle-ci.

Elle a poussé un long gémissement grave et a écarté les cuisses pour que je puisse m'enfoncer plus profondément.

J'ai gémi avec elle et serré les dents.

— Définitivement plus de soirées pyjama, ai-je approuvé. Toutes comme celle-ci.

Elle m'a souri et a tendu les bras vers moi. Elle m'a attiré à elle et m'a embrassé, sa langue douce glissant contre la mienne. Je glissais en elle et hors d'elle, chaque coup me rapprochant de la ligne d'arrivée, mais je n'étais pas pressé d'y arriver.

J'ai toujours pensé que les gens qui disaient que l'important c'était le voyage, pas la destination, étaient fous. Pourquoi irais-tu quelque part si tu ne voulais pas y être le plus vite possible et y passer autant de temps que possible ? Mais faire l'amour à Blake, c'était exactement ça. C'était le voyage. C'était le glissement en elle. C'était l'odeur de nos corps. C'était le goût de son plaisir et la sensation de la voir perdre la tête. C'était la félicité prolongée et la conscience aiguisée qui venaient d'être avec Blake. Elle était le voyage. Elle était mon voyage. Et être dedans était meilleur que n'importe quelle destination possible.

Je ne me suis pas retenu avec Blake et l'ai embrassée comme j'en avais toujours rêvé. Je l'ai laissée ressentir tout ce que je ressentais, tout ce que j'avais toujours ressenti. Quand elle a tressailli sous moi et joui dans un cri, je n'ai pas pu empêcher mon orgasme de suivre le sien et de nous envoyer ensemble dans l'oubli.

Je me suis effondré sur elle, mais j'ai vite fait un mouvement pour rouler et la libérer. Elle a resserré sa prise sur moi et ne m'a pas laissé bouger. Je ne l'ai pas combattue. Je l'ai tenue pendant qu'elle me tenait, tous deux enlacés tandis que nos corps refroidissaient.

Sa prise s'est finalement relâchée et j'ai roulé sur le côté, l'entraînant avec moi pour que nous nous retrouvions face à face. Je l'ai embrassée, sans chercher plus qu'un simple baiser, mais même cela faisait battre mon cœur dans ma poitrine. C'était Blake. Tout était Blake.

Je me suis débarrassé du préservatif puis suis retourné directement au lit et l'ai serrée contre moi. Nous nous sommes tous deux assoupis à nouveau, mais je me suis réveillé alors qu'elle essayait de s'échapper discrètement du lit.

— Où vas-tu ?

Elle a grimacé.

— Désolée. J'essayais de ne pas te réveiller.

— Je préfère que tu le fasses. Tout va bien ?

Elle s'est retournée et a hoché la tête.

— J'ai juste faim. J'allais partir. Tu as été formidable. Et je dois m'occuper du canapé aujourd'hui. Et je devrais avancer dans mon travail.

— Blake, ai-je dit fermement. C'est vraiment tout ?

Le vacillement dans ses yeux disait que non, mais elle a souri et acquiescé.

— Oui, bien sûr.

J'ai sauté du lit et j'ai dû cacher mon sourire quand son regard a glissé vers ma queue. Elle a sursauté, et ses yeux se sont écarquillés. Mon Dieu, j'avais envie de la ramener au lit et de prendre mon pied avec elle encore quelques heures, ou quelques vies, mais j'avais faim aussi. Faire l'amour à la femme de mes rêves toute la nuit m'avait définitivement épuisé.

— Allons chez Cracked pour le petit-déjeuner, puis je t'aiderai à peindre aujourd'hui, ai-je proposé.

Elle a secoué la tête.

— Je ne peux pas te demander ça.

— Tu continues à dire ça, Blake, mais tu ne demandes rien. J'ai envie de passer la journée avec toi. J'ai envie d'être avec toi. Et si tu travailles, je veux être là. Même si c'est juste pour m'asseoir sur la place et te regarder travailler. Je peux t'apporter des fournitures, m'assurer que tu prends des pauses et te nourrir.

— Ian, a-t-elle dit doucement sur ce ton qu'elle utilisait quand elle était sur le point de céder.

Je me suis approché d'elle et ai lentement glissé mon bras autour de sa taille pour l'attirer contre moi.

— Blake, ai-je dit du même ton qu'elle avait utilisé.

Elle a ri et a posé ses mains sur ma poitrine.

— Tu devrais peut-être mettre des vêtements.

J'ai haussé les épaules.

— Ou je pourrais simplement te traîner dans mon lit et enlever tous les tiens, ai-je taquiné.

Son visage est devenu sérieux, et elle a essayé de se détourner de moi.

— Je ne peux pas. Je suis désolée.

— Je plaisantais, ai-je dit.

Elle a soupiré.

— Je sais. Mais ça me rappelle juste que j'ai atterri ici hier à cause de ma mère. Et j'étais censée travailler hier. Et si je l'avais fait, je pourrais rester ici avec toi. C'est juste une chose de plus qu'elle a gâchée.

Je l'ai ramenée contre moi et l'ai tenue jusqu'à ce que je sente sa colère s'estomper.

— Je suis désolée, a-t-elle dit doucement.

— Tu n'as jamais à t'excuser auprès de moi. Pour quoi que ce soit. Tu as tout à fait le droit d'être en colère contre ta mère. Mais ne pense pas que le fait que tu travailles aujourd'hui a gâché quoi que ce soit. J'aime te regarder travailler, et je veux passer du temps avec toi comme je peux. Donne-moi une minute pour m'habiller, et on y va.

Elle a pris une inspiration et a hoché la tête.

— Je dois rentrer chez moi pour me changer. Et si tu es toujours d'accord, on peut essayer de faire quelque chose pour mon canapé. Peut-être que je devrais juste y aller maintenant.

J'ai secoué la tête.

— Je n'en aurai que pour une seconde, Blake. Ne va nulle part.

J'ai attendu qu'elle acquiesce avant de me détourner d'elle pour prendre des vêtements. J'étais habillé en moins de trente secondes, et j'ai repris sa main dans la mienne pour nous diriger vers sa maison.

Nous avons marché dans un silence complice, aucun de nous ne ressentant le besoin de combler le calme. J'appréciais la sensation de sa main dans la mienne, et les sourires sur les visages des gens que nous croisions quand ils nous voyaient ensemble. L'une des meilleures et des pires choses à propos de grandir à L'anse MacKellar était de connaître tout le monde en ville. Et tenir la main d'une des serveuses de l'un des restaurants les plus populaires attirait les regards. Surtout puisque je n'avais pas la réputation de m'attacher à une femme.

Nous étions presque chez Blake quand nous avons croisé des amis de mes parents. Ils habitaient dans sa rue, et elle leur a dit bonjour et a essayé de me lâcher la main. J'ai resserré ma prise et j'ai clairement montré que nous étions ensemble.

— Eh bien, bonjour vous deux, a dit Mme McGraw.

— Bonjour. Comment allez-vous aujourd'hui ? ai-je demandé.

Mme McGraw a souri et a laissé son regard dériver vers l'endroit où nos mains étaient liées.

— Nous allons bien. C'est une belle journée pour une promenade, n'est-ce pas ?

J'ai hoché la tête et porté la main de Blake à mes lèvres pour un baiser.

— En effet. Nous parlions justement de comment nous allons passer la journée. Blake travaille sur sa fresque, mais elle voulait se changer d'abord et elle n'a pas apporté de vête-ments propres quand elle est venue hier.

Le large sourire de Mme McGraw valait bien la tache rouge vif sur les joues de Blake.

— Saluez vos parents de notre part, a dit M. McGraw, tirant Mme McGraw avant qu'elle ne puisse fouiner davantage.

— Je n'y manquerai pas, leur ai-je dit joyeusement, puis j'ai continué à marcher avec Blake.

— C'était quoi ce bordel ? a-t-elle sifflé.

J'ai haussé les épaules.

— Être bon voisin.

— Pourquoi as-tu dit aux meilleurs amis de tes parents que j'avais passé la nuit chez toi ?

— Parce que c'est le cas, ai-je dit simplement en l'arrêtant. Tu ne veux pas que les gens sachent pour nous ?

— Je... Non. Ce n'est pas ça. Je pensais que tu ne voudrais pas que qui que ce soit le sache.

Je me suis penché et l'ai embrassée. En plein jour, à la vue de quiconque était dehors ou regardait par la fenêtre. J'avais envie de crier au monde que Blake avait dormi dans mon lit toute la nuit. Qu'elle s'était réveillée dans mes bras. Que j'étais celui qui la faisait crier toute la nuit.

Bon, peut-être que je garderais cette dernière partie pour moi, mais le reste, je voulais définitivement le dire au monde entier.

— Ian, a-t-elle murmuré de ce ton haletant quand je me suis finalement reculé.

Je me suis penché et l'ai embrassée à nouveau, incapable de résister à son attraction.

— On ferait mieux d'aller chez toi ou je vais me ridiculiser ici même dans la rue.

Elle a souri et a jeté ses bras autour de mon cou, me taquinant d'un déhanchement. Ma queue s'est dressée aussitôt et a pressé contre son ventre.

— Tu es dangereuse.

Elle a souri.

— Ouais, eh bien, tu viens juste de dire à mes voisins qu'on a couché ensemble. Je me suis dit que je pouvais le dire aux autres.

J'ai attrapé ses fesses et l'ai tirée plus près, enfonçant profondément ma langue dans sa bouche et frottant ma bite contre elle. Je me fichais qu'on soit en public ou que n'importe qui puisse regarder dehors et me voir la malmener. Je me souciais seulement de la façon dont Blake gémissait dans ma bouche et du mouvement de ses hanches pour nous aligner.

— Ian, a-t-elle gémi. On doit rentrer. Maintenant.

À contrecœur, je l'ai lâchée et ai repris sa main. Nous avons mi-couru, mi-marché le reste du chemin jusqu'à sa maison. Elle a déverrouillé sa porte d'entrée et m'a attiré pour un baiser, puis s'est arrêtée net.

— Qu'est-ce que c'est que ça ? J'ai fermé les fenêtres. Attends.

Elle a respiré profondément.

— Ça ne sent rien.

Elle s'est tournée vers l'endroit où se trouvait son canapé et a haleté.

— Où est mon canapé ?

— Tu as dit que tu voulais qu'il disparaisse. Quand je suis sorti hier soir, j'ai demandé à Ramsey de m'aider à m'en débarrasser. Je ne voulais pas que tu aies à t'en inquiéter. J'allais te le dire quand je suis rentré, mais tu dormais et au moment où je t'ai réveillée, j'avais oublié.

Des larmes ont coulé silencieusement sur ses joues. Putain. Je pensais faire ce qu'il fallait. Peut-être qu'elle voulait garder le canapé ? Je n'étais pas sûr de pouvoir le récupérer. Ou qu'elle voudrait le récupérer. Il était dans un sale état.

— Blake, je suis désolé. Tu as dit...

— Merci, a-t-elle dit doucement, tendant la main pour

caresser ma joue. Je... merci. Je détestais te demander de t'en occuper, mais je n'aurais jamais pensé que tu le ferais sans que je te harcèle vraiment. William... c'était presque impossible de le faire m'aider pour ce genre de choses. J'aurais dû m'en occuper pendant une semaine ou plus, surtout s'il travaillait ou autre. Mais toi, tu t'en es simplement chargé.

J'ai haussé les épaules, voulant tuer Willie une fois de plus pour ne pas avoir été meilleur avec elle et voulant le remercier d'avoir été un imbécile. Cela signifiait que la barre était basse en ce qui concernait Blake, mais elle méritait le monde.

— Tu mérites mieux que ça. Tu aurais dû m'appeler. Même quand tu étais avec lui. Tu sais que je ferai n'importe quoi pour toi, Blake. Que nous soyons ensemble ou non, je serai toujours là pour toi.

Elle s'est avancée dans mes bras et a posé sa tête sur ma poitrine.

— Merci, Ian. Je ne peux pas te dire à quel point j'apprécie.

J'ai embrassé le haut de sa tête et souri quand son estomac a de nouveau grogné.

— Va te changer que je puisse te nourrir, ma belle. As-tu besoin de quelque chose pour la fresque ?

Elle a secoué la tête et s'est éloignée.

— Je n'en ai que pour une minute.

J'ai hoché la tête et lui ai fait un clin d'œil. Ses joues ont rosi et elle a pressé ses lèvres en un sourire heureux.

Il devenait de plus en plus difficile de ne pas lui dire ce que je ressentais. Dire *Je t'aime* semblait si facile. Je n'avais jamais été tenté avec d'autres femmes, mais avec Blake, c'était presque une compulsion. Comme si je ne pouvais pas survivre si je ne lui disais pas.

Elle est revenue une minute plus tard vêtue d'un short noir moulant et d'un t-shirt blanc ample qui lui arrivait à mi-cuisse. Son t-shirt était couvert d'éclaboussures de peinture, lui donnant un véritable look d'artiste. Ses cheveux étaient attachés en queue de cheval avec un foulard enroulé autour de sa tête. Le petit sac à main noir qu'elle portait habituellement était drapé en travers de son corps, séparant et mettant en valeur ses deux seins.

Ma bouche s'est mise à saliver à sa vue. C'était la femme pour qui j'étais tombé. Cette femme désordonnée, décoiffée et sexy qui ne pensait pas deux fois à son apparence. Elle était elle-même, Blake sans aucune excuse. Elle ne m'avait jamais semblé plus sexy que lorsqu'elle laissait tomber toutes ses inquiétudes sur ce que les autres pensaient et qu'elle était elle-même.

J'ai traversé la pièce maintenant grande ouverte jusqu'à elle et l'ai tirée contre moi. Elle a eu un hoquet de surprise quand je me suis penché pour l'embrasser, et j'en ai pleinement profité, plongeant ma langue dans sa bouche et prenant ce que je voulais d'elle.

Elle m'a rendu mon baiser, portant immédiatement ses mains autour de mon cou et jouant avec les cheveux à ma nuque. J'ai incliné la tête et enfoncé ma langue plus profondément dans sa bouche, lui arrachant un gémissement qui est allé droit à ma queue.

J'ai glissé une main le long de son dos et serré ses fesses. Elle s'est tortillée contre moi et a relevé sa jambe, me laissant glisser entre ses délicieuses cuisses.

— Oh, mon Dieu, a-t-elle gémi, se reculant de notre baiser. Je croyais qu'on allait petit-déjeuner.

J'ai reculé, laissant l'air épais du désir remplir l'espace entre nous.

— C'est le cas.

Je me suis dirigé vers la porte, ne regardant pas en arrière jusqu'à ce que je tourne la poignée.

— Tu viens ?

Ses yeux se sont écarquillés.

— Eh bien, je pensais que oui, mais apparemment non.

J'ai souri d'un air suffisant.

— Te faire attendre ne fera qu'augmenter ta faim plus tard. J'ai hâte de te voir perdre complètement le contrôle.

— Tu penses que ce n'est pas déjà le cas ?

J'ai secoué la tête.

— Je sais que tu t'es retenue avec moi. Mais la prochaine fois que je te mettrai nue, ce ne sera plus le cas.

— Qu'est-ce qui te rend si sûr de toi ? a-t-elle demandé, me rejoignant enfin à la porte.

Je l'ai ouverte et me suis reculé pour qu'elle puisse passer. Quand elle est passée devant moi, j'ai claqué ses fesses. Elle a eu un hoquet de surprise et a sursauté.

— Parce que si tu es à moitié aussi folle au moment où nous rentrerons que je le suis maintenant, tu ne pourras pas te retenir. Tu me supplieras de te laisser jouir, de te faire jouir. De te baiser fort, puis de te pénétrer avec des coups lents et profonds. De t'embrasser jusqu'à ce que tu ne puisses plus respirer, puis de mettre ma bouche à profit ailleurs sur ton corps.

— Ian, a-t-elle murmuré sur ce putain de ton.

— J'adore putain quand tu dis mon nom comme ça, lui ai-je dit. Ça me rend tellement dur.

— On n'est pas obligés d'aller petit-déjeuner tout de suite, a-t-elle essayé.

J'ai secoué la tête.

— Si. Parce que la prochaine fois que je t'aurai dans un lit, je ne te laisserai pas sortir avant longtemps. Je suis devenu accro à toi, Blake. Et je ne suis pas sûr de pouvoir dormir à nouveau sans toi à mes côtés.

— Mais je dois travailler demain matin, a-t-elle dit doucement.

J'ai haussé les épaules.

— Et alors ? Je te promets que je te laisserai dormir un peu. Après une douzaine d'orgasmes environ.

— Une douzaine ?

— Deux douzaines ?

Elle a ri.

— Tu es fou.

— Et tu es incroyable, Blake. Maintenant, allons-y pour qu'on puisse manger et que tu puisses travailler. J'ai de grands projets pour notre après-midi. Impliquant toi, moi, un lit, et zéro vêtement. Ça te va ?

— Oui, a-t-elle murmuré, et ce simple mot était presque aussi bon que mon nom. Presque.

19

J'observais Blake travailler depuis la pelouse du square. Elle était tellement concentrée et tellement belle. Elle m'a jeté quelques regards, mais en peu de temps, elle m'avait complètement oublié et s'était perdue dans son travail.

Je me suis allongé sur l'herbe et j'ai regardé ma femme faire son truc. Elle était adorable quand elle décalait sa hanche et tapotait sa lèvre avec le bout de son pinceau. Je souriais en regardant son dos quand Ramsey s'est laissé tomber sur l'herbe à côté de moi.

—Ta copine a un sacré talent, a-t-il dit.

J'ai hoché la tête. —Putain, ouais.

—Elle sait que tu l'admires comme ça ?

Je l'ai poussé mais j'ai ri. Ce ne serait pas la première fois que je fixais Blake quand elle n'était pas consciente de mon existence. —Oui, connard. Je suis venu ici avec elle.

Ses sourcils noirs se sont relevés et il a souri. —Eh bien, eh bien. Tant mieux pour toi.

J'ai roulé des yeux.

—Toujours ensemble depuis hier soir ?

J'ai hoché la tête en essayant de ne pas sourire, mais putain, j'étais heureux comme tout.

—Bien joué, mec. Content d'entendre que la vie amoureuse de quelqu'un se passe bien. Ramsey a secoué la tête et a jeté un coup d'œil vers l'eau.

—Où est Melody aujourd'hui ? ai-je demandé.

Ramsey a haussé les épaules. —Aucune idée. Elle n'est pas rentrée hier soir.

—Quoi ? Elle va bien ?

Ramsey a haussé les épaules. —Je pense. Elle m'a dit qu'elle sortait hier soir et de ne pas l'attendre. Elle m'a envoyé un texto pour me dire qu'elle restait chez sa sœur.

—Willow ne t'a jamais aimé, ai-je dit.

—Ne m'en parle pas.

Il est resté silencieux un moment, et je me suis retrouvé à poser la question que je voulais lui poser depuis un moment. —Tu penses que vous pouvez arranger les choses ?

Il n'a pas répondu tout de suite, et je me suis demandé s'il m'avait vraiment entendu. J'allais laisser tomber, mais il s'est déplacé et s'est allongé sur l'herbe avec moi.

—Je l'aime. Je pense que c'est le plus important. Pour moi, en tout cas. Je ne peux pas imaginer ma vie sans elle. Je ne veux pas. Mais je ne peux pas non plus vivre avec elle comme avant. Perdre le bébé et presque la perdre, c'était trop dur. J'ai failli ne pas m'en remettre.

J'ai hoché la tête. J'ai à peine vu Ramsey pendant cette période. Quand je le voyais, il n'était que l'ombre de lui-même. Il était manifestement déprimé et simplement misérable. J'ai essayé de le faire sortir de temps en temps, mais il n'a jamais accepté. C'est presque un an plus tard qu'il a commencé à réintégrer la société. Les choses allaient bien entre lui et Melody pendant un moment, mais ce n'était définitivement plus le cas maintenant.

—Comment fais-tu pour continuer ? lui ai-je demandé,

me le demandant vraiment. Je n'étais pas assez naïf pour penser que les relations étaient faciles. Quelques semaines avec Blake m'avaient suffi pour comprendre que quelque chose de durable avec elle allait être un défi constant. Surtout pour la convaincre que j'étais sincère quand je lui disais que je la trouvais belle ou que je la désirais. Je ne pouvais même pas imaginer à quel point ce serait difficile de la convaincre que je l'aimais.

Il a souri et m'a tapé sur l'épaule. —L'amour, mec. C'est peut-être gnangnan ou je ne sais quoi, mais je l'aime. C'est elle et personne d'autre. Si elle veut vraiment un enfant, je vais probablement céder. Je vais détester chaque putain de seconde et avoir peur pour le reste de ma vie, mais je l'aurai, alors je ferai avec.

J'ai inspiré profondément et j'ai regardé Blake à nouveau. Elle peignait toujours, perdue dans son propre monde tandis que le reste de la ville existait autour d'elle. Ma poitrine me faisait mal quand je pensais à perdre Blake. La voir partir et ne jamais revenir. Je ne pensais pas pouvoir le supporter. Nous étions ensemble depuis seulement quelques semaines, mais ne pas être avec elle dépassait ma compréhension.

—Les choses se passent bien ? a demandé Ramsey, faisant un signe de tête vers Blake.

J'ai hoché la tête. —Oui, ça va. Elle a beaucoup de choses à gérer avec le travail, mais j'essaie d'être là quand elle ne travaille pas.

—Ou quand elle travaille, a-t-il dit en riant.

J'ai ri. —C'est vrai. Merci encore de m'avoir aidé à déplacer le canapé.

Il a hoché la tête et a soutenu mon regard un instant. —Tu vas me dire ce qui est arrivé au canapé ?

J'y ai réfléchi. Quand je lui avais demandé de me retrouver chez elle, je savais qu'il voudrait savoir. Je savais aussi que si je lui disais que je ne pouvais pas en parler, il n'insisterait pas. Il n'avait pas posé de questions pendant qu'on essayait de ne pas vomir sur le canapé qui sentait le vomi, mais je n'étais pas surpris qu'il me le demande après coup.

—Une des nombreuses choses que Blake doit gérer.

Ramsey a hoché la tête et n'a rien demandé d'autre à ce sujet.

Nous sommes restés assis à observer la ville pendant un moment, laissant le silence entre nous être confortable. Après quelques minutes, Ramsey m'a tapé sur la jambe et s'est levé.

—Je dois y aller. Si je reste ici plus longtemps, je vais m'endormir. À bientôt.

J'ai hoché la tête et lui ai fait un signe de la main alors qu'il s'éloignait. Son affaissement d'épaules me dérangeait, mais tant que les choses ne seraient pas revenues à la normale avec Melody, cet affaissement allait persister.

J'étais tellement concentré sur Ramsey que je n'ai pas remarqué Blake avant qu'elle ne soit juste devant moi. J'ai sauté sur mes pieds.

—Hé. Tu as fini ?

Elle a secoué la tête. —Pas encore. Tu n'es pas obligé de traîner ici toute la journée. Tu peux partir avec Ramsey ou autre.

J'ai souri et l'ai embrassée doucement. —Je ne veux aller nulle part ailleurs.

Elle m'a rendu mon sourire. Son regard a suivi Ramsey, puis son sourire s'est estompé. —Comment ça va entre lui et Melody ?

—Pas génial, ai-je admis. Finley et Melody ne s'entendaient jamais vraiment bien, mais je n'étais pas sûr de ce que Blake pensait d'elle. —Elle veut essayer d'avoir des enfants à nouveau.

Blake a inspiré brusquement. —Wow. Je ne suis pas amie

avec eux, mais même moi, j'ai pu voir à quel point c'était difficile. Je ne pense pas que j'aurais assez de courage pour réessayer si j'étais à leur place. Bien sûr, ça voudrait dire que j'aurais dû essayer en premier lieu.

J'étais plus que surpris. —Tu ne veux pas d'enfants ?

Elle a haussé les épaules. —Pas vraiment. Peut-être un jour, mais il faudrait que je trouve quelqu'un... Elle a pressé ses lèvres.

—Quelqu'un quoi ? l'ai-je incitée.

Elle a souri et m'a regardé. —La bonne personne. Je ne me suis jamais vraiment autorisée à y penser. Avec William, une partie de moi a toujours su que nous ne serions pas ensemble pour toujours. Je tenais à lui, et je voulais l'aimer, mais les choses avec lui étaient faciles. Il ne posait jamais de questions sur le fait que je ne le laissais pas rester chez moi parce qu'il ne le voulait pas. Il n'insistait pas pour être plus impliqué dans ma vie, et je n'insistais pas pour être impliquée dans la sienne. Nous avons juste coexisté pendant des années, et je ne cherche pas autre chose. Surtout pas quelque chose comme ce que j'avais avec lui.

—Que cherches-tu ? ai-je demandé, le souffle coupé. Je voulais qu'elle me sourie et dise qu'elle me cherchait moi. Que ce que nous avions était ce qu'elle avait toujours voulu. Mais au lieu de ça, elle a haussé les épaules.

—Je ne sais pas. Je suppose quelqu'un qui me surprendra. Qui me fera vouloir de nouvelles choses. Qui m'aimera. Elle m'a regardé comme si elle avait oublié que j'étais là et a souri. —Je sais que tu ne comprends pas, mais une grande partie de moi espère toujours que l'amour existe, et que peut-être il pourrait être là pour moi.

—Pourquoi penses-tu que je ne comprends pas ça ? ai-je demandé.

Elle a ri. —Parce que ce n'est pas qui tu es, Ian. Ne t'inquiète pas. Je n'ai aucune illusion que je vais te piéger dans quelque chose à long terme. Je m'amuse bien, mais je te promets que je te laisserai partir quand nous aurons terminé. Je ne vais pas t'enfermer avec une fausse grossesse ou autre.

—Ou une vraie, ai-je plaisanté, sachant que je devais dire quelque chose ou je vomirais.

Blake a ri et frissonné. —Mon Dieu, j'espère que non.

J'ai souri avec elle, mais à l'intérieur, je voulais hurler. Je lui avais dit encore et encore à quel point je la voulais. Que je n'irai nulle part. Mais elle était toujours convaincue que nous étions sur une horloge. Elle attendait qu'elle tombe en panne.

Blake a ri à nouveau, puis a tapoté ma poitrine. —D'accord, je dois retourner travailler. Si tu as quelque chose à faire, ne t'inquiète pas de traîner ici toute la journée.

J'ai hoché la tête mais n'ai rien pu dire. Elle ne s'est pas penchée pour m'embrasser ou me toucher ou quoi que ce soit avant de s'éloigner, vérifiant la rue avant de traverser et de remonter sur son échafaudage.

Je me suis rassis et j'ai essayé de comprendre ce que j'allais faire. Et dire que j'avais pitié de Ramsey. Au moins, il pouvait rentrer chez lui et dire à la femme qu'il aimait ce qu'il ressentait. Je ne pouvais pas faire ça. Je ne pouvais pas prononcer ces mots.

Je suis resté là le reste de la journée et quand Blake a eu fini, elle a dû rentrer chez elle pour se doucher avant sa soirée entre filles. J'avais envie de la voir, mais j'étais reconnaissant pour ce répit. Je n'étais pas sûr de pouvoir passer une autre nuit avec elle sans lui dire ce que je ressentais.

J'ai passé les jours suivants à travailler comme un fou pour finir *True Love*. Quand Robert est apparu à la première heure mercredi matin, j'ai réalisé que je n'avais pas parlé à Blake depuis dimanche.

—Eh bien, bon sang, a dit Robert en entrant dans mon atelier. —C'est une beauté.

J'ai hoché la tête parce qu'elle l'était. Le bateau était

magnifique avec une petite cabine et suffisamment de sièges pour au moins six personnes sur le pont. Robert voulait quelque chose qui avait une sensation luxueuse, donc en plus des sièges et de la cabine, le bateau avait un design élégant et étroit et une peinture personnalisée qui cachait le magnifique teck que j'avais utilisé pour son bateau. Je ne comprenais pas pourquoi il voulait un bateau en bois s'il allait cacher le fait qu'il était en bois, mais le client avait toujours raison.

—C'est exactement comme nous en avons parlé. La cabine a un lit à l'arrière et une petite cuisine. Il y a une table en bas. Et bien sûr, sur le pont, vous pouvez asseoir six personnes. Je pense que c'est parfait pour vous.

Robert m'a lancé un regard qui promettait qu'il trouverait quelque chose qui n'allait pas. Il a chipé sur la couleur des rayures des sièges bien qu'il l'ait choisie. Il a fait remarquer l'ouverture étroite de la cabine. Il a même dit que la peinture du bateau était légèrement différente.

Il avait spécifiquement choisi tout, jusqu'au design exact, même si je lui avais dit que l'entrée de la cabine était étroite à cause du design du bateau, mais il avait insisté dessus. J'étais vraiment heureux d'en avoir fini avec lui.

Je l'ai écouté se plaindre pendant presque trente minutes, mais quand il m'a remis le solde qu'il me devait et que je lui ai donné les clés en échange et l'ai aidé à attacher la remorque, j'ai finalement souri.

La première chose que je voulais faire était d'appeler Blake. L'emmener sortir. Célébrer. La voir. L'aimer.

Je me suis dit de prendre du recul, mais prendre du recul ne me mènerait nulle part. Pas avec Blake. Elle devait savoir que j'étais là et que je n'irai nulle part.

J'ai finalement envoyé un texto lui demandant ce qu'elle faisait plus tard.

Shopping de canapé.

Tu veux de la compagnie ?

MDR ! Pourquoi voudrais-tu faire du shopping avec moi ?

Parce que je ne t'ai pas vue. J'espérais t'emmener sortir ce soir.

Désolée. J'ai vraiment besoin d'un nouveau canapé et c'est ma seule soirée de libre cette semaine.

Où vas-tu ?

En ville. Si je dois aller en centre-ville, j'irai ce week-end.

J'ai un pick-up. Si tu trouves quelque chose, on peut le ramener. Laisse-moi venir.

D'accord.

Dîner avant ou après ?

Définitivement avant.

On se voit à 18h ?

Je serai prête.

J'ai souri et j'ai enfin respiré profondément. Elle ne m'avait pas repoussé. Le shopping de canapé n'était pas ce que j'avais en tête, mais peut-être que si elle en trouvait un qui lui plaisait, on pourrait l'inaugurer.

J'avais beaucoup de travail à faire le reste de la journée, mais mon esprit s'attardait sur Blake tout le temps. Je n'aimais pas passer plus d'une journée sans la voir. Même quand elle était avec Willie, je faisais toujours en sorte de la voir. En apparaissant au petit-déjeuner de temps en temps ou en la croisant en ville. Non pas que je la traquais, mais j'avais l'impression de mieux respirer quand Blake était dans ma vie.

J'étais chez elle juste avant dix-huit heures, mais je n'ai pas eu le temps de sortir de mon pick-up avant qu'elle ne se précipite hors de sa porte.

—J'allais venir te chercher, ai-je dit une fois qu'elle est montée dans mon pick-up. Elle portait un jean et un t-shirt noir. Ses cheveux étaient attachés en une queue de cheval lâche, dévoilant son cou. Je me suis penché et l'ai embrassée, m'attardant sur son cou juste une minute jusqu'à ce qu'elle se tortille.

—Ça fait du bien, a-t-elle dit d'une voix rauque.

—Alors reviens ici que je puisse recommencer.

Elle a ri quand je me suis penché et m'a repoussé. —Tu es vilain. Mais allez. L'endroit que je veux vraiment voir ferme à dix-neuf heures.

—On devrait probablement y aller avant de manger alors.

Elle a hoché la tête. —Oui, je pense aussi. Ça te va ?

J'ai mis le pick-up en marche et j'ai reculé dans son allée. —Bien sûr. Ce que tu veux faire.

J'ai tourné vers le sud en direction du premier magasin que Blake voulait voir. La vie dans une petite ville signifiait que la plupart des gens fermaient tôt. Blake avait deux autres endroits sur sa liste à vérifier, mais elle semblait espérer que le premier endroit serait le jackpot.

Nous nous sommes garés et sommes entrés. J'ai suivi Blake dans le magasin, souriant quand elle passait ses mains sur certains tissus et frottait ses doigts ensemble pour effacer la sensation. J'ai finalement demandé ce qu'elle cherchait, et elle a soupiré.

—Je ne sais pas. C'est une partie du problème. J'ai eu ce canapé pendant des années, et je l'aimais. Je n'avais pas prévu d'en acheter un nouveau avant un moment, alors faire ça me stresse.

—Tu veux quelque chose comme ce que tu avais ? ai-je demandé, espérant l'aider à réduire les options.

Elle a hoché la tête puis haussé les épaules. —Peut-être. J'adorais ce canapé, mais je l'aimais parce que je l'avais acheté avec mon propre argent. Ce n'était pas quelque chose que j'avais reçu de quelqu'un, c'était un tout nouveau canapé que j'avais acheté pour moi-même.

—Eh bien, tu en achètes un autre. Tu peux aimer celui-ci tout autant.

Elle a hoché la tête et a continué sa recherche. Nous avons erré pendant près d'une heure avant qu'elle n'abandonne et décide d'essayer ailleurs.

Le deuxième magasin a été tout aussi infructueux que le premier. Elle était clairement de plus en plus frustrée, et j'ai pensé que le dîner était plus important que de trouver un canapé. Nous nous sommes arrêtés à un sandwich, bien qu'elle ait essayé de me convaincre d'aller dans un magasin de plus. J'entendais son estomac gargouiller et je savais que c'était pour le mieux.

—Je ne t'aime vraiment pas parfois, a-t-elle grommelé.

J'ai souri et poussé son sandwich vers sa bouche. —Mange. Tu m'aimeras mieux quand tu ne seras plus affamée.

Elle a essayé de me lancer un regard noir, mais elle a mangé. Je suis resté silencieux pendant quelques minutes, laissant la nourriture faire effet. Quand elle a finalement soupiré et fermé les yeux, j'ai su qu'elle se sentait mieux.

—Désolée.

J'ai souri. —Pas besoin. Tu te sens mieux ?

Elle a haussé les épaules. —Toute cette histoire me met juste en colère. Je ne veux pas chercher un canapé parce que je veux mon ancien canapé. Je ne devrais pas dépenser mon argent pour un canapé alors que j'en avais un parfaitement bien jusqu'à ce que ma mère décide de le ruiner. Je suis juste furieuse, tu sais ?

J'ai hoché la tête parce qu'il n'y avait rien que je puisse dire. Je ressentais la même chose qu'elle. Ce n'était pas juste, et ce n'était pas correct. Elle avait tout à fait le droit d'être en colère contre sa mère, et Nadine devrait être celle qui débourse l'argent pour le nouveau canapé de Blake, pas Blake. Mais je devais être l'ami compréhensif qui voulait écouter, pas le gars qui devait résoudre tous ses problèmes.

Ouais, j'écoutais parfois.

—J'aimais vraiment ce canapé.

J'ai acquiescé. Moi aussi, je l'aimais. J'avais passé de nombreuses nuits assis sur ce canapé à regarder des films avec elle, et récemment, à l'embrasser. J'avais beaucoup de souvenirs de Blake sur ce canapé. Elle s'était endormie sur mon épaule une fois, et je l'avais tenue pendant des heures. Quand elle s'est réveillée, elle était désorientée et si sexy que j'ai failli lui dire de quitter Willie sur-le-champ et d'être à moi.

—Je ne peux pas continuer à la laisser faire ça.

—Qu'est-ce que tu vas faire ? ai-je demandé, espérant que c'était correct de demander.

Elle a haussé les épaules et fini son sandwich. —Je ne sais pas. Je sais juste que ça dure depuis assez longtemps.

J'ai acquiescé en accord.

Blake était trop fatiguée pour aller voir le dernier endroit. Elle n'aurait pas eu beaucoup de temps là-bas de toute façon, donc elle a choisi de le sauter. J'ai proposé d'y aller avec elle le week-end pour faire du shopping, et elle a dit qu'elle aimerait ça.

J'ai tenu sa main sur le chemin vers chez elle. J'avais vraiment l'impression que nous construisions quelque chose. J'ai presque dit qu'elle était ma petite amie au magasin de canapés, et au moment où nous nous sommes arrêtés devant chez elle, je m'étais convaincu qu'elle n'aurait peut-être pas été contrariée si je l'avais fait.

Puis nous sommes sortis du pick-up et avons remarqué qu'elle avait un visiteur.

20

BLAKE

—*M*aman ? Qu'est-ce que tu fais ici ? ai-je demandé. Elle ne s'appuyait pas contre le poteau, mais ça ne voulait pas dire qu'elle n'était pas ivre. D'habitude, elle ne se saoûlait pas en semaine, mais il n'y avait aucune garantie non plus. Généralement, elle ne vomissait pas sur mon canapé, alors je ne savais plus à quoi m'attendre avec ma mère.

—Je voulais te parler. Bonjour, Ian. Comment vas-tu ?

—Je vais bien, Mme Dewitt. Et vous ?

Elle lui a souri et a remarqué son bras autour de ma taille. Je m'étais tellement habituée aux contacts d'Ian que je ne m'en étais même pas rendu compte jusqu'à ce que ma mère le remarque. J'ai pensé à m'éloigner de lui, mais son contact m'apportait du réconfort. Il ne reculait pas devant ma mère ou les aspects compliqués de ma vie. Il se tenait fermement à mes côtés.

—Je vais mieux que la dernière fois qu'on s'est vus. Je suis désolée pour la façon dont je t'ai parlé. J'ai dépassé les bornes.

Il a hoché la tête et je me suis demandé ce qui s'était passé entre eux. « Avec tout mon respect, ce n'est pas à moi que vous devez des excuses. »

Elle a soutenu son regard pendant une seconde puis a acquiescé avant de me regarder. « Il a raison, et c'est pour ça que je suis là. »

Ce qu'ils venaient de se dire a finalement fait tilt dans ma tête. Ian lui reprochait de l'avoir dragué et de m'avoir dit que je devrais coucher avec lui la première nuit où il était venu. J'avais presque oublié cette humiliation. Presque.

—Maman, tu n'as pas besoin de dire quoi que ce soit.

—Pourquoi ne pas l'écouter quand même, a suggéré Ian. Je vais vous préparer du thé. Ou je peux partir si tu préfères.

Il a haussé les sourcils, me laissant décider. S'il voulait qu'il reste, il était prêt à rester. Sinon, il partirait.

Je lui ai souri. « Merci, mais on peut gérer ça toutes les deux. J'apprécie vraiment ton aide ce soir. »

Il a acquiescé et m'a embrassée sur le front. « Bonne nuit, Mme Dewitt. »

—Bonne nuit, Ian.

Nous l'avons toutes les deux regardé jusqu'à ce qu'il sorte de mon allée en marche arrière et s'éloigne. Ce n'est qu'une fois le grondement de son pick-up disparu que je me suis retournée vers ma mère pour l'inviter à entrer.

—Ce serait gentil.

J'ai déverrouillé la porte et j'ai failli rire quand j'ai réalisé que la dernière fois que ma mère était entrée chez moi par ses propres moyens, c'était quand j'avais emménagé. J'ai refermé la porte derrière nous et je me suis retournée pour la trouver en train de se ronger l'ongle en regardant mon salon vide.

—Je croyais que c'était un rêve, a-t-elle dit doucement. Puis quelqu'un m'a demandé pourquoi tu te débarrassais de ton canapé. Ils ont vu Ian et Ramsey le sortir d'ici.

J'ai haussé les épaules. « J'ai essayé de le nettoyer, mais je n'arrivais pas à faire partir l'odeur. »

—Je vais t'acheter un nouveau canapé, a dit ma mère.

J'ai secoué la tête. Je n'étais pas intéressée par ses promesses en l'air ni par ses faibles excuses. J'en avais assez entendu au fil des ans. « Qu'est-ce que tu veux, maman ? »

Elle a regardé autour d'elle, incertaine. Ses cheveux bruns, de la même teinte que les miens mais avec des reflets auburn, semblaient plus lumineux que d'habitude. Sa robe était soignée et modeste, descendant presque jusqu'aux mollets. La couleur bleu vif et la forme ajustée de la robe mettaient en valeur sa silhouette élancée. Pour une femme qui pourrait facilement prendre sa retraite dans la prochaine décennie, elle aurait pu passer pour ma sœur plutôt que pour ses cinquante-quatre ans.

—Peut-on s'asseoir ? a-t-elle finalement demandé.

J'ai ricané. « Où ça ? »

—Que dirais-tu de ta cuisine ?

J'ai soupiré et tendu la main pour qu'elle passe devant moi. Elle a souri et s'est dirigée directement vers le placard où je gardais le thé.

—Ian a mentionné du thé, et maintenant j'en veux. Ça te dérange ?

J'ai fait non de la tête.

Maman s'est affairée avec le thé, remplissant la bouilloire et prenant deux tasses. Elle a sélectionné deux sachets et attendu que l'eau bouille.

Une fois le thé en train d'infuser, elle m'a finalement fait face, apportant les tasses à la table où j'étais assise. « J'ai toujours pensé qu'Ian était un gentil garçon. »

J'ai pouffé. Elle l'avait clairement montré la nuit où elle l'avait dragué et m'avait dit que je devrais coucher avec lui.

—Je sais. J'ai été horrible ce soir-là. J'essaie, Blake.

—Ouais, mais je ne sais pas ce que tu essaies de faire,

maman. Tu débarques sur le pas de ma porte presque tous les week-ends, complètement bourrée et incapable de tenir debout. Maintenant, tu ruines mon canapé et tu viens en semaine. Qu'est-ce que tu veux ?

—Je veux m'excuser. Je suis désolée, Blake.

J'ai inspiré profondément. J'avais attendu ces mots pendant des années, mais je n'étais pas sûre qu'elle les dise assez tôt.

—Je sais que j'ai beaucoup de choses pour lesquelles m'excuser. Des années et des années à profiter de toi. À te laisser nettoyer derrière moi et prendre soin de moi alors que j'aurais dû prendre soin de toi. Je déteste l'admettre, mais jusqu'à ce que je réalise que j'avais vomi sur ton canapé, je ne savais pas à quel point mon alcoolisme était grave.

—Vraiment ? ai-je demandé, ayant du mal à y croire. Tu t'attends vraiment à ce que je croie ça ?

Elle a levé les yeux vers moi. Ses yeux noisette semblaient plus ambrés quand elle était émotive, mais sombres et presque vides quand elle était ivre. Des yeux ambrés me regardaient, me suppliant de la croire.

—Je voulais me lâcher. Je voulais profiter de la vie. Mais je ne savais pas que j'étais alcoolique. Je pensais pouvoir gérer. J'ai arrêté de boire par moments...

—Ouais, quand tu te perdais dans un homme, ai-je dit.

Elle a arrêté de parler, la bouche ouverte de stupeur. « Tu sais, Blake, tu te comportes comme une garce. »

J'ai ri. « Ah bon ? Eh bien, je viens de passer mon seul soir de congé cette semaine à chercher un canapé parce que tu es alcoolique et que je n'ai nulle part où m'asseoir pour regarder la télévision. »

Elle a baissé le menton et fermé les yeux. « Je suis désolée, Blake. Je le suis vraiment. Et je te dois plus que de simples excuses, mais je mérite un peu de respect de ta part. »

—Maman, je suis désolée, mais j'ai perdu pratiquement

tout mon respect pour toi il y a longtemps. Quand je vivais avec toi, je priais pour que tu t'impliques avec quelqu'un pour que je n'aie pas à nettoyer après toi tout le week-end. Mais ça signifiait toujours t'entendre avoir des relations sexuelles tout le week-end. Dis-moi en quoi c'était bien pour quelqu'un de vingt-deux ans ? Sans même parler de ce que c'était quand j'avais seulement seize ans. Et quinze ans plus tard, dis-moi pourquoi je devrais encore être patiente avec toi.

—L'alcoolisme est une maladie, a-t-elle argumenté.

J'ai secoué la tête. « Je le sais, maman. Et je comprends. Ce n'est pas quelque chose que tu peux contrôler. C'est quelque chose contre lequel tu dois lutter. Mais je suis toujours en colère. Je suis toujours blessée. Tu viens de me dire que tu ne pensais pas être alcoolique parce que tu pouvais arrêter de boire pour les hommes avec qui tu étais. Mais tu ne pouvais pas arrêter de boire pour moi. Ton unique enfant. Je n'étais pas assez importante. Alors pardonne-moi de ne pas organiser une fête et de ne pas te féliciter d'être sobre ou de reconnaître que tu as un problème ou quoi que ce soit que tu sois venue me dire alors que je n'ai jamais été assez importante auparavant. »

Je l'ai fusillée du regard, ma poitrine se soulevant de colère, de déception et de frustration. Elle ne me regardait pas, se contentant de fixer sa tasse de thé, jusqu'à ce qu'une larme solitaire coule sur sa joue. Elle n'a pas fait un geste pour l'essuyer, la laissant juste glisser lentement.

Il y avait une partie de moi qui voulait s'excuser. Lui dire que je ne le pensais pas et que j'étais désolée. Tout reprendre. Mais cela ne nous ferait aucun bien à toutes les deux. Elle devait savoir à quel point j'étais blessée, et elle devait savoir que je ne serais plus son souffre-douleur.

—Tu as raison, Blake. Et je ne te blâme pas. Elle s'est levée et a versé son thé dans l'évier. Quand elle s'est retournée vers moi, d'autres larmes brillaient dans ses yeux. « Je ne vais pas te retenir plus longtemps. Je voulais juste te dire que j'essaie d'aller mieux. Je sais que j'ai un problème, et je cherche de l'aide. Ce n'est pas juste de te demander plus d'aide, alors je ne le ferai pas. Mais j'essaie, Blake. J'espère qu'on pourra commencer à réparer notre relation. J'aimerais vraiment ça. »

Je n'ai pas pu répondre, et elle n'a pas attendu que je le fasse.

Elle est allée jusqu'à l'entrée de ma cuisine et s'est arrêtée. « Fais-moi savoir combien coûte ton canapé quand tu en trouveras un qui te plaît. Je le paierai, Blake. C'est le minimum que je puisse faire. »

J'ai acquiescé, et elle est partie. Je suis restée assise à ma table jusqu'à ce que la porte d'entrée s'ouvre et se referme, et jusqu'à ce que mon thé refroidisse. Puis je me suis levée, j'ai mis les tasses dans le lave-vaisselle et je suis allée me coucher.

JE ME SUIS RÉVEILLÉE avec un message d'Ian me demandant comment les choses s'étaient passées avec ma mère. C'était de tard la veille. J'ai pensé à répondre, mais je ne voulais pas le réveiller.

Je me suis habillée et suis allée travailler, me laissant emporter par l'agitation quotidienne. Quand mon service s'est terminé, j'ai pris un déjeuner puis j'ai grimpé sur l'échafaudage pour travailler sur la fresque. Il me restait un peu plus d'une semaine pour la terminer, et j'adorais ça, mais même cela ne m'apportait pas la même joie que d'habitude.

Quand j'ai eu fini, j'étais épuisée. J'ai rangé et je suis rentrée chez moi, ayant besoin de nourriture et de mon lit. Mais d'abord, une douche.

J'étais en pyjama et je fixais l'intérieur de mon frigo quand mon téléphone a sonné pour m'indiquer un message.

Comment vas-tu ?

J'ai souri.

Ça va. J'essaie encore de digérer tout ça.

Tu as faim ?

Oui, mais je reste à la maison ce soir.
Épuisée.

J'ai une pizza.

Je pourrais t'aimer pour ça.

MDR. Je connais ce sentiment, bébé. Je suis
à ta porte.

J'ai ri et fermé le frigo. Ian était effectivement devant ma porte, tenant une grande pizza qui sentait divinement bon.

—Salut, a-t-il dit doucement, volant un baiser en passant. Je t'ai aussi apporté de la bière.

—Merci, ai-je dit, me sentant plus touchée que je ne l'aurais dû.

Ian s'est dirigé directement vers la cuisine et a posé la pizza sur le comptoir. Il a mis la bière dans mon frigo et en a sorti une pour moi, l'ouvrant avant de me la tendre. Il est allé au placard et a pris des assiettes, sachant où tout se trouvait sans que j'aie besoin de dire quoi que ce soit.

Je me suis assise à la table, le regardant évoluer dans ma cuisine de la même façon que j'avais regardé ma mère la veille. Au lieu de ressentir du ressentiment face à sa présence comme je l'avais fait avec elle, j'étais heureuse qu'il soit là. Elle aussi connaissait ma cuisine, mais de façon maladroite puisqu'elle ressemblait à la sienne et était disposée de la même manière. Ian n'hésitait pas ou ne réfléchissait pas à l'emplacement des choses, il savait simplement. Il était venu ici. Il avait passé du temps avec moi. Il avait été attentif. Il était là pour moi d'une manière que ma mère ne l'avait jamais été.

Tout d'un coup, tout ce que j'avais essayé d'enfouir pendant vingt-quatre heures est remonté à la surface. Un homme avec qui je couchais prenait mieux soin de moi que ma propre mère. Elle se pointait avec des excuses plates, et lui arrivait avec une pizza. Elle vomissait sur mon canapé, et il m'emmenait en acheter un nouveau, après s'être débarrassé de l'ancien pour que je n'aie pas à le faire. Rien n'était comme ça aurait dû être.

Un sanglot a déchiré ma poitrine et a résonné dans la cuisine. Ian s'est retourné d'un coup, son visage exprimant peur et inquiétude. Il était devant moi, à genoux sur le sol, en moins d'une seconde.

—Blake, qu'est-ce qui ne va pas, ma chérie ? Ça va ?

J'ai secoué la tête et pleuré. Je ne pouvais rien dire, je sanglotais juste, essayant de prendre une profonde inspiration qui ne parvenait pas à gonfler mes poumons.

Ian est simplement resté là, me frottant le dos et m'attirant dans ses bras. Après une minute, il m'a tirée de la chaise sur ses genoux et m'a bercée jusqu'à ce que mes larmes ralentissent et que je puisse enfin respirer à nouveau.

Ian m'a embrassée sur le côté de la tête et m'a serrée plus fort. Il n'a rien dit, m'a juste laissée rester là.

Quand je me suis écartée d'Ian, il m'a laissée partir. Il a attendu que je me lève, puis s'est relevé juste à côté de moi. Il a relevé mon menton et m'a embrassée doucement. Il voulait que ce baiser soit réconfortant, doux. Avec tout ce que je ressentais, c'était une bouée de sauvetage. Une connexion avec quelqu'un. C'était tout à cet instant, et j'avais besoin de lui.

J'ai poussé ma langue dans sa bouche, forçant ses lèvres à

s'ouvrir. Il n'a pas mis longtemps à arrêter de me résister et à céder. Et quand il l'a fait, il m'a coupé le souffle.

Il m'a poussée en arrière jusqu'à ce que je heurte le bord du comptoir. Tout mon souffle s'est échappé, et Ian était là, me remplissant de lui-même à la place. Il a incliné la tête et pris le contrôle de notre baiser, plongeant sa langue dans ma bouche jusqu'à ce que je gémisse et le griffe pour en avoir plus.

Sans un mot, Ian m'a soulevée. Il m'a posée sur le bord du comptoir et s'est installé entre mes cuisses. Il était dur contre la chaleur de mon intimité, et je n'en pouvais plus d'attendre de le sentir en moi. J'ai tiré sur sa chemise jusqu'à ce qu'il la saisisse par derrière et l'arrache, la jetant derrière lui avant de plonger à nouveau pour m'embrasser.

J'avais l'impression de ne jamais pouvoir être assez proche de lui. De ne jamais en avoir assez de lui. Je l'ai attiré plus près à chaque seconde de notre baiser et j'ai gémi de frustration de ne pas pouvoir simplement me glisser à l'intérieur d'Ian et qu'il me garde en sécurité.

Il a glissé sa main sous mon t-shirt et a baissé les bonnets de mon soutien-gorge. Ses pouces ont effleuré mes tétons, et j'ai gémi. Il s'est détaché de notre baiser et a remplacé ses pouces par ses lèvres. Je l'ai maintenu en place et me suis penchée en arrière, le laissant aimer mon corps.

Il a goûté et taquiné mes tétons jusqu'à ce que je ne puisse plus me contenter de ça. J'avais besoin de le sentir en moi, et je le lui ai dit.

Il n'a rien dit, s'est juste reculé suffisamment pour me soulever et m'a embrassée tandis qu'il me portait à travers la maison jusqu'à ma chambre. Il a allumé les lumières et m'a déshabillée, puis s'est occupé de ses propres vêtements.

Je l'ai contemplé, m'émerveillant pour la millième fois qu'un homme comme lui puisse s'intéresser à moi. Il était dur là où j'étais douce. Ses muscles se contractaient à chacun de ses mouvements là où mes bourrelets flottaient. Mais le regard dans nos yeux était le même. Besoin. Désir. Passion. Toutes ces choses qui avaient manqué à ma vie avant Ian.

Il a écarté largement mes cuisses et a passé un doigt sur moi. J'ai frémi à son contact et haletai quand il a enfoncé son doigt en moi. Ian a gémi, mais il n'a pas parlé. Son regard a parcouru mon corps, s'attardant sur mon visage chaque fois qu'il poussait en moi. J'ai soutenu son regard, ayant besoin de le voir alors que je me défaisais sous sa main. Ses caresses sont devenues plus rapides et plus profondes, et quand il a passé son pouce sur mon clitoris, je n'ai pas pu me retenir et j'ai explosé pour lui, criant son nom.

Il ne m'a pas laissée redescendre avant de me pousser vers un autre sommet encore plus haut. Encore et encore, il a insisté jusqu'à ce que tout ce que je puisse faire soit de le supplier de me baiser. J'en avais besoin. J'avais besoin de lui.

Il s'est gainé pendant que je le regardais. Je ne pouvais pas bouger ou même parler. Il m'avait épuisée, mais je n'en avais pas fini. Je devais l'avoir.

Il a soutenu mon regard en s'enfonçant en moi. Une étincelle a brillé dans ses yeux, et il les a fermés une fois qu'il était complètement en moi. J'ai glissé ma cuisse sur sa hanche et souri quand il a passé sa main sur ma peau. Chaque fois que j'étais avec Ian, c'était comme une expérience corporelle totale. Il me touchait partout à la fois et me donnait l'impression qu'il m'entourait.

J'étais prête pour quelque chose de rapide et dur, mais les coups d'Ian étaient lents et profonds. J'ai gémi de frustration, mais il n'a pas changé. Il m'a juste tenue et observée. Ses yeux brillaient de passion, mais il y avait autre chose. Quelque chose de plus profond. J'ai tendu la main et touché son visage, et il a soupiré comme si c'était ce dont il avait besoin. Il a incliné la tête pour emprisonner ma main entre sa joue et son épaule, et l'a maintenue là pendant une minute.

Nous ne faisions pas du sexe. Nous ne baisions pas. Nous faisions l'amour. Je voulais quelque chose de rapide, passionné et sans effort, mais comme pour tout le reste qu'Ian avait fait, il me montrait qu'il tenait à moi. Et comme pour tout le reste, il me prouvait que je n'avais jamais été vraiment aimée. Pas comme il le faisait. Ian se surpassait en tout. Que ce soit en passant la journée avec moi, en faisant l'amour ou en apportant une pizza quand il savait que j'avais passé une mauvaise journée, Ian me montrait ce que signifiait vraiment avoir quelqu'un dans sa vie sur qui on pouvait compter.

Toute cette émotion que j'avais enfouie quand il m'avait embrassée est revenue à la surface. Ian ne m'appartenait pas pour toujours. Je le savais de la même façon que je savais que je ne pourrais jamais me remettre de cette relation avec lui. Ian n'était pas le genre de gars qui s'attachait, mais il était définitivement le genre de gars qui laissait des cœurs brisés derrière lui. Il n'y avait aucune chance que chaque femme avec qui il avait été ne soit pas tombée amoureuse de lui. Pas s'il était ne serait-ce que la moitié aussi attentionné et doux avec elles.

Quant à moi, si je croyais pouvoir trouver l'amour, j'aurais admis qu'être avec Ian était ce à quoi l'amour devrait ressembler. Réconfortant, passionné, et comme si tout allait bien se passer simplement parce qu'on n'était pas seul.

Les coups profonds d'Ian m'ont fait basculer soudainement, sans avertissement que j'allais tomber. Il m'a suivie, tremblant à l'intérieur et tout autour de moi pendant qu'il jouissait. Et quand il a posé son poids sur moi, je me suis demandé comment j'allais pouvoir un jour passer à autre chose après Ian Jameson.

21

Ian et moi avons partagé une pizza froide au lit. Nous avons allumé la télé et nous sommes perdus dans l'émission. Nous avons à peine parlé, mais quand il s'est installé sous mes couvertures avec son bras autour de moi, tous les deux nus, je n'ai pas protesté.

Sa respiration n'a pas tardé à s'approfondir et son bras est devenu plus lourd sur moi. Je suis restée allongée, fixant la chambre obscurcie. Je n'avais jamais imaginé être avec un garçon comme Ian. Certes, je l'avais toujours trouvé magnifique, mais me laisser m'attacher à lui ne ferait que me conduire à la souffrance. Il n'allait pas rester éternellement. Je voulais croire que je pourrais être différente, mais pour moi, « pour toujours » n'a jamais fonctionné. Mon père est parti bien avant ma naissance. Ma mère était plus préoccupée par elle-même que par moi. Chaque petit ami que j'avais eu m'avait dit que nous n'étions simplement pas faits l'un pour l'autre. Qu'ils n'avaient pas l'impression que je m'investissais.

Tout revenait à moi. J'étais le fil conducteur. J'étais ce qui les amenait tous à ne pas vouloir de moi dans leur vie. Ce ne serait pas long avant qu'Ian me dise la même chose que tous les autres.

J'ai été agitée toute la nuit, essayant de comprendre ce que j'allais faire. Je m'attachais trop à Ian, je le savais, et si je restais avec lui encore plus longtemps, ce serait encore pire quand nous romprions.

Le lendemain matin, j'étais levée et partie avant qu'Ian ne se réveille. J'ai passé la journée dans un état second, épuisée par le manque de sommeil et perdue dans mes propres pensées. Quand je suis rentrée ce soir-là, je me suis effondrée dans mon lit et j'ai dormi jusqu'à ce que mon réveil sonne le lendemain matin.

J'ai passé le reste de la semaine à éviter Ian et à penser à ma mère. Je voulais l'aider, si je le pouvais, mais je n'étais pas sûre de savoir comment. Et Ian... je n'étais pas sûre de la façon dont j'allais lâcher ce que nous avions, mais je savais que je devais le faire.

J'ai attendu vendredi et samedi soir que ma mère se présente à ma porte, mais elle ne l'a pas fait. Pas de sonnette qui retentit. Pas de coups à la porte. Pas de messages disant qu'elle avait besoin d'entrer. Rien.

Dimanche matin, j'ai pris deux cafés et je suis allée la voir. Elle a été surprise et un peu sceptique quand elle a ouvert la porte et m'a vue.

— Blake. Bonjour. Que fais-tu ici ? Je veux dire, comment vas-tu ? Entre.

Elle a reculé et m'a laissée entrer. Son sourire était hésitant alors qu'elle m'a conduite à la cuisine et m'a fait signe de m'asseoir.

— Je t'ai apporté un café.

Elle l'a pris et a souri à nouveau.

— Merci. J'apprécie.

J'ai bu une gorgée du mien et j'ai tripoté le papier.

— Tu n'es pas venue ce week-end.

Elle a hoché la tête.

— Je t'ai dit que j'arrêtais de boire, Blake. Je le pensais.

J'ai inspiré et j'ai essayé de trouver comment j'allais dire les choses que je voulais dire. J'ai bu mon café pour retarder la conversation.

— J'ai passé la nuit dernière à regarder la télé, a-t-elle dit, comblant le silence. Je voulais sortir. C'était difficile. Mais je sais que c'est le bon choix. Je dois le faire pour moi cette fois.

— Certainement pas pour moi, ai-je lâché. Je suis désolée. Ce n'était pas juste.

— En fait, je pense que c'était le cas. Tout ce que tu as dit l'autre jour était vrai. Je n'ai pas été la mère dont tu as besoin. La mère que tu mérites. J'aurais aimé pouvoir voir ce que je te faisais, mais je ne pouvais pas. Ou peut-être que je ne voulais pas.

— Ça fait quinze ans, maman.

Elle a hoché la tête.

— Je sais. Et comme je l'ai dit, quand j'arrêtais, je me persuadais que c'était parce que je n'avais pas de problème. Mais quand chaque relation se terminait, je replongeais directement. Boire me faisait du bien. J'avais des amis. Les gens m'aimaient. C'était amusant. J'étais amusante.

— Tu n'as pas besoin de boire pour être amusante, ai-je rétorqué.

Elle a souri tristement.

— Je le sais maintenant, mais ce n'était pas facile pour moi de l'accepter. J'ai passé la majeure partie de ma vie à prendre soin de toi. À t'élever. Je ne te blâme pas, et je ne changerais rien, mais être un parent célibataire n'est pas facile. J'étais isolée.

— Tu n'avais pas besoin de l'être. Les parents de Finley voulaient te connaître.

— Je sais. J'ai laissé le fait d'être une mère célibataire devenir une excuse pour ne pas connaître d'autres personnes.

Les gens de mon âge s'amusaient et se soûlaient quand j'avais un tout-petit à la maison. Ils se mariaient quand je t'envoyais à l'école. J'ai manqué cette partie de ma vie. J'ai laissé cela me définir, et j'ai repoussé tout le monde parce que je ne pensais pas être assez bien pour eux.

— Pourquoi ?

Elle a haussé les épaules.

— Je pensais que la seule façon de montrer que je pouvais tout gérer était de le faire moi-même. Quand tu as grandi, j'ai eu l'impression d'y être arrivée. Je t'avais élevée et je pouvais me détendre un peu. La première fois que je suis sortie boire, les gens me parlaient. J'ai découvert cette autre facette de L'anse MacKellar, pleine de personnes que je ne connaissais pas. J'aimais ça. Je ne me sentais pas comme une ratée avec eux. Je me sentais comme l'une des leurs.

— Alors tu as continué à boire ? Parce que tu avais des amis ? Parce que tu pouvais oublier à quel point tu détestais être une mère quand tu étais avec tes amis ?

Elle a secoué la tête.

— Non. Ce n'était pas comme ça. Je ne t'ai jamais détestée, Blake, et je n'ai jamais regretté de t'avoir. Je t'aimais, mais tu devenais adulte. Tu n'avais plus besoin de moi. Ça me manquait. Mais rien de tout ça n'était de ta faute. (Elle a fait une pause et a soupiré.) Je ne veux pas que tu penses que je te blâme. Chaque verre que j'ai jamais pris était de ma faute. Personne ne m'a forcée à boire. Personne. C'est moi qui l'ai fait. À chaque fois, c'est moi qui l'ai fait.

— Mais tu l'as fait à cause de moi.

Elle s'est penchée à travers la table et a posé sa main sur la mienne.

— Non, Blake. Non. Je l'ai fait à cause de moi. Je l'ai fait parce que j'avais besoin que quelqu'un d'autre me fasse me sentir bien. Des gens qui me faisaient sentir que j'étais quelqu'un qui comptait.

— Tu comptais pour moi, ai-je dit doucement.

Elle a inspiré, choquée, et a lentement hoché la tête.

— Tu comptais pour moi. Tu comptes toujours. C'est pourquoi j'arrête. Parce que je sais que je détruis toutes les chances que j'ai d'avoir une relation avec toi. Je veux qu'on apprenne à se connaître à nouveau. Mais je ne vais pas te forcer. Si tu n'es pas prête, je comprends. Tout ça est nouveau, et je n'ai pas été là pour toi depuis des années.

J'ai pris une respiration et j'ai essayé de croire ses paroles. Je voulais la croire. Elle était ma mère, et c'était la seule que j'aurais jamais. Elle avait fait des erreurs, mais nous en faisions tous. Je ne pouvais pas lui en vouloir éternellement.

— Je ne peux pas faire des allers-retours avec toi, maman. Ce n'est peut-être pas juste, mais si tu me dis que tu vas faire ça et que tu changes d'avis, je ne sais pas si je peux rester là et regarder.

Elle a hoché la tête.

— Je comprends. Et je ne te blâme pas. Mais je me suis fait une promesse à moi-même de la même manière que je t'ai fait une promesse. Si je fais tout ça pour toi, ça ne tiendra pas. Il faut que ce soit pour moi aussi.

— J'espère que tu le fais alors. Pour nous deux, lui ai-je dit.

Elle m'a regardée avec un sourire.

— Merci, Blake. D'avoir tendu la main. Je suis vraiment heureuse que tu sois venue ici.

J'ai hoché la tête.

— Moi aussi, maman.

Nous avons fini nos cafés et maman m'a raccompagnée à la porte. Elle s'est arrêtée avant de l'ouvrir et s'est mordu la lèvre.

— Qu'est-ce qu'il y a ?

Elle a plissé le visage et a secoué la tête.

— Ce n'est rien.

— Dis-le-moi, c'est tout. Je sais qu'il y a quelque chose que tu veux dire.

Elle a penché la tête sur le côté et a demandé :

— Es-tu amoureuse d'Ian Jameson ?

J'ai ri.

— Non, bien sûr que non. Pourquoi me demandes-tu ça ?

Elle a haussé les épaules.

— Tu es plus comme moi que tu ne le penses, Blake. Tu t'es toujours inquiétée de ce que les gens pensent de toi. Je ne pense pas qu'Ian soit bon pour toi. J'adorerais qu'il le soit, mais ce n'est pas le genre de gars qui sera là pour toi quand tu auras besoin de quelqu'un.

— Tu ne connais pas Ian, maman, mais ça n'a pas vraiment d'importance. On s'amuse juste.

Elle a hoché lentement la tête.

— Je me suis amusée avec beaucoup d'hommes, Blake, et quand ils mettent fin aux choses, ça ne fait pas moins mal. (Elle m'a prise dans ses bras.) Fais juste attention.

J'ai hoché la tête, me sentant engourdie et confuse. Elle m'a lâchée, et je suis sortie dans la lumière éclatante du soleil. Elle m'a suivie jusqu'à la maison, confondant mon esprit et me dérangeant. Je voulais me glisser sous mes couvertures et me cacher du monde, mais le soleil brillait et c'était une belle journée. J'allais voir mes amis. Tout allait bien.

Sauf que ce n'était pas le cas. Parce que ma mère faisait écho à la même chose que je pensais depuis la première nuit où j'avais embrassé Ian. Les choses allaient se terminer avec lui. Ce n'était qu'une question de temps.

Le 4 juillet était dans moins d'une semaine. La fresque était terminée, et Earl l'adorait. Eddie et Karissa étaient aussi fans, faisant l'éloge de l'ambiance accueillante que Georgia donnait à Cracked.

Cela faisait presque deux semaines que je n'avais pas vu Ian. Il m'envoyait quelques messages chaque jour, mais nous ne nous étions pas vus. Je ne savais pas quoi lui dire. Je n'avais jamais rompu avec quelqu'un auparavant.

Mais ce n'était pas vraiment ce que je faisais. Notre relation avait fait son temps. Nous avions terminé, et ce n'était pas quelque chose qui changerait en s'accrochant plus longtemps.

J'avais parlé à ma mère tous les jours depuis que j'avais quitté sa maison, et elle allait bien. Les week-ends étaient les plus difficiles pour elle, mais elle trouvait d'autres choses à faire pour ne pas penser à sortir. Jusqu'à présent, cela fonctionnait et elle n'était pas encore sortie.

Je marchais vers chez moi en pensant à ma mère quand Ian est apparu à côté de moi.

— Salut, a-t-il dit, en glissant son bras autour de ma taille.

— Salut, ai-je répondu. Je n'avais pas préparé ce que je ferais quand je le reverrais, et être surprise n'était jamais bon pour moi.

— Tu m'as manqué. Est-ce que tout va bien ?

J'ai hoché la tête.

— Oui, bien. Juste occupée. Avec le festival le week-end prochain, tout est plus fou.

— La fresque est superbe, a-t-il dit avec un sourire.

J'ai rendu son sourire, mais le sien n'atteignait pas ses yeux. Il était méfiant et essayait d'agir comme si rien n'allait mal alors que nous savions tous les deux que tout allait mal.

— Merci. Earl, Eddie et Karissa l'ont adorée.

Il a hoché la tête.

— Ils le devraient. On dirait vraiment Mme Georgia. Comme si elle veillait sur nous tous et nous invitait à entrer. Tu es incroyable.

J'ai souri et me suis arrêtée à ma porte. Il m'a regardée, attendant que je dise quelque chose pour soit l'inviter à entrer, soit le renvoyer. Je n'étais pas si froide.

— Tu veux entrer une minute ?

Il a hoché la tête et m'a laissée marcher devant. Je suis allée directement au canapé sans réfléchir, puis j'ai essayé de me diriger vers la cuisine avant qu'il ne le remarque.

— Tu as un nouveau canapé ? Quand es-tu allée l'acheter ?

— Oh, oui. J'étais libre mardi et j'ai décidé d'aller à Syracuse et je l'ai trouvé. Ils l'ont livré vendredi après-midi.

— J'aurais pu venir avec toi, a-t-il dit. Tu aurais pu me demander.

J'ai soupiré. Il n'allait pas me faciliter la tâche.

— Qu'est-ce qu'on est, Ian ?

— Quoi ?

J'ai croisé son regard.

— Qu'est-ce qu'on est ? Sommes-nous un couple ? Sommes-nous des amis avec avantages ? Est-ce qu'on couche juste ensemble ? Qu'est-ce qu'on est ?

Il a haussé les épaules.

— Je... Qu'est-ce que tu veux qu'on soit ?

J'ai soupiré et combattu la douleur qui se développait dans ma poitrine.

— On a été amis pendant longtemps. Je te connais, et je sais comment tu es avec les femmes. Ce n'est qu'une question de temps avant que tu ne sois fatigué de moi.

Il a secoué la tête et s'est approché. Il a tendu la main vers la mienne et l'a saisie dans la sienne, me suppliant du regard.

— Blake, je ne suis pas fatigué de toi. Je ne vais pas me fatiguer de toi. Je ne sais pas où cela mène, mais je ne veux pas que ça se termine. (Il a fait une pause et m'a regardée.) Je t'aime, Blake.

J'ai presque ri. Il m'aimait ? Non. Ian ne m'aimait pas. Peut-être qu'il pensait qu'il m'aimait, mais ce n'était pas le cas. Pas comme ça. Il m'aimait comme une amie, comme une sœur, mais pas comme je voulais être aimée.

J'ai regardé nos mains jointes. Combien de fois avais-je pensé à la façon dont ses mains me touchaient ? Glissant sur ma peau. Me retournant de l'intérieur. Me faisant supplier pour plus. J'aimais son toucher, tout comme je l'aimais. Je ne pouvais pas continuer, cependant. Pas quand il ne ressentait pas vraiment la même chose. S'il pouvait dire ces mots si facilement, je devais me libérer de lui.

J'ai reculé et dégagé doucement ma main de la sienne. Il a fixé sa main comme s'il ne pouvait pas croire que la mienne n'y était plus.

— Je ne sais pas ce qui se passe, Ian, mais je sais que ça va se terminer. Tu ne veux pas dire « je t'aime » de la façon dont je le veux. Tu n'es pas le genre de gars qui veut pour toujours. Tu veux décontracté, amusant et relaxé. J'étais d'accord avec ça, mais je sais que je vais vouloir plus. Et ce n'est pas juste pour toi. Je sais qui tu es et je ne veux pas te changer, mais je sais aussi qui je suis et je ne peux pas me changer non plus.

— Pourquoi continues-tu à supposer que tu me connais mieux que je ne me connais moi-même ? Que tu sais ce que je pense et ce que je veux ? a-t-il demandé, son regard aussi tranchant que ses mots.

— Je ne suppose pas, Ian. Je te connais. Tu te souviens comment tu dis toujours que tu me connais ? Eh bien, je te connais aussi. Tu ne m'aimes pas vraiment. Je t'ai observé avec d'autres femmes pendant des années. Tu ne t'attaches pas, Ian. Tu n'y as aucun intérêt. Et je pensais que je pourrais le gérer, mais j'ai trop de choses en ce moment. Ma mère essaie de devenir sobre, et j'ai besoin de l'aider, et le travail est toujours fou pendant l'été...

— Tu n'as pas rompu avec Willie parce que l'été arrivait, a craché Ian.

J'ai inspiré profondément et j'ai secoué la tête.

— Non, je ne l'ai pas fait. Les choses étaient différentes avec William. Ce n'était pas comme c'est avec nous.

— C'est-à-dire ?

J'ai haussé les épaules. Je ne pouvais pas lui dire toute la vérité. Qu'avec William, je me fichais de ne pas le voir pendant quelques semaines, mais qu'avec Ian, je n'étais pas sûre que je survivrais sans lui. Au lieu de cela, j'ai dit :

— William était facile. Je savais toujours ce que j'obtiendrais de lui et je pouvais compter sur sa présence quand j'étais occupée.

Il a pris une profonde inspiration et a croisé les bras sur sa poitrine.

— Qu'est-ce que tu dis, Blake ? Dis les mots. Explique-moi clairement.

J'ai pris une inspiration qui a fait mal à ma poitrine et brisé mon cœur. Je l'ai regardé et j'ai soutenu son regard. Ses yeux noisette me fixaient avec une douleur identique à la mienne. Il me surmonterait. Ian serait de retour au O'Kelley's d'ici le week-end, rentrant chez lui avec quelqu'un de nouveau. Ian Jameson ne restait jamais célibataire longtemps.

— C'est fini entre nous, Ian.

Ian est parti sans dire un mot. J'ai sauté la soirée entre filles parce que je n'avais pas envie de leur dire à toutes ce qui s'était passé. Il était toujours un ami, et il n'avait rien fait de mal. Tout le monde m'avait prévenue d'être prudente avec lui parce qu'Ian n'était pas du genre à s'attacher. Ils avaient tous raison.

Il ne s'est pas battu pour nous. Il est juste parti. Il a prouvé qu'il ne me voulait pas, et cela l'a rendu un peu plus facile. Je savais que j'avais fait le bon choix.

Je suis entrée dans Cracked tôt le lundi matin en ayant

l'impression qu'une partie de moi manquait. J'essayais continuellement de comprendre ce que j'avais oublié de faire, mais je ne trouvais rien.

Jean m'a arrêtée alors que je remplissais des cafetières pour me demander ce qui n'allait pas. Je l'ai assurée que ce n'était rien. Earl m'a crié que j'étais dans un état second, et je me suis excusée et j'ai accéléré. Même certains clients m'ont demandé si j'allais bien.

Quand j'ai pris ma pause, Jean est venue me demander si j'allais bien.

— Je vais bien. Pourquoi ?

Elle a secoué la tête.

— Tu as l'air de quelqu'un qui a perdu son chien. Que s'est-il passé ? Finley ? Karissa ?

J'ai secoué la tête.

— Ta mère ? Ian ?

J'ai forcé un sourire et j'ai à nouveau secoué la tête.

— Ian ? Est-ce qu'il a rompu avec toi ?

— Non, et il n'y a rien qui ne va pas avec Ian.

Jean m'a examinée attentivement.

— Quelque chose s'est passé. Je sais que tu n'étais pas assez folle pour rompre avec lui.

— Pourquoi serait-ce fou ? ai-je lâché.

— Oh, Blake, tu ne l'as pas fait.

— Si, je l'ai fait, mais je ne suis pas sûre de comprendre pourquoi c'est si fou, Jean. Toi et tout le monde m'avez dit que les choses se termineraient entre nous. J'ai simplement décidé de le faire avant lui.

— Pourquoi ?

J'ai haussé les épaules et pincé les lèvres. Je ne voulais pas en parler. Je ne voulais même pas y penser. S'éloigner d'Ian était impossible, mais c'était la bonne chose à faire.

— Il t'aime, Blake.

J'ai carrément ri à cela.

— Non, ce n'est pas le cas. Ian aime Ian. (J'ai fait une pause.) C'était méchant. Je ne voulais pas que ça sonne comme s'il ne se souciait pas des autres, mais Ian ne s'attache pas. Il ne veut pas de relation. Il aime être célibataire.

Jean a hoché la tête.

— Il l'était, oui. Il était toujours célibataire parce qu'il voulait être disponible quand tu le serais enfin aussi. Crois-moi, Blake, il t'aime.

J'ai roulé des yeux et j'ai écarté ce qu'elle a dit. Ian ne m'aimait pas. Il a à peine dit quoi que ce soit quand j'ai mis fin aux choses. S'il me voulait si désespérément, il se serait battu pour moi, il ne serait pas parti sans un mot.

Non. Jean avait tort. Je le savais.

22

— Comment ça se passe avec ton mec ? m'a demandé Woody par message le lendemain.

J'ai soupiré. Woody comprendrait. Lui aussi était dans une relation fragile. Bien que j'espérais vraiment que la sienne survive.

SOURIS DE CRIQUE

C'est fini. On a rompu ce week-end. Et toi ?
Toujours au beau fixe ?

WOODY

Non. Elle m'a largué. Ça doit être contagieux.
Je ne comprends toujours pas pourquoi.

SOURIS DE CRIQUE

Qu'est-ce qu'elle a dit ?

WOODY

Elle pense que je ne veux pas être avec elle.

SOURIS DE CRIQUE

Lui as-tu déjà dit que tu l'aimais ?

WOODY

J'ai essayé. Elle m'a quand même quitté. Elle ne veut pas entendre que je l'aime.

SOURIS DE CRIQUE

Peut-être qu'elle voulait que tu te battes pour elle. Mon mec est juste parti. Sans un mot. Je sais que j'ai pris la bonne décision même si ça fait un mal de chien.

WOODY

Comment sais-tu qu'il ne voulait pas se battre mais avait l'impression que tu n'écouterais pas ? Peut-être qu'il te donne du temps.

J'ai haussé les épaules. Si seulement c'était aussi simple. Ian et moi voulions des choses différentes de notre relation. Il voulait du bon sexe, et moi aussi, mais je voulais plus. Je devais me l'avouer à moi-même.

SOURIS DE CRIQUE

Ce n'est pas ce genre de mec. Quand il veut quelque chose, rien ne l'arrête. Il ne me veut pas.

WOODY

Je pense toujours que tu devrais lui donner une chance. Peut-être qu'il essaie d'élaborer un nouveau plan.

SOURIS DE CRIQUE

C'est ce que tu fais ?

WOODY

Absolument.

SOURIS DE CRIQUE

Eh bien, bonne chance. J'espère qu'elle te reprendra et tombera follement amoureuse de toi.

WOODY

Moi aussi.

J'étais assise sur la place, profitant du soleil avant que la pluie n'arrive cet après-midi. C'était le premier test pour ma fresque et les peintures que j'avais utilisées. Je n'étais pas inquiète, mais je l'étais quand même, alors je restais là à observer Mme Georgia en espérant qu'elle aurait le même aspect demain qu'aujourd'hui.

— Salut, dit doucement Melody en s'asseyant à côté de moi dans le fauteuil Adirondack rose. Les autres chaises étaient toutes occupées, mais j'étais quand même heureuse qu'elle me dise bonjour.

— Salut. Comment vas-tu ? Oh, c'est joli, dis-je en montrant son collier.

— Merci. Je viens de l'acheter chez Island Designs. Olive m'a dit que c'est ton amie qui est la créatrice.

— Trinity, oui. Elle est arrivée ici il n'y a pas longtemps. Elle a vraiment du talent.

Melody acquiesça. — C'est vrai. J'adore.

J'ai souri en essayant de trouver quelque chose à lui dire. Je ne connaissais pas bien Melody, mais Finley n'était pas sa plus grande fan. Ian avait mentionné que Melody et Ramsey traversaient une période difficile. Entre les deux, je n'avais pas grand-chose à dire à Melody.

— Comment va Amber ? ai-je finalement demandé, juste avant de me rappeler qu'elle voulait un autre enfant.

Melody sourit chaleureusement et fit un signe vers la petite rousse qui courait autour de la place, chassant les papillons. — Elle va très bien. Elle a hâte que la maternelle commence. On essaie de la faire rencontrer d'autres enfants de son âge pour qu'elle en connaisse davantage.

— C'est une bonne idée.

Elle acquiesça. Nous sommes restées silencieuses un

instant, puis elle dit : — Je sais qu'Ian t'a parlé des problèmes entre Ramsey et moi.

— Oh, euh... J'ai essayé de trouver quelque chose à dire, mais rien ne me venait. — Oui. Je suis désolée. Je sais que ce ne sont pas mes affaires. Je n'en ai parlé à personne.

Melody hocha la tête. — J'apprécie. Je suis contente que Ramsey l'ait pour discuter. Il a besoin d'un ami.

— Tu as de la chance d'avoir Willow.

Melody ricana. — Willow n'est pas exactement la plus grande fan de Ramsey. Si elle avait son mot à dire, je l'aurais déjà quitté.

— Pourquoi ? ai-je lâché.

Melody haussa les épaules. — Je n'en suis pas vraiment sûre.

Nous sommes à nouveau restées silencieuses un moment.

— Je peux te poser une question ?

J'ai hoché la tête.

— Ça a été difficile de donner sa chance à Ian ?

J'ai inspiré brusquement à sa question, plus que surprise par celle-ci.

— Je suis désolée. C'était très personnel. Je n'aurais pas dû te poser de questions sur Ian.

J'ai secoué la tête. — Non, c'est bon. En fait, je viens de rompre avec lui.

— Vraiment ? Je suis désolée. Je ne savais pas. Je peux te demander pourquoi ?

J'ai soupiré. Je n'étais pas prête à parler d'Ian avec mes amies, mais parler avec Melody était plus sûr. Elle n'était pas aussi proche. J'étais sûre qu'elle appréciait Ian, mais avec ses propres problèmes de couple, elle pourrait comprendre ce que je ressentais.

J'ai pris une inspiration et regardé Mme Georgia. Si elle était encore là, elle saurait quoi me dire. Elle pourrait me conseiller sur la façon d'oublier Ian. Je n'avais aucune idée de comment j'allais faire, mais je devais essayer. Non, je devais y arriver.

— Je me suis trop attachée.

— À Ian ?

J'ai acquiescé. — C'est un dragueur. Tout le monde le sait. Tellement de personnes m'ont mise en garde contre une relation avec lui, et je pensais pouvoir gérer. Mais j'en suis arrivée au point où ce n'est plus juste du sexe pour moi. Je tombe amoureuse de lui, et c'est impossible.

— Pourquoi pas ?

J'ai pouffé. — Parce qu'il ne ressent pas la même chose, et il ne le ressentira jamais. Je le sais, et tout le monde aussi.

Melody hocha la tête. — Ian a toujours été un dragueur. Il m'a fait des avances au lycée. J'ai failli avoir une aventure avec lui plutôt qu'avec Ramsey. Pendant des années, je me suis dit que c'était pour le mieux. Mais maintenant...

— Tu aurais préféré être avec Ian ? ai-je demandé, blessée et choquée.

Melody éclata de rire. — Mon Dieu, non. Ian est super, ne te méprends pas, mais je comprends tout à fait. Ce n'est pas un homme pour la vie. Je voulais juste dire que me mettre avec Ramsey était... je pensais qu'il était fait pour moi. J'ai vraiment cru qu'on serait ensemble pour toujours. Je n'ai jamais regretté de l'avoir épousé. Mais dernièrement, je me demande si je n'ai pas eu tort depuis le début.

C'était douloureux de l'entendre parler ainsi. Melody et Ramsey avaient toujours été solides. Ils étaient ce couple qui se promenait en ville en se tenant la main, ces personnes qu'on pouvait imaginer faire la même chose après cinquante ou soixante ans de mariage. Au lieu de cela, ils n'étaient pas mariés depuis quinze ans qu'elle parlait déjà d'en finir.

Une partie de moi comprenait ce qu'elle ressentait. Avec

William, je n'ai jamais imaginé notre vie ensemble. J'avais plus ou moins accepté que je serais avec lui pour toujours, mais je n'arrivais pas à le visualiser. L'image n'était pas là. Nous n'étions pas assez proches pour que ça ait vraiment du sens, mais je le voulais ainsi. Je voulais quelqu'un qui ne me ferait pas m'oublier moi-même. Quelqu'un qui serait un compagnon mais qui ne prendrait pas le contrôle de ma vie.

Ian prendrait le contrôle de ma vie. C'était le genre d'homme pour qui je me perdrais. Je voudrais tout faire pour lui et oublier tout le reste.

Je me demandais si Melody ressentait la même chose.

— Je suis désolée, Melody. J'ai toujours pensé que vous étiez parfaits l'un pour l'autre.

Elle acquiesça. — Moi aussi. Mais tout ce qui concerne le bébé... Elle s'arrêta de parler et sourit. — Hé, ma puce. Tu te souviens de Mme Blake ?

Amber m'adressa un grand sourire et me dit bonjour.

— Salut, Amber. J'adore ton haut à paillettes.

— Merci. C'est mon préféré. Maman, je peux avoir un goûter ?

Melody sortit un paquet de fruits confits de son sac. — Assure-toi de jeter l'emballage quand tu auras fini.

Amber hocha la tête et s'éloigna en courant avec son goûter.

— Désolée, dit Melody.

J'ai balayé son inquiétude d'un geste. — Ce n'est rien.

Melody sourit en regardant sa fille s'éloigner et prit une profonde inspiration. — Je déteste l'idée de briser sa famille.

— Ramsey refuse de parler d'avoir d'autres enfants ? ai-je demandé, sachant que j'insistais.

Elle acquiesça. — Il dit qu'il ne peut pas recommencer. Amber veut un frère ou une sœur, et j'ai toujours voulu plus d'un enfant. Nous avons attendu quelques années, mais quand nous avons perdu Steven, Ramsey a refusé d'essayer à nouveau. Il ne veut même pas en parler. J'ai l'impression de devoir renoncer à ce que je veux pour ce que lui veut.

J'ai laissé échapper un petit rire.

— Pourquoi est-ce drôle ?

J'ai secoué la tête. — Ça ne l'est pas. Ma mère... J'ai pris une profonde inspiration. — Ma mère avait l'habitude de boire. Beaucoup. Et jusqu'à il y a quelques semaines, elle se saoulait régulièrement. Je sais qu'elle a un problème, mais elle arrêtait de boire chaque fois qu'elle rencontrait quelqu'un de nouveau. Elle laissait les hommes déterminer sa valeur et dicter sa façon de vivre. Je n'ai jamais voulu vivre comme ça, c'est pourquoi j'ai rompu avec Ian.

— Donc tu comprends. Ian et Ramsey sont pareils. Ce sont le genre d'hommes qui décident comment les choses vont se passer et nous devons juste nous aligner.

— Non, ce n'est pas ce que je dis. Je veux simplement dire qu'il est le genre de gars pour qui je renoncerais à tout. Il est quelqu'un à qui je laisserais prendre le contrôle à ma place. Je voudrais tellement son approbation que j'en perdrais qui je suis.

Melody hocha lentement la tête. — J'ai passé beaucoup d'années à vouloir l'approbation de Ramsey. Peut-être pas son approbation, mais son amour. Une partie de moi a toujours senti que si je n'acceptais pas ce qu'il voulait, tout s'écroulerait. Mais un bébé est trop important pour moi pour que je me soumette et le laisse faire à sa façon.

— Je suis désolée, Melody. Vraiment. J'aimerais pouvoir te donner des conseils, mais de toute évidence, je ne connais rien aux relations réussies.

— Tu es restée longtemps avec William.

J'ai pouffé. — Ouais, mais il n'était pas fait pour moi.

— Comment l'as-tu su ?

J'ai souri, en pensant à Ian et au moment où je l'avais surpris. — Il ne m'a jamais rendue folle. Tout était médiocre avec lui. J'aimais ça jusqu'à ce que je comprenne que quelque chose d'autre pouvait être meilleur.

— Ian ?

J'ai haussé les épaules. — Si c'était une option, oui, mais c'est Ian. J'ai fréquenté William pendant des années parce que je savais que c'était un type bien et que je ne trouvais pas de raison pour rompre. Je peins des œuvres simples et basiques parce que c'est ce que les gens aiment. Je suis ennuyeuse et sans risque, et Ian ne l'est pas.

Melody a hoché la tête. —Ramsey et moi ne sommes pas pareils non plus. C'était l'une des choses que j'aimais chez lui. Il me poussait hors de ma zone de confort.

—Ian était risqué et terrifiant. C'était quelqu'un avec qui je ne pensais jamais sortir. Il me faisait peur, et la façon dont il me faisait ressentir les choses est quelque chose que je n'oublierai jamais. Mais ça ne veut pas dire que je peux supporter ça éternellement. Je ne veux pas passer le reste de ma vie à craindre que la magnifique femme mince au bar ait réussi à attirer l'attention d'Ian et qu'il ait décidé d'en avoir fini avec la grosse.

—Tu n'es pas grosse, a protesté Melody. J'ai pris vingt kilos avec Amber et encore cinq avec Steven.

—Mais je parie que les yeux de Ramsey s'illuminent encore quand il te voit.

Elle a ri. —C'est plutôt un regard méfiant qu'il me lance maintenant. Il attend de voir quelle humeur je vais avoir avant de parler.

—Maman, on peut y aller ? a demandé Amber en courant vers nous.

Melody a hoché la tête et s'est levée. —Bien sûr, ma chérie. C'était sympa de discuter avec toi, Blake. Bonne chance.

—À toi aussi, Melody.

Elle a souri, a pris la main d'Amber et elles sont parties en parlant. Je les ai regardées s'éloigner, puis j'ai soupiré et je suis partie aussi.

ENTRE MA MÈRE et Melody qui me disaient que c'était bien qu'Ian et moi ayons rompu, et mes amies qui me disaient que je devrais lui parler, j'étais plus confuse qu'avant de rompre avec Ian. Je voulais croire que c'était la bonne chose à faire, mais je n'arrêtais pas de douter. Une partie de moi voulait l'appeler et lui dire que je m'étais trompée, mais une autre partie savait que je ne pouvais pas le faire. Il ne voulait pas de moi. Pendant des mois, il m'appelait, m'envoyait des textos et apparaissait aux endroits où je me trouvais. Ces derniers jours, plus rien.

Ian avait tourné la page.

Le matin du 4 juillet, Earl proposait une offre spéciale pour célébrer la fête nationale et Mme Georgia. C'était censé être mon jour de congé, mais il m'a demandé si je pouvais l'aider car il s'attendait à une grande foule.

La journée est passée rapidement car nous servions de la nourriture en continu. Nous libérions les tables aussi vite que possible pour faire entrer les gens, mais certains clients ont attendu près d'une heure pour avoir une place. Au moment de partir, j'étais épuisée et j'hésitais à sauter le reste du Festival.

J'étais assise au bord de mon lit en serviette quand un texto de Finley est arrivé me demandant où nous allions nous retrouver. Laura a répondu en premier qu'elle se dirigeait vers la place. Tout le monde a accepté de s'y retrouver pour que nous puissions regarder le défilé puis nous asseoir ensemble pour la danse.

FINLEY

Blake ?

MOI

Je n'ai pas vraiment envie de faire la fête ce
soir. La journée a été chargée.

KARISSA

Ramène tes fesses ici ou on viendra te
chercher de force.

ELISE

Tu dois venir.

LAURA

Tu viens, quoi qu'il arrive.

J'ai fermé les yeux et j'ai gémi. La dernière chose dont
j'avais envie, c'était une fête. Ian serait là, probablement avec
quelqu'un, et j'étais fatiguée et grincheuse.

MOI

Je ne serai pas de bonne compagnie.

FINLEY

On s'en fiche.

LAURA

Tout à fait d'accord.

ELISE

Ouais.

TRINITY

Pas de problème.

KARISSA

Viens quand même.

J'ai gémi.

MOI

D'accord. Je serai là dans 20 minutes.

FINLEY

Youpi !

J'ai souri et secoué la tête. Elles pouvaient me faire traverser n'importe quelle épreuve.

J'ai fouillé dans mon placard et j'ai finalement trouvé une robe ample et confortable. J'ai mis mes sandales préférées. Et j'ai arrangé mes cheveux, mis un peu de maquillage et un collier que j'ai acheté à Trinity. Je me suis regardée dans le miroir. Je n'étais certainement pas à tomber par terre, mais j'étais mieux que mon habituel regarde-ce-que-tu-as-manqué.

La place était bondée quand je suis arrivée. Je voulais trouver mes amies et éviter de croiser Ian, mais c'était la cohue. Il m'a fallu dix minutes pour arriver à l'endroit où elles avaient dit qu'elles seraient et encore quelques minutes pour les chercher dans les environs.

—Le défilé est sur le point de commencer, a dit Finley quand je les ai enfin rejointes. Elle m'a tirée sur son siège avec elle et nous nous sommes assises pour profiter du défilé que nous avions vu d'innombrables fois.

Une fois le défilé terminé, la musique a commencé à jouer, les tables et les chaises sont sorties, et la fête a vraiment commencé. Il n'a pas fallu longtemps avant que nous soyons toutes sur la piste de danse et chantions avec le reste de la foule.

Après une heure ou deux de danse, j'ai fait une pause et je me suis dirigée vers notre table. J'avais besoin de ralentir et de prendre un verre, et j'avais besoin de respirer un instant, surtout quand une chanson lente a commencé et que je n'avais personne avec qui danser.

Je détestais être célibataire. Non pas qu'être avec William ait été bon pour moi, mais je ne savais pas à quel point notre relation était mauvaise jusqu'à ce que je me laisse impliquer avec Ian. Ian m'a montré à quel point William et moi n'étions pas faits l'un pour l'autre, et même si je savais qu'Ian et moi n'allions pas être ensemble pour toujours, j'avais quand même été gâtée par lui.

Toute la foule semblait s'amuser. Mes amies riaient et dansaient ensemble et avec d'autres amis. Même ma mère semblait s'amuser. Elle n'était pas venue à beaucoup d'événements municipaux au fil des ans, mais elle souriait et parlait à mon professeur de maths du lycée, M. Peters. Elle n'avait pas bu depuis presque deux semaines, et je ne pensais certainement pas qu'elle était guérie, mais c'était la plus longue période où je l'avais vue sans s'enivrer, donc c'était un progrès.

J'ai siroté ma bière et je me suis dit que je m'amusais bien. J'ai souri et j'ai dit bonjour à quelques personnes que je connaissais qui passaient. Finley a essayé de me faire rejoindre les autres sur la piste de danse, mais je n'étais pas d'humeur.

J'ai vérifié mon téléphone, mais tout le monde que je connaissais était à la Danse des Feux d'Artifice. Sauf Ian. Je n'avais pas eu de ses nouvelles depuis qu'il avait lâché qu'il m'aimait. Ha ! Il m'aimait. Je n'arrivais toujours pas à le comprendre, mais je savais que ce n'était pas vrai. Il ne m'aimait pas. Pas comme ça. Pas comme ses parents s'aimaient. Pas comme Eddie aimait Georgia. Pas comme il l'avait fait entendre.

J'ai à nouveau scruté la piste de danse, mais il n'était toujours pas là. J'étais surprise, mais j'étais heureuse. Je ne pensais pas pouvoir supporter de le voir avec quelqu'un d'autre. Pas encore. Ian allait passer à autre chose, bien avant moi, mais je n'étais pas encore prête pour ça.

Il disait que la Danse des Feux d'Artifice était son événement préféré du festival. Je ne voulais même pas venir au cas où il se montrerait, mais il n'était pas encore là. La soirée était longue, et ce ne serait pas long avant qu'Ian arrive. Je ne pouvais pas rester là toute seule. J'avais mes copines, mais j'avais besoin d'un ami qui serait là pour moi.

J'ai ressorti mon téléphone et j'ai cliqué sur l'application À la Recherche du Héros Littéraire Parfait. Woody. Il était au courant de la danse. Il avait parlé d'y aller avec la fille dont il était amoureux, mais ce plan était tombé à l'eau quand ils ont rompu.

Je lui ai envoyé un message lui demandant s'il faisait quelque chose.

WOODY

Pas grand-chose.

SOURIS DE CRIQUE

Viens danser avec moi.

WOODY

Euh, quoi ?

SOURIS DE CRIQUE

J'aurais vraiment besoin d'un ami ce soir. Je sais que c'est beaucoup demander et tu peux refuser, mais j'espère que tu accepteras de me retrouver à la Danse des Feux d'Artifice à L'anse MacKellar.

WOODY

Je serai là dans quinze minutes.

J'ai souri et je me suis enfin sentie mieux. J'ai gardé un œil sur l'entrée, comptant les minutes. Je tapais du pied par terre et j'essayais de ne pas me rendre malade. Je n'avais pas pensé à contacter Woody alors que nous parlions depuis près de deux mois, mais maintenant que j'étais assise là à attendre qu'il apparaisse, j'étais nerveuse comme pas possible.

J'alternais entre regarder mon téléphone et l'entrée une fois les dix minutes passées. Je n'avais pas pensé à dire à Woody ce que je portais et il n'avait aucune idée de mon apparence, alors j'attendais et je me demandais si chaque gars qui franchissait la porte seul était lui.

À seize minutes, je n'avais toujours pas de nouvelles. J'ai pensé à lui envoyer un autre message, mais c'est alors qu'Ian est entré.

Il était magnifique sans effort. Je pouvais voir que ses cheveux étaient mouillés même à distance et je me suis souvenue de la sensation de les caresser sous la douche. Il portait un t-shirt bleu marine avec un short kaki et des tongs rouges, très patriotique. Il a regardé autour de lui comme s'il cherchait quelqu'un, et j'ai dû retenir un sanglot.

Je me suis détournée et j'ai inspiré profondément. Il fallait que Woody arrive immédiatement. Je tenais mon téléphone si fort dans ma main que mes articulations me faisaient mal. J'ai inspiré à nouveau et j'ai sursauté quand mon téléphone a vibré dans ma main.

WOODY

Je suis là. Où es-tu ?

Je voulais fuir. L'inviter était une mauvaise idée. Mais je ne pouvais pas lui faire ça. Peut-être que je pourrais inventer une excuse pour expliquer pourquoi je devais partir. Mais d'abord, je devais être honnête.

SOURIS DE CRIQUE

À gauche de l'entrée. À une table. Je porte une robe bleue avec des étoiles rouges et blanches. Cheveux noirs en queue de cheval. Je vais me lever et te chercher.

J'ai appuyé sur envoyer et me suis tournée vers l'entrée pour chercher Woody. Ian était toujours là, fixant son téléphone. Génial, non seulement je devais le regarder avec quelqu'un d'autre, mais c'était quelqu'un qu'il avait prévu de rencontrer.

Sa tête s'est relevée brusquement et ses yeux se sont posés directement sur les miens. J'ai essayé de détourner le regard et de trouver Woody, mais Ian a glissé son téléphone dans sa poche et s'est dirigé droit vers moi.

Je n'aurais jamais dû rester. Je n'aurais même pas dû venir. Mais je voulais l'apercevoir. Je voulais me rappeler qui il était. Ça allait faire un mal de chien de le voir avec quelqu'un d'autre, mais à long terme, il valait mieux arracher le pansement d'un coup.

J'ai attendu qu'il s'arrête juste devant moi. J'ai pris une profonde inspiration et dégluti difficilement, priant pour que ma voix ne tremble pas. Je lui avais promis que nous resterions toujours amis, quoi qu'il arrive, et je devais tenir cette promesse.

— Salut, ai-je dit, en forçant un sourire.

— Salut. Euh, comment vas-tu ?

— Super, ai-je dit, ma voix partant dans les aigus. J'ai éclairci ma gorge et réessayé. Euh, bien. Désolée. Bien. Comment, euh, comment vas-tu ?

Il a haussé les épaules. — J'ai connu des jours meilleurs.

— Alors, euh... tu as rendez-vous avec quelqu'un ici ?

Il a hoché la tête.

— Rendez-vous à l'aveugle ? Je t'ai vu regarder ton téléphone.

Il a pris une inspiration et haussé les épaules. — En quelque sorte. Je rencontre quelqu'un de l'application de Karissa. Elle a dit qu'elle avait besoin d'un ami ce soir.

L'arrière de ma gorge a picoté. J'ai dégluti à nouveau, difficilement. Non. C'était impossible.

— Je voulais te le dire, Blake, a-t-il dit.

— Me dire quoi ? J'avais besoin qu'il prononce les mots. Je ne le croirais pas tant qu'il ne l'aurait pas fait.

— Je suis Woody, Blake. Je suis le gars avec qui tu as parlé. Celui que tu as demandé de venir ici ce soir. L'ami dont tu avais besoin.

23

IAN

Blake est devenue blême. Je savais que ce serait terrible si elle découvrait un jour que j'étais Woody, mais je ne savais pas à quel point jusqu'à ce que toute couleur disparaisse de son visage.

—Assieds-toi, ma belle, lui dis-je en la guidant doucement vers la table juste derrière elle. Elle me laissa la tenir par le coude mais se dégagea dès qu'elle fut assise.

—Tu mens. Comment diable as-tu découvert son existence ?

Je secouai la tête et sortis mon téléphone. Je le déverrouillai, ouvris l'application et le lui tendis. Elle me lança un regard noir, puis jeta un coup d'œil au téléphone.

—Qu'est-ce que c'est, Ian ?

—Lis-les, Blake. Je ne pourrais pas avoir ça si je n'étais pas celui à qui tu parlais.

Elle finit par prendre mon téléphone et fit défiler les mois de messages que nous avions échangés. Ses mains tremblaient quand elle me rendit le téléphone. —Pourquoi ?

Je savais ce qu'elle demandait. Pourquoi ne lui avais-je pas dit ? Pourquoi avais-je laissé continuer ? Pourquoi étais-je un tel con ?

—Je savais que tu ne me parlerais pas autant si tu savais que c'était moi. Je pensais que tu le découvrirais très vite.

—Donc c'est ma faute ?

—Non, Blake, non, dis-je rapidement en m'accroupissant devant elle. Rien n'est ta faute, ma belle. C'est entièrement la mienne. J'aurais dû te le dire. Pas que ça aurait changé grand-chose.

Elle me fusilla du regard. —Qu'est-ce que ça veut dire ?

Je soupirai. J'étais fatigué. J'avais à peine dormi de la semaine. La perdre m'avait détruit. Et pire que la perdre, c'était de l'entendre me dire qu'elle pensait que je mentais en disant être amoureux d'elle. Comme si elle me connaissait mieux que je ne me connaissais moi-même.

J'avais pensé à me perdre dans quelqu'un d'autre, mais rien que d'y penser m'énervait. Je voulais Blake. Il n'y avait pas de substitut pour elle.

—Ça veut dire que même si tu avais su qui j'étais, tu ne m'aurais toujours pas cru l'autre jour. Tu m'aurais quand même repoussé. Tu m'aurais toujours considéré comme pas assez bien pour toi.

—Ce n'est pas vrai, Ian.

Je ricanai. —Si, ma belle. Je suis venu ici ce soir en sachant que tu me détesterais. Je ne veux pas d'une vie sans toi, mais je me suis présenté parce que tu avais besoin d'un ami. J'ai dit qu'on serait toujours amis. Quoi qu'il arrive. Alors je suis là pour toi, Blake. Et je le serai toujours, même si ça me tue.

—Pourquoi ça te tuerait, Ian ? demanda-t-elle, comme si elle n'en avait aucune idée. Ou peut-être qu'elle ne se permettait toujours pas de le croire.

J'inspirai profondément et soufflai lentement. Je pinçai les lèvres et me levai. Son regard me suivit.

—Je t'aime, Blake. Je t'aime depuis longtemps. Je ne me

suis jamais impliqué avec d'autres femmes parce qu'aucune d'entre elles n'était toi. Personne n'a jamais été toi. Mais tu ne me crois pas. Tu ne me fais pas confiance. Et je suppose que je dois accepter que tout cela est peut-être simplement parce que tu ne veux pas de moi. Alors, oui. Ça me tuera de rester à tes côtés et d'être ton ami. De te voir rencontrer quelqu'un d'autre et de savoir qu'il te touche. Que tu cries son nom. Que tu tombes amoureuse de lui. Mais je le ferai parce que je veux que tu sois heureuse, Blake. Même si ça va me tuer.

Je n'attendis pas sa réponse. Je me retournai simplement et m'éloignai. Je ferais ce que je pourrais pour être son ami, mais j'avais besoin d'une minute. Ou d'un mois. Ou de quelques-uns. J'étais trop à vif pour qu'elle soit en colère contre moi à cause de l'application alors qu'elle m'avait déjà dit que c'était fini entre nous. C'était trop pour une semaine.

Je rentrai lentement à pied, essayant de dissiper ma mauvaise humeur. Tout ce que je voulais vraiment, c'était démolir quelque chose à coups de batte de baseball. Ma tête peut-être ?

Les feux d'artifice au-dessus de la rivière déchirèrent l'air et me firent sursauter. Je reculai d'un bond et levai les yeux vers le ciel. L'explosion était forte, mais les craquements et les étincelles me firent presque sourire.

J'aurais dû continuer à marcher, mais les *oh* et les *ah* des autres m'attirèrent. Les portes d'O'Kelley's étaient ouvertes, et la musique était coupée pour que tout le monde puisse regarder le spectacle. Je me retrouvai à suivre les autres à l'intérieur et à traverser le bar jusqu'à l'arrière où je me tenais avec la foule sur la Riverwalk pour regarder.

Pendant des années, j'avais rêvé de regarder le spectacle avec la main de Blake dans la mienne. De la tenir pendant que les feux d'artifice illuminaient le ciel nocturne. De l'embrasser et de la toucher et d'avoir tous les droits de le faire.

J'avais été proche de l'avoir. Pendant quelques semaines,

j'ai cru qu'elle était mienne. J'avais réalisé tous mes fantasmes sauf celui qui comptait vraiment. Celui qui signifiait que nous serions ensemble pour toujours.

Je me tenais près de l'entrée du bar et regardais, à moitié hypnotisé et à moitié déprimé. Finalement, je fermai les yeux et envisageai de rentrer chez moi. Je n'étais pas prêt à être entouré d'autres personnes. Pas quand je me sentais si mal et que tout le monde semblait avoir quelqu'un sur qui s'appuyer. Une main à tenir et des lèvres à embrasser.

Une main s'abattit sur mon épaule, me faisant sursauter plus que les feux d'artifice. Je me retournai, prêt à frapper, mais m'arrêtai quand je vis Hudson derrière moi.

—Laisse-moi t'offrir un verre, dit-il simplement, en faisant un signe de tête vers le bar presque vide.

J'acquiesçai et le suivis à l'intérieur, m'asseyant en face de lui au bar.

—Les choses ont mal tourné avec Blake ? demanda-t-il, pas du genre à tourner autour du pot.

—Ouais, répondis-je, en avalant le shot de whisky qu'il avait posé devant moi. J'avais presque réussi à me convaincre qu'elle m'aimait. Quelle putain de blague.

Hudson hocha la tête. —Blake n'est pas une femme facile. Elle est formidable, mais c'est une noix dure à casser.

Je lui lançai un regard noir. —N'essaie même pas de la toucher.

Il leva les mains et secoua la tête. —Je n'y pensais même pas. J'allais te demander si tu allais bien.

Je secouai la tête et ris. —Pas du tout. Je lui racontai toute l'histoire sur l'application et comment j'avais foiré une situation déjà compliquée.

Hudson secoua à nouveau la tête. —Merde, mec. Ça craint. Comment vas-tu arranger ça ? Il me versa un autre verre et je le bus d'un trait sans y penser.

—Je ne peux pas. C'est fini avec Blake. Je dois passer à autre chose. Oublier de l'avoir dans ma vie.

Il hésita une seconde puis hocha la tête et se frotta le cou. —J'aimerais pouvoir te donner des conseils à ce sujet, mais je n'en ai vraiment aucun. Perdre la femme que tu aimes, ça t'éventre.

Je ris. —C'est à peu près ce que je ressens. Je pense que ça aurait été moins douloureux.

Il acquiesça. —C'est vrai. Profite des bons souvenirs que tu as et essaie de trouver un moyen d'avancer. Tu n'as jamais eu de problème à rencontrer des femmes avant.

Je ris sans joie. —Parce que ces autres femmes, c'était juste du sexe. C'était une solution temporaire. Je n'en ai jamais voulu aucune. Pas comme je veux Blake. Mais j'ai tout foutu en l'air. Je sortis mon téléphone. —Je dois supprimer cette putain d'application.

—Quelle application ?

Je lui montrai À la Recherche du Héros Littéraire Parfait.

—C'est une application de rencontres ?

J'acquiesçai. —Oui. C'est celle que j'ai utilisée quand j'ai été jumelé avec Blake. C'est Karissa qui l'a créée. Je suppose qu'elle est bonne, mais évidemment pas parfaite puisqu'elle m'a baisé.

—Tu blâmes l'application ? demanda Hudson avec un petit rire.

Je secouai la tête. —Non, tu as raison. C'est moi qui ai tout foiré. Mais je n'ai pas besoin d'un autre rappel de comment j'ai perdu Blake. J'appuyai sur l'application et sur le X pour la supprimer. Mon doigt hésita quelques secondes. Je me renfrognai et tapai, effaçant un morceau de Blake de ma vie. Il faudrait un certain temps pour me débarrasser complètement d'elle, mais c'était un premier pas.

Hudson secoua la tête. Des clients commençaient à

revenir et à l'appeler. —C'est nul, mec. Désolé pour toi et Blake. Reste un peu. Je reviendrai.

J'acquiesçai et le laissai partir. Rien de ce qu'il pourrait dire n'aiderait. Blake était partie. J'avais essayé de lui montrer ce que je ressentais, mais au final, ça n'avait pas d'importance. Elle n'était pas amoureuse de moi, et il était temps que je la laisse partir. J'avais promis à Georgia que j'essaierais, et je l'ai fait. Maintenant, je devais essayer d'arrêter de l'aimer.

Craignant qu'elle n'arrive avec Finley et les autres après la danse, je partis peu après la fin des feux d'artifice. Je fis un signe à Hudson et sortis dans la fraîcheur de la nuit, laissant la brise de la rivière me guider vers la maison.

Je rentrai chez moi, mais tout sentait encore Blake. Toute la semaine, j'avais envisagé de laver mes draps et d'allumer des bougies ou quelque chose pour effacer son odeur, mais je n'avais pas pu m'y résoudre. Bon sang, même en sachant que c'était vraiment fini, je ne pouvais pas me résoudre à la laisser partir complètement. Tout ce qu'il me restait, c'étaient mes souvenirs d'elle. J'avais besoin d'une nuit de plus avec ces souvenirs.

JE ME RÉVEILLAI le lendemain matin avec un mal de tête terrible. Si j'avais bu quoi que ce soit après les deux verres chez O'Kelley's, j'aurais pu penser que c'était une gueule de bois, mais ce n'était pas le cas. C'était d'avoir perdu Blake.

Les derniers dimanches, je les avais passés à regarder Blake peindre, ou simplement à passer du temps avec elle. Sa fresque était terminée, et nous aussi, ce qui signifiait que j'avais toute une journée pour faire ce que je voulais. Sauf la seule chose que je voulais vraiment faire. Voir Blake.

Je fis du café puisque Cracked m'était maintenant interdit.

Même si je pouvais supporter de la voir, Jean me botterait le cul. Tout le monde en ville allait penser que notre rupture était ma faute. Surtout quand ils entendraient parler de l'application. Blake était la gentille qui était aimée de tous. Les gens veillaient sur elle et la protégeaient. J'étais le connard qui l'avait blessée. Personne ne se soucierait ou ne croirait que c'était moi qui étais blessé. Ils me blâmeraient tous.

Tout comme je le faisais.

J'enlevai les draps de mon lit et nettoyai mon appartement. J'envisageai sérieusement de brûler l'endroit entier, mais je savais que c'était exagéré. J'étendis des draps propres sur le futon, reconnaissant de n'avoir jamais acheté un vrai lit pour elle, et récurai mon domicile jusqu'à ce que la seule chose que je puisse sentir soit de l'eau de Javel.

J'étais toujours agité, alors je suis allé à l'atelier. J'avais trois bateaux en cours, et ça semblait être une bonne journée pour faire du travail supplémentaire. Mes contrats incluaient une prime si je terminais un bateau en avance, et sans aucune raison d'arrêter de travailler, j'avais plus que suffisamment de temps pour terminer les trois en avance.

J'allai vers celui qui était le plus proche d'être terminé et examinai la liste de contrôle. Avec Devon qui travaillait avec moi, nous devions avoir un système pour nous assurer que tout était fait, et bien fait. Il avait suggéré une liste de contrôle, à la fois pour l'aider à apprendre mon processus et pour suivre les progrès que nous faisions sur chaque bateau. Jusqu'à présent, cela fonctionnait parfaitement.

Je grimpai dans la coque du bateau et pris la ponceuse, là où Devon l'avait laissée. Je pouvais voir la différence dans le bois là où il s'était arrêté et je me laissai absorber par le processus.

À un moment, j'entendis la porte s'ouvrir et se refermer, mais j'ignorai qui que ce soit. S'ils voulaient vraiment me parler, ils pouvaient attirer mon attention. Sinon, j'étais parfaitement heureux de ne parler à personne de toute la journée.

Je pouvais sentir des yeux sur moi, mais j'écartai cette sensation désagréable et continuai à travailler. Mon pouls battait de façon régulière et rapide, m'alertant, mais j'ignorai cela aussi.

Finalement, deux pieds touchèrent l'intérieur derrière moi. Même en lui tournant le dos, je savais que ce n'était pas Blake. Ce qui signifiait que c'était la personne suivante que je voulais le moins voir.

—Que veux-tu, Fin ? demandai-je sans me retourner ni éteindre la ponceuse.

—Te parler. Voir comment tu vas.

—Je vais putain de bien, grognai-je. Va-t'en.

—Tu vas vraiment devenir un de ces vieux bonhommes qui crient 'dégage de mon jardin' ?

J'haussai les épaules et continuai à travailler. —Peut-être. Ça éloignera les gens.

—Ian ! cria-t-elle.

Je sursautai et faillis lâcher la ponceuse. Ma sœur qui me cassait les couilles n'allait pas comprendre l'allusion. Elle ne l'avait jamais fait. Depuis notre enfance, Finley faisait les choses à sa façon. Et si tu ne la suivais pas, tu devais trouver un moyen de t'y faire parce qu'elle ne changerait pas.

J'éteignis la ponceuse et me retournai pour fusiller ma sœur du regard. Si elle s'était tenue là avec les bras croisés et son meilleur regard de sœur protectrice, j'aurais pu le supporter. Elle devrait protéger Blake. J'étais le connard qui s'était imposé à sa fête chez Georgia. J'étais celui qui lui avait dit de m'inviter à entrer. J'étais celui qui revenait encore et encore sans la laisser me repousser. J'étais celui qui avait fait que tout cela arrive. Blake aurait dû être protégée de moi, ne serait-ce que pour que je sois protégé d'elle.

—Quoi ? grondai-je. Si elle m'avait regardé comme si j'étais l'ennemi, ça aurait été plus facile. Mais elle ne le fit pas. Elle me regarda comme si j'étais la victime. Comme si c'était moi qui avais été blessé. Comme si c'était moi qui avais besoin de réconfort.

J'ai failli rire. Si Finley était avec moi, c'était parce que Blake allait parfaitement bien. Elle n'était pas bouleversée. Elle n'était pas blessée. Elle allait bien. Parce qu'elle ne se souciait pas de moi. C'était fini entre nous, et ce n'était qu'une journée ordinaire pour Blake.

Je n'attendis pas que Finley dise quelque chose. Je débranchai la ponceuse et la laissai sur le sol, puis sortis du bateau. Finley était juste derrière moi, me suivant pas à pas jusqu'à ce que je me précipite dans mon appartement et décide que j'avais besoin d'une bière.

J'ouvris le frigo et me figeai. Même mon frigo me rappelait Blake. La moitié d'un pack de six que j'avais acheté pour elle car elle n'aimait pas ma bière. Du jus d'orange parce qu'elle le préférait au café les matins où elle ne se levait pas avec le soleil. De la crème half-and-half au lieu de simplement du lait parce qu'elle m'avait convaincu que la minuscule différence de calories ne valait pas le sacrifice d'une meilleure saveur.

Je sortis tout et le posai sur le comptoir. Je mis la bière sur la table près de Finley et dis : —Tu devrais les ramener à la maison. Je ne les boirai pas, et je n'en ai plus besoin.

Elle ne dit rien. Elle restait simplement là pendant que je vidais le jus d'orange et la crème dans l'évier. J'aurais vidé la bière aussi, mais s'en débarrasser fonctionnait.

—Que veux-tu, Fin ? demandai-je, m'appuyant contre le comptoir et la regardant.

—Je suis désolée, dit-elle.

J'haussai les épaules. —Pas de quoi être désolée.

Elle hocha la tête. —Toi et moi savons bien qu'il y a de quoi.

—Tu as dit à Blake de ne pas m'aimer ? Tu lui as dit que j'étais un con et que je n'étais pas digne d'elle ? Parce que si tu n'es pas intervenue, alors il n'y a rien dont tu doives être désolée.

—Tu sais que je n'ai fait ni l'un ni l'autre, mais je suis quand même désolée, Ian. J'espérais vraiment que les choses s'arrangeraient. Je déteste te voir comme ça.

J'haussai à nouveau les épaules et remplis un verre d'eau. Ma gorge était sèche et douloureuse. J'avalai l'eau puis regardai à nouveau ma sœur. —Je vais bien. J'ai passé toute ma vie sans Blake. Je peux m'en sortir.

—Elle va changer d'avis. Elle est vraiment bouleversée, et—

—Ne fais pas ça, aboyai-je. Fin, simplement ne fais pas ça. Je ne peux pas m'accrocher à l'espoir qu'un jour peut-être elle voudra de moi. Je m'en suis convaincu pendant des années. Qu'une fois que ce serait terminé avec Willie, elle verrait qu'elle était censée être avec moi. Mais elle n'est pas censée être avec moi. Elle a clairement fait savoir que ce n'est pas ce qu'elle veut.

—Ian, tu sais comment elle est. L'amour lui fait peur.

Je ris à cela. Comment ne pas le faire ? —Fin, l'amour me fait peur aussi. Je pense qu'il fait peur à tout le monde. As-tu déjà parlé à quelqu'un qui n'avait pas une sorte de crainte en parlant de la personne qu'il aime ? Mais tu sais quoi, la plupart de ces personnes parlent de perdre la personne qu'ils aiment. Cette peur est leur plus grande. Je la vis. En ce moment, je la vis. Je l'ai perdue. Elle est partie. Et elle ne reviendra pas. Je dois l'accepter et passer à autre chose, Fin.

Je croisai son regard et vis de la tristesse et de la résignation dans ses yeux. Elle savait que j'avais raison. Tous ses autres mots étaient des platitudes vides, essayant de m'aider à me sentir mieux. Elle savait que Blake n'allait pas changer d'avis à mon sujet. Ce qui signifiait que passer à autre chose était ma seule option.

—Je dois prendre une douche. Tu peux te montrer la sortie. Et n'oublie pas la bière. Je ne veux pas qu'elle reste ici.

24

BLAKE

J e n'avais aucune envie d'aller à la soirée entre filles. L'idée d'affronter tout le monde après l'humiliation de la confession d'Ian était trop difficile. Dès qu'Ian s'est éloigné, Finley, Karissa et Laura sont apparues. Elise et Trinity n'étaient pas loin derrière. Elles ont toutes exigé de savoir ce qui s'était passé.

Je leur ai raconté autant que j'ai pu articuler, puis je me suis précipitée ailleurs. Je n'arrivais pas à croire que j'avais été aussi stupide. Ian était Woody. Les choses que je lui avais confiées. La façon dont nous avions parlé. Comment n'avais-je pas réalisé qu'ils étaient la même personne ?

Et que devais-je faire du fait qu'Ian m'avait dit qu'il m'aimait ? Il me répétait la même chose. À deux reprises, il m'avait dit qu'il m'aimait. Mais c'était Ian Jameson. Il ne tombait pas amoureux. Il ne s'attachait pas.

J'ai ouvert À la Recherche du Héros Littéraire Parfait et je suis allée à la fonction de chat. J'ai fait défiler jusqu'au début et j'ai lu chacun des messages échangés entre Woody et moi. Notre promesse d'être amis. Les choses que je lui avais confiées et que je n'avais jamais dites à personne d'autre. Ce que je lui avais avoué.

Puis j'ai relu tout ce qu'il avait écrit sur le fait d'être amoureux de son amie. Sur ce qu'il ressentait pour elle. À quel point il voulait savoir ce qu'elle pensait. Comment il tenait à elle tout en sachant qu'elle avait peur. Comment il était amoureux d'elle depuis longtemps mais qu'elle ne ressentait pas la même chose.

J'ai relu ses messages où il me disait qu'ils étaient ensemble. À quel point il était heureux et effrayé que tout se termine.

Je suis restée là à pleurer. Pendant des semaines, je m'étais dit que la femme qu'il aimait était idiote. Qu'elle ne savait pas la chance qu'elle avait. Que j'échangerais ma place avec elle sans hésiter.

Et c'était moi.

Tout ce que je croyais savoir était sens dessus dessous. J'avais passé des mois à me convaincre qu'Ian et moi étions temporaires, mais lui voulait que nous soyons pour toujours. C'était moi qui avais mis fin aux choses. C'était moi qui l'avais repoussé. C'était moi qui ne l'avais pas cru quand il disait qu'il m'aimait. J'étais le problème.

J'ai décidé que je deviendrais folle si je restais chez moi toute la nuit, alors je me suis forcée à prendre une douche et à aller à Petits ami du Livre Illimité. Si je leur disais que je ne voulais pas parler, elles me laisseraient m'asseoir tranquillement. J'avais juste besoin de ne pas être seule.

Tout le monde était déjà là quand je suis entrée. Elles ont jeté un coup d'œil à mes yeux rougis et à mon t-shirt trop grand et ont tout de suite compris ce qui se passait. J'ai forcé un sourire que je ne ressentais pas. Finley m'a coupé une part de tarte aux cerises et Elise a ajouté une généreuse dose de crème fouettée. Trinity m'a tendu un verre de vin rempli à ras bord.

J'ai souri à mes amies et me suis installée dans mon siège. Je les ai laissées parler autour de moi pendant que je mangeais ma tarte et buvais mon vin. Elles discutaient du livre que nous avions lu, et j'ai réalisé que je ne l'avais pas interprété de la même façon qu'elles.

— Vous le trouvez vraiment gentil ? ai-je lâché quand Elise a dit quelque chose à propos du héros qui était un type bien.

Elles se sont toutes tournées vers moi.

— Pas toi ? a demandé Elise.

J'ai haussé les épaules.

— Je l'ai trouvé plutôt imbu de lui-même. Comme s'il s'attendait à ce qu'elle tombe amoureuse de lui simplement parce qu'il était celui qui venait à son secours.

— Eh bien, c'est le genre de gars qui met les autres en premier. Combien de films montrent le héros qui sauve l'héroïne ? a dit Finley.

— Ouais, et combien de fois avons-nous dit que c'était stupide ? Tu ne peux pas construire une relation sur quelque chose comme ça.

— Alors, sur quoi devrait-on construire une relation ? a demandé Laura.

J'ai fermé la bouche parce que Dieu savait que je n'en avais aucune idée.

— Le sexe, a dit Elise avec un sourire.

— Oh que oui, a approuvé Karissa. Il faut du bon sexe. Mais à moins d'avoir des relations sexuelles dès le premier rendez-vous, il doit y avoir autre chose. Je dirais des intérêts communs.

— Oui, mais les opposés s'attirent. N'avons-nous pas toutes appris ça à Hawaï ? a dit Finley avec un sourire.

— C'est vrai. Mes relations les plus réussies ont été avec des hommes avec qui j'avais moins de points communs, a dit Elise.

— C'est parce que tu aimes provoquer des disputes pour ensuite te réconcilier au lit, l'a taquinée Karissa.

Nous avons toutes ri tandis qu'Elise acquiesçait. Son sourire narquois était inestimable.

— Il n'y a rien de mal à avoir de très bonnes réconciliations sexuelles.

— Tout à fait d'accord, avons-nous toutes approuvé.

Je me sentais décalée dans la conversation. Aucune d'entre nous n'avait beaucoup de relations réussies, mais j'avais l'impression d'être la moins douée de toutes. J'étais restée avec William pendant cinq ans, mais nous n'avions rien de ce dont elles parlaient. Le sexe était médiocre, et nous n'étions jamais en désaccord sur quoi que ce soit, donc les réconciliations sexuelles étaient inexistantes. Il fallait qu'on se soucie l'un de l'autre pour être passionnés.

Mais avec Ian, c'était différent. Quand nous nous disputions, c'était amusant et taquin. Et Elise avait raison. Le sexe de réconciliation était incroyable quand c'était avec quelqu'un avec qui tu voulais te réconcilier. Passionné, émotionnel et puissant.

— Je pense qu'il faut avoir certaines choses en commun. Que ce soit la façon de penser, les films qu'on aime ou l'équipe qu'on soutient. Peu importe vraiment, mais il faut pouvoir être d'accord de temps en temps et partager des choses, a dit Trinity.

Finley a hoché la tête.

— Je suis d'accord. Mes parents sont comme ça. Ils ont toujours aimé faire du bateau, et même si ça semble idiot, ils semblaient toujours plus heureux quand ils revenaient d'une sortie sur l'eau. Ian et moi plaisantions en disant qu'ils allaient là-bas pour faire l'amour, mais je pense qu'ils y allaient juste pour parler et s'évader. C'était quelque chose qu'ils partageaient et une façon pour eux de rester connectés l'un à l'autre.

Ian et moi, nous allions pêcher. Quand j'étais stressée, j'allais toujours pêcher, et Ian faisait la même chose. Y aller ensemble était mieux que d'y aller seule. Tout était mieux avec Ian que d'être seule.

— Je pense que c'est aussi lié à la façon dont il te fait sentir, a dit Elise. Si tu ne te sens pas en sécurité et aimée, alors peu importe ce que vous avez en commun ou à quel point la passion est forte.

— Absolument, a dit Karissa, en prenant la main d'Elise.

Nous savions toutes à quel point la relation d'Elise avec son petit ami de l'université était mauvaise, même si nous ne la connaissions pas à cette époque. Elle ne m'avait pas beaucoup parlé, mais j'en savais assez pour savoir qu'il faisait tout ce qu'il pouvait pour la contrôler. Je n'étais pas sûre s'il était violent ou non, mais je le soupçonnais.

Trinity a dit :

— J'aime aussi découvrir des choses sur lui. Quelqu'un que je connais très bien, avec qui il n'y a pas de mystère, je finis par m'ennuyer. Le dernier gars avec qui je suis sortie était un ami. Nous avons bien fait cette transition, mais ça a vite perdu de son intérêt. Je connaissais toutes ses histoires et toutes ses humeurs. Je n'avais rien à découvrir avec lui. Nous étions juste des amis qui couchaient ensemble, et ce n'était pas suffisant pour l'un d'entre nous. Je l'aimais, mais c'est devenu gênant et bizarre.

— Toutes les relations ne se terminent pas comme ça. Je pense que des amis peuvent devenir amants et que ça peut être vraiment incroyable. C'est ce que j'espère trouver un jour, a dit Finley.

— Bonne chance, ai-je marmonné.

Elles m'ont toutes regardée.

— Ça va ? a demandé Trinity, la seule assez courageuse pour me dire quelque chose.

Je lui ai fait un sourire et j'ai secoué la tête.

— Non. Je ne crois pas.

— Tu veux en parler ? a demandé Laura.

J'ai haussé les épaules.

— Je ne suis pas sûre qu'il y ait quelque chose à dire. Ian et moi, c'est fini. Il m'a menti sur qui il était sur l'appli. Je pensais qu'il était quelqu'un en qui je pouvais avoir confiance, mais je ne sais tout simplement pas.

— Comment as-tu pu ne pas savoir que c'était lui ? a demandé Trinity, regardant autour d'elle. Quand tout le monde a évité son regard, elle a ajouté : Désolée, mais je me demandais comment tu n'avais pas fait le lien.

J'ai souri.

— Je ne sais pas. Les choses dont nous parlions étaient différentes de celles dont nous parlions en personne. Je vous ai toutes parlé de Woody, et aucune d'entre vous n'a compris.

J'ai regardé mes amies et je les ai trouvées en train de détourner le regard.

— Vous le saviez ? ai-je demandé.

Quand elles se sont regardées, puis m'ont regardée, j'ai vu la culpabilité dans leurs yeux.

— Vous le saviez ? Vous saviez et vous ne m'avez rien dit ?

Karissa a ouvert la bouche, puis l'a refermée brusquement. Elle a échangé un regard avec Finley qui m'a fait des yeux de chien battu. Elle a soupiré et s'est penchée en avant.

— Je l'ai aidé à créer son compte, Blake. Quand tu as dit que tu avais été jumelée avec Woody, j'ai tout de suite su, mais je ne pensais pas que tu serais aussi ouverte avec lui si tu savais que c'était Ian, a dit Finley.

J'ai gémi.

— Toi et ton frère êtes pareils. C'était aussi son excuse.

— Blake, a dit sèchement Karissa. Ont-ils tort ?

J'ai ouvert la bouche pour argumenter mais les mots me manquaient. Je me suis affaissée dans mon siège et lui ai lancé un regard noir.

— Tu peux me regarder comme tu veux, mais toi et moi savons que tu ne vas pas gagner, a dit Karissa, pleine d'attitude. Elle a haussé un sourcil et a attendu que je soupire avant de continuer. Tu peux être en colère contre Ian, Fin et moi d'ailleurs, mais je crois que tu es surtout en colère contre toi-même. Je savais qui il était. Dès que tu nous as parlé de lui, je l'ai cherché. Je voulais m'assurer que tu n'étais pas jumelée avec un type qui allait te blesser. Même si tu disais que vous étiez seulement amis, je voyais que tu t'attachais. Quand j'ai vu que c'était Ian, j'en ai parlé à Fin, mais elle le savait déjà. J'étais d'accord avec elle. Tu n'aurais pas été aussi ouverte avec Ian. Tu l'aurais repoussé si vite, et tu ne serais jamais tombée amoureuse de lui. Alors, tu peux être furieuse, mais tu dois accepter que tu es aussi en colère contre toi-même.

Je lui ai lancé un regard noir parce qu'elle avait raison. Toute la journée, j'avais pensé la même chose. Je n'arrivais pas à croire que j'avais repoussé Ian non pas une, mais deux fois. Il m'avait dit qu'il m'aimait, et je n'avais rien dit. Je l'avais laissé croire que je ne tenais pas à lui.

Elles m'ont toutes regardée pendant un long moment, puis Laura a dit :

— Eh bien, si je suis jumelée avec Dr Allison, je ne veux pas le savoir. Et je ne veux pas qu'il le sache. Je veux juste qu'il tombe amoureux de moi sans que personne d'autre ne s'en mêle.

Tout le monde a ri et la tension dans la pièce s'est dissipée. Je me suis adossée et les ai laissées parler autour de moi à nouveau. Karissa avait raison. J'étais en colère contre moi-même. J'étais tellement en colère contre la femme dont Woody était amoureux parce qu'elle ne l'aimait pas en retour. Je ne savais pas qui il était et pouvais dire qu'il était un homme incroyable. Non seulement ça, mais j'avais rompu avec Ian parce que j'étais si sûre qu'il allait rompre avec moi.

Il s'était rapproché. Il avait changé les choses quand nous avions fait l'amour. C'était toujours intense avec Ian, mais ce soir-là, le soir où ma mère a dit qu'elle arrêtait de boire, tout était différent. Je pouvais le sentir. Je le savais. Et cela m'a foutu la trouille.

Je l'aimais. Tellement que ça me terrifiait. Mais quand j'ai réfléchi à ce qui me faisait le plus peur en l'aimant, c'était l'idée de le perdre. De le laisser entrer complètement dans ma vie et de le regarder s'éloigner.

Mais il ne s'est pas éloigné. Je l'ai repoussé. Je suis restée assise sans rien faire quand l'homme que j'aimais a dit qu'il me voulait et qu'il m'aimait. Il me l'a dit encore et encore. Pendant des mois, il m'a dit à quel point il me voulait. Pendant des mois, il m'a montré à quel point il m'aimait. Il m'a tenue dans ses bras, m'a réconfortée, m'a fait rire et m'a aimée. Et je lui ai dit que je ne voulais pas de lui. J'ai fait ce choix. Je l'ai repoussé. J'ai mis fin aux choses en ne lui disant pas ce que je ressentais. J'ai laissé la peur se mettre en travers de tout.

— Suis-je incapable d'aimer ? ai-je lâché, interrompant la conversation qu'elles avaient.

— Quoi ? a dit Elise.

— L'amour ? Suis-je brisée ? ai-je clarifié.

— Pourquoi demandes-tu cela ? a demandé Finley.

J'ai regardé autour de moi les personnes dont j'avais été plus proche que quiconque dans ma vie. Finley que je connaissais depuis toujours et que je considérais comme une sœur la plupart de ma vie. Karissa et Elise qui étaient devenues rapidement mes amies et tout aussi proches que Finley. Laura qui avait rejoint notre petit groupe bien plus tard mais qui en était toujours un membre crucial pour son esprit, sa sollicitude et son caractère parfois autoritaire. Et Trinity que nous ne connaissions que depuis quelques mois, mais qui semblait faire partie de notre groupe depuis aussi longtemps que le reste d'entre nous. Je les ai toutes regardées et j'ai vu la réponse écrite sur chaque visage dans la pièce.

— C'est ça. Vous le pensez toutes. Je suis vraiment Buttercup, n'est-ce pas ?

— D'où vient tout ça ? a demandé Karissa au même moment où Elise disait : Oui.

— Vous voyez ? me suis-je écriée. Elise a le courage de me le dire. Je suis brisée. Il y a quelque chose qui ne va pas chez moi.

— Il n'y a rien qui ne va pas chez toi, a dit Finley. Mais raconte-nous ce qui s'est passé.

J'ai ri sans joie.

— Rien ne s'est passé. C'est ça le problème. Ian m'a dit qu'il m'aime, et je n'ai pas pu le dire. Je n'ai même pas pu répondre. Il est juste parti.

— Ian ? a lâché Elise. Ian Jameson ?

J'ai acquiescé.

— Oui. Ian Jameson, célibataire endurci, a dit qu'il m'aime, et au lieu de répéter immédiatement ces mots, je me suis fermée comme une huître.

— Peut-être que tu ne ressens simplement pas la même chose ? a suggéré Laura.

J'ai secoué la tête, incapable de croiser leurs regards.

— Mon frère a dit qu'il t'aime ? a demandé Finley. Hier soir ?

J'entendais le sourire dans sa voix, mais je ne pouvais pas croiser son regard tandis que j'acquiesçais. Elle m'avait dit qu'elle le tuerait s'il me blessait. J'avais ri et demandé ce qu'elle me ferait, mais je n'avais jamais pensé devoir le découvrir. Je n'avais jamais imaginé qu'Ian Jameson tomberait amoureux de moi. Je n'en avais jamais rêvé.

Mais c'est arrivé, et j'ai tout gâché parce que j'avais peur. Ian n'était pas sûr. Ian n'était pas facile. Ian était... tout. L'aimer me terrifiait parce que je remettrais toujours tout en question. Il était le genre de gars qui faisait tourner les têtes quand il marchait dans la rue. Les seules têtes que je faisais tourner étaient celles qui devaient s'écarter du trottoir pour laisser passer le convoi exceptionnel. Nous ne correspondions pas. Nous ne nous accordions pas. Et si nous restions ensemble, j'attendrais toujours que l'autre chaussure tombe et qu'Ian réalise qu'il avait fait une erreur. Qu'il aurait dû tomber amoureux de quelqu'un d'autre. Quelqu'un de plus mince. Quelqu'un de plus joli. Quelqu'un de mieux pour lui.

— Elle s'effondre, a dit Karissa. Sa voix semblait lointaine, comme si elle n'était plus dans la même pièce que moi.

— Oh, merde, a dit Elise.

— Blake ! a crié Laura.

Je me suis tournée et l'ai regardée.

— Blake, calme-toi. Respire.

Elle a mis un sac en papier dans mes mains et l'a approché de mon visage.

— Respirations profondes.

J'ai suivi ses instructions et soufflé dans le sac, chaque respiration faisant baisser mon pouls et me ramenant à la raison. J'ai finalement pris une inspiration tremblante d'air frais et regardé la pièce autour de moi. Cinq visages effrayés. Cinq personnes que j'aimais qui ne m'avaient pas blessée. Qui n'avaient pas demandé plus que ce que je pouvais donner. Cinq personnes qui me rendaient autant que ce que je leur donnais. Je les aimais toutes, et elles m'aimaient, et c'était bien.

— J'ai tout foutu en l'air, ai-je admis. Vous devez m'aider à réparer ça.

Elles ont secoué la tête et ri.

— Tu sais que nous le ferons, a dit Finley. Je détesterais devoir te botter le cul parce que tu as blessé mon frère.

Je lui ai souri.

— Moi aussi.

25

IAN

Le travail était mon seul refuge. Sans Blake, je travaillais, je buvais de la bière et je dormais. C'était toute l'étendue de ma vie. Je comprenais enfin ce que Ramsey ressentait. Perdre la femme qu'on aime, l'avoir là mais inaccessible, c'était presque impossible à supporter.

Je ne sortais pas beaucoup de chez moi parce que je risquais de croiser Blake. Finley essayait de me convaincre de sortir, mais ça ne m'intéressait pas. Pas quand Blake était à chaque coin de rue. Je ne pouvais même pas sortir avec mon propre bateau à cause de Blake. Si je ne risquais pas de me faire arrêter, je le ferais exploser, ce foutu bateau.

J'avais envie de m'évader. Je voulais faire une pause, loin de tout. Je détestais être dans la même ville que Blake. Pendant des années, croiser Blake était le meilleur moment de ma journée. Et maintenant... je ne pouvais plus l'affronter.

J'étais assis sur mon futon, heureux de n'avoir jamais acheté de lit, et je faisais défiler mon téléphone. Mes émissions récemment regardées sur Netflix étaient toutes celles que j'avais vues avec Blake. Mes messages étaient remplis de

Blake. Mes photos, c'était Blake. Je ne pouvais pas lui échapper.

Je suis allé dans la cuisine prendre une bière, puis je suis retourné dans ma chambre et j'ai fait défiler les chaînes. Quand mon téléphone a sonné pour signaler un message, je l'ai pris sans réfléchir.

BLAKE

Je suis désolée.

Bon sang. Qu'est-ce que c'est que ça ?

J'ai merdé. On peut parler ?

Je me suis redressé sur mon lit et j'ai tenu mon téléphone. J'avais envie de lui dire d'aller se faire voir, mais c'était Blake. Je l'aimais peu importe ce qu'elle disait ou ce qu'elle faisait. Je mourais d'envie de la voir.

Je suis dehors, mais on peut se retrouver ailleurs une autre fois si tu préfères. Mais je ne vais pas disparaître, Ian.

Je suis à la maison. Entre.

Je me suis précipité hors de mon lit et je suis retourné à la cuisine avec ma bière. Je ne m'étais pas rasé depuis des jours, et mon t-shirt noir et mon short gris étaient à peine propres. Je ne me rendais clairement pas service et je ne lui montrais pas quel beau parti elle avait laissé filer.

Ses pas résonnaient dans l'atelier tandis qu'elle s'approchait. Chaque pas augmentait ma tension et me donnait envie de vomir. J'ai attendu, fixant la porte jusqu'à ce qu'elle frappe doucement puis tourne la poignée pour entrer.

Je me suis appuyé contre le comptoir pour me soutenir, agrippant le bord pour ne pas me précipiter vers elle et tomber à genoux, la suppliant de me donner une autre chance. Elle avait dit qu'elle voulait parler, alors j'allais la laisser faire, puis sourire et lui dire que nous pouvions toujours être amis. Putain, je détestais ça.

Je l'ai détesté encore plus quand elle est finalement apparue dans mon champ de vision. Elle était magnifique dans une robe courte bleu piscine qui moulait sa poitrine et s'évasait à la taille, s'arrêtant haut sur ses cuisses. Elle portait ces chaussures qui me tuaient, celles qui s'enroulaient autour de ses chevilles et remontaient sur ses mollets et qui me donnaient envie de la dévêtir. Ses cheveux étaient lâchés sur ses épaules. On aurait dit qu'elle allait à un rendez-vous.

J'avais envie de réduire en miettes celui pour qui elle s'était apprêtée.

— Salut, dit-elle avec un sourire hésitant.

J'ai hoché la tête sans rien dire. Si je parlais, j'allais dire quelque chose de stupide.

— Comment vas-tu ?

J'ai haussé les épaules. Encore une fois, quelque chose de stupide me brûlait la langue. *Je t'aime. Pardonne-moi. Je ferai n'importe quoi si tu me donnes une autre chance. Ne me laisse pas mourir seul.* Tu sais, des trucs stupides.

Elle a pris une profonde inspiration et mon regard s'est posé sur sa poitrine. Ses seins se pressaient contre sa robe et menaçaient de déborder du bord supérieur. Elle détestait ses seins, mais ils étaient parfaits. Elle était parfaite. Chaque centimètre d'elle.

— Je, euh, j'espérais qu'on pourrait parler. À moins que tu sois occupé.

Elle a dit la dernière partie comme si c'était une question, sa voix montant à la fin.

J'ai secoué la tête mais je n'ai toujours pas parlé.

— D'accord. Je ne te reproche pas de ne pas me faciliter

les choses. Je pense qu'épouser ton rival pour sauver ta vie serait plus facile, mais je ne peux plus être Buttercup.

— Quoi ? ai-je lâché.

Elle a secoué la tête.

— Rien. Peu importe. Nous avons promis que nous resterions amis, et j'espérais pouvoir te le rappeler parce que j'ai vraiment besoin d'un ami.

Ma gorge brûlait et mon cœur menaçait de sortir de ma poitrine, mais j'ai hoché la tête. Juste une fois. Je lui avais promis que nous serions toujours amis. Peu importait que j'espérais n'avoir jamais à tenir cette promesse.

— C'est à propos d'un mec. Et de moi aussi. Quand ma mère a commencé à boire, j'en avais honte. Je ne l'ai dit à personne parce que je ne voulais pas qu'elle soit la mère dont tout le monde se moquait, mais je détestais ça. Puis elle a arrêté. Elle a rencontré un nouveau mec et elle a simplement arrêté. Puis ils ont rompu et elle a recommencé à boire. Encore et encore, elle commençait et arrêtait selon l'homme qu'elle fréquentait. Et encore et encore, je l'ai vue gâcher sa vie à cause de ce que les autres pensaient d'elle.

J'ai desserré ma prise sur le comptoir et j'ai croisé les bras sur ma poitrine.

— Je me suis toujours inquiétée de ce que les autres pensaient à cause d'elle. Je ne voulais pas qu'ils me jugent à cause d'elle. Je n'ai jamais réalisé que je faisais la même chose qu'elle. J'ai laissé l'opinion des autres influencer mes sentiments. Je l'ai fait avec mon art. Je l'ai fait avec mes relations. Je l'ai fait en tombant amoureuse.

J'ai retenu mon souffle. Je ne pensais pas pouvoir entendre ce qu'elle avait à dire. Je me suis tourné vers le frigo, j'ai pris une nouvelle bière et j'en ai bu la moitié.

— J'ai commencé à tomber amoureuse l'été dernier. Je ne voulais pas l'admettre parce que je sortais encore avec William, mais ce gars... il était tout ce que William n'était pas.

Il était drôle, sexy, intelligent et il me faisait ressentir des choses que je n'avais jamais ressenties avec William. Je savais que c'était fini entre nous parce que quelques heures avec ce gars étaient meilleures qu'une année avec William. Mais je n'ai pas tenté ma chance avec lui parce que je m'inquiétais de ce que les gens diraient. Je m'inquiétais de ce qu'il dirait. Je ne voulais pas qu'il pense que j'essayais de le piéger dans quelque chose qu'il ne voulait pas.

Elle m'avait dit la même chose avant. Qu'elle ne voulait pas me piéger.

— C'est lui qui a fait le premier pas. Il m'a embrassée, et l'embrasser était meilleur que le sexe avec n'importe quel autre homme. L'embrasser, c'était comme sauter du bateau un jour de canicule et plonger sous l'eau froide. C'était rafraî-chissant et nouveau, mais c'était tellement plus parce que c'était avec un homme en qui j'avais confiance et que j'aimais. Plus que je n'étais prête à l'admettre.

J'ai avalé difficilement, ne comptant pas sur ce qu'elle disait jusqu'à ce qu'elle le dise clairement.

— Mais ensuite, j'ai commencé à parler à cet autre gars. Il était aussi drôle et gentil, et il était amoureux de son amie. J'étais tellement jalouse d'elle parce qu'il avait l'air formi-dable. Je n'arrivais pas à imaginer comment quelqu'un ne voudrait pas être avec lui. Ce n'est pas que j'étais amoureuse de lui, mais un gars comme lui était trop bien pour qu'on le jette. Pourquoi ne pouvait-elle pas voir ça ?

J'ai souri quand elle a ri. Dieu, qu'elle était belle.

— Au final, cependant, j'étais exactement comme cette fille. J'étais cette fille. Je m'inquiétais trop de mon apparence. De mon sentiment d'avoir été trompée. De ne pas être assez bien pour lui. De finir blessée quand il déciderait que toutes mes peurs étaient vraies. Et je lui ai dit qu'on ne pouvait pas être ensemble.

Pour la première fois depuis qu'elle était entrée, j'ai laissé entrer un peu d'espoir.

— Ma plus grande peur était de le laisser entrer et de le perdre. Je me suis convaincue, à cause de ma mère, que laisser quelqu'un entrer et le perdre était plus douloureux que de ne pas le laisser entrer du tout. Elle buvait toujours le plus juste après une rupture, et je me disais que ça n'avait pas de sens de s'impliquer avec quelqu'un si ça devait juste aboutir à de la douleur. Alors j'ai mis fin aux choses avant de pouvoir me laisser blesser. Sauf que j'ai été blessée quand même.

— Je suis désolé, Blake. J'aurais dû te parler de l'appli. Je n'aurais jamais dû te mentir. Ne laisse pas mon mauvais choix influencer le reste de ta vie. Tu mérites l'amour, chérie.

Elle a souri et hoché la tête.

— Je ne croyais pas ça pendant longtemps. Que je méritais l'amour. Je pensais que l'amour était possible pour tout le monde, mais pas pour moi. Je voulais quelque chose de sûr et facile. Je voulais quelque chose sans passion et sans émotion. Ça signifiait que je ne courrais pas au bar quand les choses allaient mal. Que je ne ruinerais pas ma vie.

J'avais envie de lui crier dessus, mais elle avait dit qu'elle voulait un ami, et un ami était censé être de soutien. Un ami ne lui disait pas qu'elle avait tort et que l'amour devait être toutes ces choses, mais que si c'était bien, ça en valait la peine.

— Puis j'ai réalisé, grâce à Fin et aux autres, que je ne suis pas ma mère. Et non seulement ça, mais j'avais déjà vécu mon pire scénario et j'y avais survécu. Et le pire dans tout ça, c'est que je n'avais pas à le traverser. Si j'avais arrêté d'être stupide, j'aurais pu m'épargner la douleur de perdre l'homme que j'aime. J'aurais pu nous épargner cette douleur à tous les deux.

J'ai croisé son regard et j'ai retenu mon souffle. J'ai vu

dans ses yeux la douleur que j'avais ressentie au cours de la dernière semaine. Elle l'avait ressentie aussi.

— Je n'aurais jamais dû te repousser, Ian.

J'ai haussé les épaules.

— Je n'étais pas celui que tu voulais. C'est pire si ce n'est pas bon et qu'on fait traîner les choses.

— Mais c'est bon, Ian. Nous sommes bons ensemble. Je ne voulais pas y croire parce que j'avais peur. Tu n'es pas le genre de mec qui veut pour toujours...

— Mais je...

— Je sais, dit-elle en levant la main. Je sais. Tu me l'as dit. Et je n'étais pas prête à l'entendre. Je ne pouvais pas le croire. Ian Jameson ne pouvait pas m'aimer. Il ne pouvait pas me désirer. Il ne pouvait pas me choisir. Pas quand j'étais moi. Je n'étais pas assez bien pour toi.

— Tu l'es, lui ai-je assuré.

Elle a souri.

— Ce ne sera pas facile à entendre pour moi, mais merci.

— Peu importe ce que les autres pensent de toi ou de nous, Blake. Tout ce qui compte, c'est ce que nous pensons.

Elle a souri et a fait un pas vers moi.

— Eh bien, je pense que tu es le seul homme qui m'ait jamais fait crier son nom. Et je pense que tu es le seul homme qui m'ait jamais donné envie de jeter la prudence aux orties. Et le seul qui m'ait jamais fait me sentir en sécurité et dangereuse en même temps. Et qui m'ait jamais fait penser que je pouvais tout faire. Qui ait jamais cru en moi plus que je ne crois en moi-même. Qui est là pour moi et me soutient et m'aime d'une façon dont je n'ai jamais même rêvé qu'elle soit possible. Mais je sais que tu es le seul homme que j'ai jamais aimé et le seul homme que j'aimerai jamais.

— Tu ne peux pas promettre ça, ai-je dit.

Elle a souri.

— Si, je le peux parce que tu es tout pour moi, Ian. J'ai

toujours été attirée par toi, mais je ne t'ai jamais vu comme une possibilité. Tu étais intouchable. Mais quand je t'ai surpris à Hawaii, je n'ai pas pu chasser ce regard dans tes yeux de ma tête. Je n'ai couché avec personne d'autre après William parce que chaque fois que je fermais les yeux, je te voyais. Je rêvais des choses que tu m'aurais faites si je n'avais pas fermé cette porte entre nous.

— Putain, Blake, ai-je grogné. Tout ce que je voulais faire cette nuit-là, c'était te toucher. J'étais tellement dur. Je n'ai pas dormi le reste du voyage à cause de la façon dont tu m'as regardé.

— Tu n'as jamais rien dit, dit-elle doucement.

— Tu étais encore avec Willie. Je ne l'aime pas, mais je n'allais pas te mettre dans cette position.

— Pourquoi as-tu mis si longtemps à me dire ce que tu ressentais ?

J'ai souri.

— Je ne pensais pas que tu étais intéressée. Mais Mme Georgia... Elle m'a fait promettre que je ferais un geste avant son anniversaire.

Elle a ricané.

— Rien de tel que d'attendre la dernière minute.

J'ai ri.

— J'étais sûr que tu me repousserais.

Elle a ri d'un rire étranglé.

— Pourquoi ?

J'ai haussé les épaules et mon sourire s'est estompé.

— J'avais un peu raison.

Elle a fait un autre pas vers moi.

— Je suis désolée, Ian. Je veux me faire pardonner pour ça.

— Ah oui ? Et qu'est-ce que tu avais en tête ?

Elle a souri.

— Eh bien, pour commencer, je ne porte pas de sous-vêtements sous cette robe.

J'ai grogné et ma queue a palpité.

— Mais plus important encore, je t'aime, Ian. Je t'aime depuis longtemps, et je suis désolée d'avoir eu trop peur de te le dire, mais je veux te le dire chaque jour pour le reste de ma vie.

Je l'ai attirée dans mes bras et je lui ai fait sentir l'effet que ses mots avaient sur moi. Tous ses mots me faisaient souffrir.

— Je t'aime, Blake.

— Bien, a-t-elle dit contre mes lèvres. Alors peut-être que je peux t'emprunter ton canapé. De façon permanente.

— Hein ?

— Emménage avec moi, Ian. Je ne veux pas passer une nuit de plus sans toi, et ton futon est un tueur pour mon dos.

— Je te ferai des massages du dos tous les soirs. Et des massages des pieds. Et tout autre type de massage que tu veux.

Elle a ri et m'a attiré vers elle. Enfin, enfin, elle était à moi. Et je n'allais pas la laisser partir.

APRÈS QUE BLAKE et moi ayons célébré, deux fois, elle m'a dit qu'elle avait encore une chose pour moi. Elle a enfilé un de mes vieux t-shirts et est sortie de l'appartement pour aller dans l'atelier. J'ai commencé à la suivre, mais elle est revenue quelques secondes plus tard en tenant une toile derrière son dos.

— J'ai été vraiment inspirée quand nous nous sommes mis ensemble, et j'ai créé de nouvelles toiles. Je les garde dans mon placard parce que je ne voulais pas que quelqu'un les voie, mais j'en voulais une pour toi. J'ai peint celle-ci hier. C'est... enfin, tu peux voir.

Elle l'a sortie de derrière son dos et me l'a montrée. Les couleurs m'ont frappé en premier. Des bleus et des gris avec des éclaboussures de rose. La passion se dégageait de la toile dans le rose. Ses lèvres, mes mains, ma langue. Je pouvais dire que c'était nous sans même y penser. Elle me chevauchait dans la peinture, ses courbes ombrées de gris, sauf là où mes mains s'enfonçaient et où le rose soulignait nos points de contact. Ma langue sur son sein. Ses lèvres entrouvertes de plaisir. Mes mains tenant ses hanches.

Je l'ai posée délicatement sur la chaise à côté de moi et je l'ai saisie. Je l'ai portée jusqu'à ma chambre et j'ai reproduit la peinture pour un troisième round.

QUAND NOUS AVONS ÉMERGÉ à nouveau, elle m'a dit que nous devions partir.

— Pourquoi ? J'allais te garder nue pour le reste de la journée. Le reste de nos vies si je peux.

Elle a secoué la tête et a tendu la main vers sa robe.

— Fin, Rissa, Elise, Laura et Trinity vont chez O'Kelley's. Elles m'ont dit de les rejoindre. Elles veulent savoir si tu me pardonnes.

Je l'ai embrassée lentement et profondément, lui communiquant tout ce que je ressentais pour elle dans ce baiser. J'ai glissé ma langue contre la sienne et je l'ai enveloppée dans mes bras. J'ai incliné la tête et j'ai caressé plus profondément sa bouche, léchant, taquinant et la goûtant jusqu'à ce qu'elle gémisse et enroule sa main autour de ma queue.

J'ai reculé.

— Je croyais qu'on devait y aller, ai-je protesté.

— Tu es diabolique, a-t-elle dit en faisant la moue. Nous avons été séparés pendant des jours, et tu me taquines.

J'ai embrassé son nez.

— Oui, mais tu sais quoi ?

— Quoi ? a-t-elle demandé, toujours en faisant la moue.

— Nous ne serons plus jamais séparés, chérie.

Elle m'a regardé avec le plus beau des sourires.

— Vraiment ?

J'ai hoché la tête.

— Vraiment. Parce que tu es à moi, et il n'y a aucune chance que je te laisse partir à nouveau.

— Même quand j'arrête de nous faire confiance ?

J'ai hoché la tête.

— Et quand je me convaincs que tu devrais être avec quelqu'un de plus mince ou de plus jolie ?

— Ça n'existe pas.

Elle a levé les yeux au ciel, alors j'ai froncé les sourcils et j'ai hoché la tête.

— Et quand je laisse ma mère m'atteindre ?

— Toujours, chérie. Tu es à moi, et je suis à toi, Blake. Pour toujours.

— Pour toujours ?

— Si tu veux de moi, mais c'est mon plan. Je t'aime depuis des années. Pour toujours me semble presque assez long.

Elle a souri et hoché la tête. Ses yeux étaient humides quand elle les a fermés et s'est hissée sur la pointe des pieds pour un autre baiser. Nous ne nous sommes pas détachés de celui-là avant longtemps, après que je l'aie portée dans ma chambre.

ÉPILOGUE

MELODY

J'étais assise au bar de O'Kelley's en sirotant mon verre de vin. C'était une de ces journées. Ramsey était à la maison avec Amber, et j'étais censée retrouver Willow. Comme d'habitude, elle était en retard.

La porte s'ouvrit et je me retournai pour voir si c'était ma sœur. Au lieu de ça, c'était Blake et Ian, main dans la main, souriant comme s'ils venaient de gagner au loto.

Je soufflai un grand coup. Apparemment, ils avaient résolu leurs problèmes. J'aurais voulu me réjouir pour eux, mais c'était difficile de célébrer l'amour des autres quand le mien était au mieux précaire.

Je savais que c'était ma faute. Ramsey n'était pas le genre d'homme à rester là à me regarder faire quelque chose de dangereux. Il était solide et il me protégeait. Mais il ne comprenait pas. Je ne pouvais pas me défaire de ce désir d'avoir plus d'enfants. Et lui ne céderait pas.

— Salut, dit enfin Willow en me rejoignant. Désolée pour le retard.

Elle fit un signe à Hudson en pointant mon verre de vin.

— Qu'est-ce qu'on fête ce soir ? La fin de ton mariage ?

Je levai les yeux au ciel. Ma sœur était mon roc pour toujours. Nous étions meilleures amies, mais ma petite sœur n'aimait pas mon mari. Elle ne l'avait jamais aimé, et je ne savais pas pourquoi.

— Non, dis-je fermement. Je ne suis pas encore prête pour ça.

Willow secoua la tête et prit mon verre de vin. Elle le fit tournoyer puis en but une gorgée.

— Il a toujours été un connard. Je ne comprends pas pourquoi tu ne le quittes pas.

— Parce que j'ai une fille à qui penser, rétorquai-je.

— Tu sais que rester dans un mariage malheureux pour ton enfant ne va rien lui apprendre de bon, dit Willow juste au moment où Hudson approchait.

Il s'immobilisa mais fit semblant de ne pas écouter notre conversation pendant qu'il servait un verre de vin à Willow et remplissait le mien. Il laissa la bouteille sur le bar devant nous et me fit un sourire pincé.

— Je l'aime encore, avouai-je. Je ne suis pas prête à abandonner l'espoir qu'on puisse arranger les choses.

— Ça fait plus d'un an que tu as perdu Steven, Mel. Il n'a pas cédé. Pourquoi penses-tu qu'il va changer d'avis ?

J'haussai les épaules. Je ne savais pas s'il le ferait. J'étais presque certaine que non, mais j'étais amoureuse de Ramsey depuis mes seize ans. On est sortis ensemble pendant un an, puis on a rompu quand il est parti à l'université, mais une fois qu'on s'est réinstallés à L'anse MacKellar, on s'est remis ensemble et on est restés ensemble. Pendant près de vingt ans, j'ai été amoureuse de lui. Ce n'était pas facile de tourner la page. De ne plus me retourner pour le voir. De ne plus le regarder embrasser notre fille. De ne pas vieillir avec lui.

— Il y a plein d'autres mecs. Montre-moi ton téléphone.

— Pourquoi ? demandai-je.

— Il y a une appli de rencontres que tu devrais essayer.

— Je ne vais pas télécharger une appli de rencontres, Willow. Je ne suis pas célibataire.

Willow haussa les épaules comme si ce n'était pas grave.

— Tu devrais essayer. Je pense que tu trouveras quelqu'un d'autre. Quelqu'un de bien meilleur que Ramsey.

— C'est quoi ton problème avec lui ? Pourquoi le détestes-tu autant ?

Willow leva les yeux au ciel.

— Parce qu'il n'est pas assez bien pour toi. Il ne l'a jamais été.

Je pris une profonde inspiration et fermai les yeux. Nous avions la même conversation depuis des années. Je ne savais pas pourquoi Willow pensait ça, et elle refusait toujours de s'expliquer. Elle était persuadée que Ramsey n'était pas celui que je croyais, mais je savais qu'elle avait tort. Il avait failli nous séparer, mais Willow avait finalement accepté que Ramsey n'irait nulle part. Jusqu'à maintenant.

— Il y a un mec mignon qui regarde par ici. Je vais aller lui dire bonjour. Je reviens.

J'acquiesçai et la regardai s'éloigner. Le type aux cheveux noirs devant lequel elle s'arrêta lui sourit et l'invita à danser. J'aurais aimé être aussi confiante avec les hommes que ma petite sœur, mais je ne l'avais jamais été. J'avais toujours été complexée par ma forte poitrine et mon ventre flasque. Ramsey me faisait me sentir belle, mais il ne m'avait pas touchée depuis des mois.

Je me retournai vers mon vin et en pris une gorgée. Je venais juste de remplir à nouveau mon verre quand quelqu'un s'assit sur la chaise de Willow.

— Salut, dit Blake.

— Salut, répondis-je en lui souriant. Je vois que les choses vont mieux avec Ian.

Elle hocha la tête, ce sourire heureux faisant sa réapparition.

— Oui. Je sais qu'il n'est pas parfait, mais on s'aime.

Je ricanai. Je ne pouvais pas m'en empêcher. Je détestais gâcher sa bonne humeur, mais j'étais cynique même dans mes bons jours. Et je n'avais pas eu beaucoup de bons jours dernièrement.

— Les choses ne vont pas mieux avec Ramsey ? demanda-t-elle, son sourire s'évanouissant.

Je secouai la tête.

— Non. Il refuse de parler d'avoir un autre enfant. Il me dit simplement que ce n'est pas négociable.

— Je suis désolée, Melody. Qu'est-ce que tu vas faire ?

J'haussai les épaules.

— J'aimerais le savoir. Ma sœur pense que je devrais le quitter.

Blake eut un hoquet de surprise.

— Tu y penses ?

J'haussai encore les épaules.

— Honnêtement, je ne suis pas sûre de quelles sont mes autres options.

— Mais tu l'aimes.

J'acquiesçai.

— C'est vrai. Et même si j'aimerais le croire, l'amour ne triomphe pas de tout. L'amour, ça craint parfois.

Blake pinça les lèvres, et je me sentis comme une vraie merde.

— Désolée, Blake. Tu es toute pimpante et heureuse et moi je suis là à faire comme si tu devrais partir maintenant avant que la vie te crache dessus.

Elle eut un petit rire mais ne me contredit pas.

— J'espère vraiment que toi et Ian aurez plus de chance que Ramsey et moi. Si la moitié des mariages se terminent par un divorce, j'imagine qu'on prendra cette balle et que vous pourriez survivre.

— Je ne veux pas que ça arrive, Melody.

Je souris et hochai la tête.

— Moi non plus, mais j'ai du mal à voir une autre issue.

Blake ouvrit la bouche puis la referma brusquement. Hudson vint nous demander si nous avions besoin de quelque chose. Blake commanda une autre carafe de bière.

— Vous fêtez quelque chose ? demandai-je.

Elle haussa les épaules.

— Euh, oui. On célèbre un peu le fait qu'Ian et moi nous sommes remis ensemble. Et que je sois sortie de mon état de stupidité. J'ai presque laissé partir parce que j'avais peur.

J'acquiesçai. Hudson posa la carafe devant Blake. Elle le remercia et me sourit.

— Tu veux te joindre à nous ?

Je ris et secouai la tête.

— Je ne suis clairement pas de bonne compagnie en ce moment. Je pense que je vais juste rentrer. Passe une bonne soirée, Blake.

Elle hocha la tête.

— Oui, euh, toi aussi. Peut-être qu'on pourrait se retrouver un de ces jours. Prendre un verre ? Tous les quatre, ou même juste toi et moi. Si ça t'intéresse ?

Je souris. Elle essayait d'être gentille, mais elle ne le pensait pas vraiment. Je hochai la tête et lui dis que ce serait bien, puis je partis. J'envoyai un texto à ma sœur pour lui faire savoir que je rentrais afin qu'elle ne s'inquiète pas, puis je marchai jusqu'à ma maison.

La lumière de la télé dans le salon clignotait à travers les rideaux. La lumière du porche était allumée. La chambre d'Amber était doucement éclairée par sa veilleuse. De l'extérieur, ma maison semblait heureuse. Des fleurs colorées le long de l'allée. Une porte d'entrée d'un jaune joyeux. Un revêtement gris et deux véhicules garés côte à côte. Ce n'était qu'une fois à l'intérieur qu'on réalisait qu'il n'y avait rien de parfait ou d'heureux dans ma maison.

J'entrai et fermai la porte derrière moi. Ramsey inspira brusquement et se leva d'un bond du canapé, où il avait manifestement dormi devant la télé. Les jouets d'Amber étaient partout parce qu'il ne lui demandait jamais de ranger. Je pouvais voir l'évier plein de vaisselle depuis l'endroit où je me tenais. Et lui était juste en train de dormir sur le canapé.

— Tu rentres tôt, dit-il en regardant sa montre.

J'hochai la tête.

— Je n'avais pas envie de regarder Ian et Blake se bécoter toute la nuit. Ni Willow flirter avec la moitié des hommes du bar. Je suis fatiguée.

Il acquiesça et se rassit.

Je fermai les yeux et pris une profonde inspiration, puis commençai à ramasser les jouets. Je pouvais sentir qu'il m'observait, mais je ne le regardai pas. Une fois tous les jouets rangés, j'allai dans la cuisine, vidai le lave-vaisselle et le remplis avec la vaisselle sale. Je me retournai et le trouvai appuyé contre l'encadrement de la porte.

— J'allais faire tout ça, dit-il.

J'hochai la tête, ne voulant pas me disputer encore avec lui.

— Tu m'ignores maintenant ? demanda-t-il.

Je soupirai. Apparemment, je n'allais pas avoir ce que je voulais. Comme d'habitude.

— Je suis fatiguée, Ramsey. Je veux juste aller me coucher.

— Mais tu es en colère contre moi. Comme toujours.

J'essayai de réprimer ma colère, mais je n'y arrivais pas. Elle déborda et je levai les mains.

— Oui, je suis en colère contre toi. Je sors quelques heures, et je rentre et je dois travailler. Je suis toujours en train de nettoyer quelque chose parce que tu ne le fais pas, ou je m'occupe de quelque chose parce que tu ne le fais pas. Je suis épuisée. Tout est comme tu le veux.

— C'est vraiment ce que tu penses ? Parce que rien entre nous n'est comme je le voudrais.

Je croisai les bras sur ma poitrine et dévisageai mon mari.

— Ah bon ? Et comment tu voudrais que ce soit ?

Il me regarda et prononça les six mots que je n'aurais jamais pensé entendre de lui.

— Je pense qu'on devrait divorcer.

MERCI **beaucoup** d'avoir lu l'histoire de Blake et Ian et d'avoir entrepris ce tout nouveau voyage avec moi ! Je voulais revenir à une série de romances avec une fille aux formes généreuses, et j'adore absolument ces personnages. Maintenant, si seulement je pouvais trouver comment rendre l'application de Karissa réelle, tout serait parfait. N'est-ce pas ?

L'histoire de Melody et Ramsey est la suivante, et je suis tellement excitée à ce sujet ! Des mois après que Ramsey a demandé le divorce à Melody, ils essaient toujours de comprendre à quoi ressemble la normalité. Les choses entre eux ne sont pas encore terminées, mais reconstruire un mariage en difficulté ne peut pas être aussi facile que recommencer à zéro. Commencez à lire *Son Épouse aux Courbes Généreuses* dès aujourd'hui !

ENVIE d'en savoir plus sur Blake et Ian ? Les abonnés reçoivent un épilogue bonus exclusif et gratuit de leur jour de mariage !

Vous pouvez également découvrir ce qui s'est passé à Hawaï. Les abonnés reçoivent Son Secrète aux Courbes Généreuses gratuitement !

Inscrivez-vous maintenant !

À PROPOS DE L'AUTEUR

Auteure à succès classée au *USA TODAY*, Mary E Thompson a passé la majeure partie de son enfance à souhaiter avoir quelques courbes en moins. Elle se cachait dans les pages des livres parce que ses personnages préférés ne se souciaient jamais de sa taille de vêtements. Aujourd'hui, Mary non plus, et elle écrit des histoires qui célèbrent les femmes comme elle. Des femmes réelles qui ont des courbes, poursuivent leurs rêves et trouvent l'amour, parce que nous devrions tous être heureux, quelle que soit notre taille.

Mary passe son temps hors écriture avec son mari et ses deux enfants, à regarder trop de télévision, à encourager l'équipe de football de sa ville natale (Allez les Bills !) et à cacher du chocolat à sa famille.

Inscrivez-vous maintenant à la newsletter de Mary. Les abonnés reçoivent des ebooks gratuits et d'autres choses amusantes, comme du contenu exclusif réservé aux membres et des concours, et sont les premiers à connaître les nouvelles parutions et les promotions !